爬满青藤的阳台

任文 著

百花洲文艺出版社
BAIHUAZHOU LITERATURE AND ART PRESS

图书在版编目（CIP）数据

爬满青藤的阳台 / 任文著 .— 南昌 : 百花洲文艺出版社，
2019.10

ISBN 978-7-5500-3391-7

Ⅰ . ①爬⋯ Ⅱ . ①任⋯ Ⅲ . ①散文集—中国—当代
Ⅳ . ① I267

中国版本图书馆 CIP 数据核字（2019）第 203089 号

爬满青藤的阳台
PA MAN QING TENG DE YANG TAI

任文　著

总 策 划　伍　英
策划编辑　飞　鸟
责任编辑　杨　旭　聂　月
封面设计　辰麦通太设计部
出版发行　百花洲文艺出版社
社　　址　南昌市红谷滩新区世贸路 898 号博能中心 A 座 20 楼
邮政编码　330038
经　　销　全国新华书店
印　　刷　永清县晔盛亚胶印有限公司
开　　本　710mm×1000mm　　　　1/16
印　　张　17
版　　次　2020 年 9 月第 1 版　　2020 年 9 月第 1 次印刷
字　　数　234 千字
书　　号　ISBN 978-7-5500-3391-7
定　　价　**58.00 元**

赣版权登字 05-2019-243

邮购联系 0791-86895108
网址 http://www.bhzwy.com
图书若有印装错误，影响阅读，可向承印厂联系调换。

目　录

爬满青藤的阳台

秦岭深处（组章）

山村小学

　　进入洛河发源地龙潭沟，我被那清纯透明的水所震慑。一路"叮咚"的水声响过，人的心境也一片澄明，无所思无所想，一切都归于自然的状态。

　　这空旷的山野沃地，除了一片静谧，还是静谧一片。偶尔，或有几声脆响的鸟鸣，如同空谷传音，悠然远扬；或有几声轻灵的山鸡鸣叫，一面山坡顿生鲜活的气象，好让人过把眼福。不过，在我看来最清脆的声音只有钟声了。钟声响起，整个龙潭沟簇拥的岩石峭壁以及树木花草似乎模仿钟的语调，咿呀学语似的把钟的余音拉得很长很长……

　　听到这声音，我不觉怀疑起自己的耳膜，是否这深山里到处都有学校，每棵树都悬挂着钟声。同行的本地朋友诠释我的疑心，告知不远的山洼那边确实有一所小学，建在山坡跟的一处平台上。

　　一个小院落，几间低矮的土木结构房子，钟就挂在一间教室的屋檐下。这是一截旧钢管，外表被擦拭抚摸得光亮，钢管里边依稀可见生锈的痕迹。有一截约尺把长的钢筋棍吊在钢管下面，上课或下课时间到了，敲打钟声的老师站在檐下，很自然很习惯有节奏地敲击，敲几下上课，

1

敲几下下课，或紧急集合的连续敲击，都是约定俗成的。就是这一截旧钢管，里面却有着敲不尽的美妙声音，读过书或正在读书的人，都熟悉这异常亲切而纯美的声音。

我知道，像这样的旧钢管满世界里都能见得到，可是，能有缘到这山村小学做钟的钢管却是稀少的，也是珍贵的。那位从低矮教室里走出的年轻老师，约有三十岁左右，话语少人诚实，在与我一问一答中进行简单的对话。他说：这里原是一所完全小学，五六十人的学校，如今只有一至三年级九个学生，教师就他一人。屋檐下的钟是上世纪七十年代地质勘探队留下的纪念物，至今使用着。说话的当儿，几个孩子紧跟在老师的后边，笑嘻嘻地看着我们，那期望的目光蕴藏着无穷无尽的幻想。这时，该是上课的时间了，老师对我们笑笑说句抱歉的话，然后熟练地拿起系着绳索的一截钢筋棍，紧凑地敲打上课的钟声，天真的孩子望着我们也望着摇晃的钟声，很快地进了教室。

钟声响过，我轻轻抚摸那一截光滑的旧钢管，那余音倏地传遍我的周身。一瞬间，思绪多多，似乎想说什么，又不知该说什么。这钟不就挂在孩子们的心上吗？在孩子的心目中就像崇拜老师一样崇拜着它。我站在钟下许久，一边在聆听着教室里老师范读课文的声音，一边在聆听着自己心中曾经响过和正在响起的钟声。

从朋友的介绍中，得知这位老师至今还是个单身汉，不是没有谈过对象，而是对象放弃了他。毕业于南国山城师范的他，由于学业优秀曾有机会留在城里工作，可他依然回归故里，承担起山村小学教书育人的重任。他不能忘记，曾经教过他的老师送他上师范时说的话："孩子，你是老师信得过的学生，毕业后回来教书，培育山里的孩子。"他不能忘记，曾经教过他的老师给他写过多少封信，叙说家乡的变化和山里老师的困惑，盼望他早日学业有成。他不能忘记，毕业前夕女朋友的诸多理由与劝说，难挽留住他回归的决心与意志。他不能忘记，当他走进这所山村小学时，一双双渴求知识阳光雨露的孩子的眼望着他，他送走了退休已两年还在学校教书的老师，毅然拿起了粉笔，走进了只有九个孩子的教室……

一阵舒缓的钟声响过，打断了我的思绪。走进一间只有九张课桌坐着几个孩子的教室，我看到简陋的教室里布置得很精美，后墙上有学生作文园地与美术习作专栏，教室前黑板顶端书写着工整的"好好学习，天天向上"几个大字。下课了，几个孩子还未走出教室，围在一张桌子前比划着什么？我上前去问话，他们提出许多疑惑的问题：地球为什么是个椭圆体？南方气候为什么比我们北方暖和？……

下午放学，山里的太阳已西斜。几个学生在老师的护送下回家，悠扬的歌声回荡在山林里。老师返回学校，劈柴做饭，袅袅的炊烟漫过屋顶……

夜晚，一盏普通的台灯下，老师批改学生作业。这样平静的日子里，除了与学生们一起欢乐外，就他一个人与大山、树木、花草、溪流对话，感悟山野的灵气。当我问起他的婚事，他笑着说是岭南学校的一位同行有意思，说这话时脸就红了……

学校门前是一条溪流，透明的，清纯的，无污染的溪流。这溪流从学校山墙那边流过。一堆堆光滑圆浑的洛河源头石聚在溪流里，游鱼穿梭其间，显得灵动而富有生机。静静的旷野，潺潺的溪流，茵茵的青草，依依的杨柳……

看见这人世间最纯粹的溪水，我就想起了教室里的孩子们。水声清越纯净才滋润着圆润的童声，才显得那么纯正纯真。山里的孩子生于斯长于斯，有着如此清纯的溪水的滋润，他们一定会让这条洛河源头的溪流在生命里永远流淌下去，蜿蜒东去，汇入黄河流向大海，不断地吟唱欢乐向前的歌……

北山女人

在我北山的村庄，女人不仅勤劳、吃苦，而且纯朴、善良。

一个女人出生在北山里，就注定了从小与大山的结缘。当从娘肚子出生的那一天，一睁开眼看见的就是窗外的青山，一片蓝蓝的天空，呼吸的是清新的自然空气，伴随的是悦耳的鸟叫蝉鸣，难怪长大了的北山女人开口说话就轻灵脆响，抿着嘴甜甜地笑，笑声好像在心里荡漾……

长大了的北山女人，要嫁人生孩子，养家糊口，掌管家务。北山女人生孩子，不像城里女人那样娇气，怀孕了前三月后四月的待在家里休养。北山女人就是怀孕了挺着大肚子也照样在田地里干活，即使生下了孩子也不过一月左右就下地干活，闲是闲不住的，地里的庄稼、家里的日常事务需要女人家操心。男人不管在家里干重活，还是出外打工，干的是单纯的活路，哪像女人家操持家务，放下这个就干那个，总有干不完的活路。

城里女人吃完饭休闲散步，山里女人难得有那份清闲。山里女人吃饭总在人后头，上有老下有小，先给老人端饭，后给孩子盛饭，到头来才自个儿吃。一边吃着一边照料，往往难得坐在桌子边上吃，总是围在锅灶旁，等着给家人盛饭。男人吃了饭，背靠在炕沿边上舒服，边吸烟边听收音机（这在那个年代算是富裕人家），哼哼唧唧地唱几句秦腔或学唱酸溜溜的调子，惹得家人偷笑。女人饭后刷锅洗碗，料理家务。当男人唱得有些微醉，女人听得不耐烦了，嗓门就大了："娃他大，起来，给牛添料去。"男人低声嘟哝着关掉收音机："添料就添料，发啥子脾气？"烟锅灰磕打在布鞋底下，一缕青烟飘忽门外……

北山女人嗓门大，脾气大，个性强，心地善良。白天嗓门大，管家里家外，夜晚乖巧和气，哄孩子睡着了，亲热地对待男人，心疼起男人来，给男人捶背揉腰，擦肩背上红红的印痕……朦朦胧胧的几声鸡叫，透过窗外看去，天空刚微微泛出一点亮光。就听到谁家大门"吱呀"一声响，惊醒了在寂静中沉睡的山村。于是，家里的女人起床，挑开门闩、用力向后拉，厚重的木板与地面摩擦，奏出这"吱呀"的音符。紧接着的一声接一声，北山女人在这一片"吱呀"声中开始了一天的忙碌。

天亮了，送孩子上学到村口，回来去河边挑水，这是北山女人每天的必修课。男人早起吆喝牛羊上坡吃草，女人挑水、喂鸡、做饭……山野乳白色的雾气渐渐散开，显露出清新的大山轮廓。挑水的女人脚步轻健，长长的辫子甩在肩后，一路摇摆一路灿烂，女人挑着水桶边走边与邻居说话。有趣的是新婚媳妇挑水，一会儿从左肩换到右肩，一会儿从右肩转到左肩，停停歇歇，水挑到家里往往半桶不满，不过，日子长了就自然洒落、轻盈。晨曦，霞光映照在山头上，挑水的女人，一路洒水花，一路滋润花草，村道旁那么多摇曳的野花，散发着扑鼻的清香，醉人！

早晨，这美好的时光，城里的女人从街巷里摇摇摆摆地出来，三三两两说笑着散步锻炼。北山的女人从来不去锻炼，也没有那份多余的闲心。北山的女人不用化妆品，也不吃滋补品，山里的风霜雨露滋润着她们的面颊如苹果般红润，山里的日月精华和艰苦劳作，使她们强壮、健美。趁着这大好的时光，去看墙角那一小片土地上亲手种下的蒜苗是否有新叶子长出来；或是蹲下，找个小棍子，轻轻拨弄着潮湿的土壤，看种下的几棵豌豆是不是长出了芽。一只红公鸡高歌着嗓门撒野，身后跟着一群大鸡小鸡悠闲地围在女人身旁，女人看看菜园边篱笆缝隙，插上荆条，鸡们干瞪眼摇摆着去屋后的山坡……

北山女人吃苦耐劳，和男人一样干力气活。农忙时间，种地锄草，拉粪耕犁，春种秋收；农闲时间，上山砍柴，纺线织布，缝补衣裳。只听得那家纺车吱吱嘤嘤地响开，肯定是织布机转动起来了，不久，展开的是一卷卷美丽花纹图案的花布。北山人家大多都有织布机，纺线织布是女人的拿手戏，看孩了穿着就知谁家的女人手巧。男孩子家说媳妇，首要看女孩子会不会织布纳鞋底。纳鞋底很讲究，要求鞋底剪裁大小合适，图案设计美观。"鸳鸯戏水""喜鹊登枝""双喜临门"等，颜色鲜艳，搭配合理，形似逼真。从小长大的北山女人，在其母亲的教养下心灵手巧，懂事知礼，练就了掌管家务的本领。难怪山外的客商收山货，连翘、核桃、栗子都要过称了，总是问一句"看你家女人同意不同意？"男人朝身后的女人挤挤眼，女人发话："卖了，算了。"收山货的山外人笑笑，背起鼓鼓的蛇皮袋放在自行车架上，捆绑扎实，骑上车子一溜烟出了村道……这时，男人一边数钱一边朝女人笑，女人接过钱抽出一张给男人，男人匆匆去村头的代销店……

北山女人身体结实，精神抖擞，这与从小接触神秘的大山有关。北山土质适宜生长万物，满山的油松、翠柏，夹杂的翠竹，多种多样的灌木丛，油绿葱茏，守护着大山，丰满着大山，使得大山有灵气有生机。这就像山里女人一样，生活在大山里再艰苦，也艰难地守望。北山女人很少嫁出山外的，她们留守在山里，生活在山里。即使出嫁山外的女人，那种勤劳的品性总让山外的男人家夸耀。

北山女人，虽身居大山，却从来不守旧，乐于接受新事物。日子好了，女人在家里可以听广播、看电视，听走南闯北的男人说外面的世界，听读书的孩子讲追星族。于是，她们知道了外面有女经理、女老板……；于是，她们把七沟八岔人家的核桃、香菇、木耳、蕨菜……收购起来，联系山外的客商，用汽车运到西安、河南出售，赚到了丰厚的利润，她们用自己辛劳换来的副业收入和男人外出打工挣回的钱盖起了楼房，引得山外的客商投来羡慕的目光……

北山女人有了钱，更加热爱生养她们的那一方热土。盖楼房，办农家乐，吸引城里人节假日来山里度假休闲。她们偶尔出山逛城市，住上时髦的星级宾馆，睡在席梦思床上，依然梦见的是那山那水那人，那篱笆墙下的狗叫鸡鸣，那云遮雾罩的山村、竹林、石碾盘、辘轳井……

青藤小屋

　　这是青藤攀缘屋檐下的乡间小屋，几株很粗的野葡萄藤顺沿小屋前用木桩搭起的绿荫架上缠绕，一片绿意，一派生机！

　　那时我在乡下小学教书，学校位于文峪河畔。每遇节假日，就近的老师回家去了，我便独自一人坐在这青藤下的小屋，读书写作，做着快乐的文学梦……

　　初到学校教书，我被校长安排在校园不大的操场后边的那排小屋居住，其实只有五间低矮的小屋，住着老中青五位老师，从东向西数我的小屋就在西边最后一间。小屋离学校围墙三尺有余，正好有一片空地。那是星期天的午后，我和学校隔邻的一位青年去山上散心，欣赏秋山红叶。无意间吃到原汁原味的野葡萄，品味其间，我忽生奇念，何不将这野葡萄栽种小屋前呢？第二年春天，我从山上挖回几株带原土的野葡萄根，栽种在小屋西边的那片空地上。一年之后那野葡萄藤茂盛生长，竟缠绕于我为它专门搭起的木架上，成为装扮小屋不可缺少的一道靓丽的风景。

　　秋去冬来，冬去春来，我在那青藤小屋下居住了八年时间。在青藤木架下，一张不规则的长方形石桌，几张山野奇石板凳围在石桌周围，石桌既是饭桌，也是茶几。每遇吃饭时间，我的几位同事围坐在石桌旁边，尽情品味着又鲜又香的玉米粥，调上酸菜，倒点辣椒水，吃着品着，说着笑着，不知不觉日子便从我们的眼前闪过。每有空闲时间，几位同事坐在石桌前，聊天、品茶。聊的是天南海北，乡里琐事；品的是山野鲜茶，无污染的连翘叶茶、竹叶茶，清凉上口，绿满心头。最多的是玩扑克牌、下象棋，活跃着有限的空间。年轻人不服棋艺过人的长辈，今日输明日赢，今日赢了明日兴。扑克牌玩的花样也时时翻新，乐在其中。

　　最惬意的是站在小屋前品绿。初春，葡萄架上就显现出浅浅的绿意，很快一根根藤条上就挂出一串串绿叶，弯弯延延，相勾相离，灿烂的三月天，最浓的是这一架葡萄绿，绿得鲜亮。夏日里，一片荫凉，一种心境。自然，心中便有凉意生将出来，坐在石凳上顿觉心旷神怡！抬头看那绿架，一束透着嫩黄鲜亮的光束从葡萄架空隙间斜射下来，照在我那散发着墨汁香的远方邮寄来的新书扉页，阳光也渴望阅读新书，品味书香。于是，我缓缓地合起新翻开的一页书，生怕被那葡萄架上斜射下来的光束偷去……眼巴巴地望着那束光，葡萄架上的绿叶在动，似乎有吮吸阳光的声响，从叶脉到枝藤，从枝藤到藤根，阳光浸透了整个葡萄架，也浸透了我的整个身心。周围一片寂静，唯有葡萄架上的青藤在呼吸在生长……

走进青藤小屋，一幅涂鸦的山野葡萄图悬挂在小屋床头，简陋的书架上有茅盾的《子夜》、巴金的《春》、贾平凹的《爱的踪迹》……床头上散乱的是《上海文学》《延河》《萌芽》……每当夜深人静时，伏案在煤油灯下与一代大师对话，聆听他们发自内心的呼唤，来自生活的谆谆教诲，我的心情澎湃起伏，忽而默思，忽而起身立于小屋门前，观满天星斗，思绪联翩；听山野鸟鸣，心绪似鸟儿飞翔……

这是我的青藤小屋，也是我的心灵小屋。小屋给予我的不仅是温馨的空间，而且是心灵的舒展，是刻骨铭心的思念。虽然几经变迁，小屋已不复存在，拔地而起的是崭新的教学楼。当我站在当年小屋的那片领地，眼前又显现出小屋的模样来，还是那条石径小路，还是那繁茂的葡萄架，还是那一方石桌那几张石凳，从小屋走出来望见的是那熟透了的一嘟噜一嘟噜的紫色酸葡萄，闪动着晶莹的露珠儿，让人口水也酸哟……

啊，怎能不怀恋你呢？青藤小屋！

农家院落

在乡下，有田野的地方就有村庄，有村庄的地方就有院落。

走进村庄你就会发现，无论富裕的人家，还是经济不宽裕的人家，房屋的多少，新与旧，这些全不在乎，唯一令人欣喜的是每户人家都有一个院落。于是，一户户院落里，一年四季重复着庄稼人日出而作、日落而息的生活，记录着庄稼人酸甜苦辣的日子，书写着岁月里乡村的喧闹与静寂……

沿村庄小路行走，就会碰见一群憨厚的牛或温顺的羊，从农家院落里走出，紧随其后的是放牧的妇女或小孩。妇女大多手里挎着一个篮子或者砍柴的镰刀，小孩子多是扬着细长的藤条儿悬空赶牛或羊，嘴里不时吹着口哨儿显美。冷不防一头馋嘴的家伙，趁着人不备袭击了路旁的庄稼，那大声的喝斥声和啪啪的藤条声就会响起。呼呼啦啦惊吓一群小鸟，叽叽喳喳地掠过农家院落，瞬间不见了踪影……

进了农家院落，看不到城市民居的气派，有的是一派土气，这儿有堆草，那儿有个圈，但处处充满着生机和意趣。春来燕子从屋檐下掠过，呢喃着鸟语；夏日满院虫声啾啾，合奏着快乐的夜舞曲；秋日庄稼人忙碌的身影在院里晃动，收获着一份好心情；冬日静静的月光里，一声狗吠划破长长的夜空。甚至春天里的一席韭菜，夏天里的一架黄瓜，秋天里的一棵萝卜，冬天里的一株柿树，也会给农家院落带来无限的生机与情趣，也会让院落里的人生充满着甜美和幸福。于是，有心计的庄稼人，栽一片翠竹常绿房前屋后，种一片花草香溢满院，甚至一块坐垫的石头，一片飞落的树叶，皆构成人与自然的彼此和谐！

站在农家院里，无论你处在门里门外，窗里窗外，都会使人感到丰满、意足，生活与自然，人生与原野，没有距离，没有阻隔，纯真纯美，自然形成。所有的清晨，阳光沐浴在你的脚下；所有的夜晚，月光映照在你的心头。雨来了，院落里的角角边边湿润着，人的心情也湿润着；雪落了，院落里窗台上明亮着，人的心境也明亮着。因而，生活在院落里的庄稼人，无论喜与忧，始终保持着一种心灵上的清爽与宁静。

农家院落虽然不宽敞，却容纳着无穷的热闹劲与人情味。逢年过节，邻里乡亲串门儿走亲戚，热热闹闹，又说又笑，一片祥和，一派气象。

若谁家娶媳妇、嫁闺女，那更是不同一般了。主人家请来四邻八村的帮忙人，早早在院落里支锅架灶，杀猪宰羊，备上酒菜，盛情款待亲朋好友。过事的日子，人来人往，好不热闹！谁也不说院落不大地方小，站着的坐着的，挤着的让着的，吆喝着叫人的闲着悠着的，跑前跑后的，人人脸上绽放着笑意，个个嬉笑着乐此不疲，图的就是那个热闹劲。鞭炮声、唢呐声、婆姨小孩的吵闹声，伴着喜气溢满了整个院落，连过路的人都会想到谁家在过什么事，不由朝那院落瞅一瞅、望一望，脚步也轻松起来，欣欣然去赶路……

农忙时节，院落里响起了收割的磨镰声、犁铧的碰撞声，丰收的玉米、大豆满院里都是，屋檐下大红枣、红辣椒鲜亮耀眼，惹得人心花儿怒放。这时节，无论谁家忙得人手顾不上，邻里都会伸出援助之手，帮你干完手头的紧活儿。你帮我，我帮你，彼此之间从不讲价钱，说声感激的话，点头会意的笑，都显得那样的朴实，充满着浓浓的人情、乡情……

农闲时节，无论走进哪家院落，有的是无比宽敞的休闲、娱乐空间，下象棋、打扑克的男女，间或有好友来临喝上两盅的男人；大多数女人们则手里忙着针线活，嘴上聊着家常话，悠然自在。小孩子做完了课外作业，学着踢毽子、打沙包，在做着乡村小游戏中忘乎所以。一家家院落演绎着一份份默契的惬意，也演绎着一份份美好的心情，让人陶醉，让人怀想。

丝瓜花开

盛夏季节，在乡下的农家小院里，看最热闹的花开，莫过于丝瓜花开。

那丝瓜花开，简直是一种热热烈烈的铺展之势，闹腾了整个农家小院子，使人彻夜难眠。好像一群活泼的孩子，从远方归来聚在一起，有说不完的话儿，"叽叽喳喳"，争先恐后。于是，满院里撒野了，麦秸草垛上伏着的，土院墙上趴着的，杏树、桃树上攀着的，各显其能，轰轰烈烈。满院的嬉戏逐闹声、欢笑声此起彼伏，每个人的脸上都洋溢着灿烂的笑颜……

其实，看那单朵丝瓜花，不觉得有什么奇异之处，只是每朵花儿美得清纯、自然，朴素得像幼儿园里个个绯红着的一张张孩子脸，让你忍不住地喜爱。这是一种留存心底的洁净的美！因而，这百朵千朵的丝瓜花一齐开放，就显得蔚然壮观了。丝瓜花开满庭院，千朵万朵压藤低。看着它们，你的心里不能不涌起一种震撼：黄灿灿的花儿，微弱的生命，原也有这等的爆发力？真令人不可思议呀！

丝瓜是一种很平常很平淡无奇的蔬菜。在老家，每户庭院里都喜欢在院墙边撒些丝瓜种，然后用木条扎一个木架，过个把月，那木架上便爬满丝瓜的藤条。小时候我最愿意去的地方就是舅舅家。舅舅家在洛河北山的滴水沟里，那是一条窄窄的夹破头的深山沟，树木葱郁，鸟语花香，汩汩流淌的小溪从山沟深处流出，最让我痴恋的是舅舅家丝瓜花开的季节，那时满院黄花灿烂，是一年四季难得的景色。

每年谷雨过后，迎来了种丝瓜的好季节，居住深山沟里的舅舅在院落里沿墙一周刨沟，撒上一行行丝瓜种子，然后用工具抹平，天天浇水侍弄，隔个十天半月的就上点草灰、鸡粪等。不久，嫩嫩的丝瓜苗便悄无声息地破土而出了。这时候为了避免鸡吃掉幼苗，舅舅将养的几只鸡圈起来。然后在丝瓜苗一周用木棍、树枝或竹竿搭架，偶尔锄一下杂草，疏松一下土壤，当丝瓜藤长成形时，它们攀绕在瓜架上，然后便迅速蔓延开来。不久陆续长出了绿叶，开出了一朵朵的黄花……花尽时，一个个嫩绿的瓜儿在丝瓜架上摇曳，吮吸着丝瓜架空隙间透射出的阳光。从春末开始挂果，直到夏秋时，春色满院的景色会持续很长一段日子。瓜熟蒂落的霜降岁月，舅舅总是留下一两颗个大且长相好的做种子，直到叶子落尽了，枝蔓死了，才扒皮取种，精心收好，以便来年再种。

想起舅舅家的丝瓜花开，我不能不想到疼爱我的舅妈。记忆中的每个夏天，我常到舅舅家去，不仅为了分享舅舅家那满院丝瓜花的乐园，更为了品味舅妈亲手做的丝瓜汤、丝瓜炒鸡蛋、丝瓜炒豆瓣。在丝瓜架下摆一张饭桌，凉爽方便，我和舅舅一家人围在一起，碗筷交错，其乐融融。

又见丝瓜花开，曾居住在滴水沟里的人家终于搬了出来，在平地上修建了房屋，过上了舒心的日子。可是积劳成疾的舅舅过早地离开了人世，唯有他在丝瓜架下务弄丝瓜的身影印在我脑海。春暖花开，满头白发的舅妈还不忘种植丝瓜的嗜好，在移民新居门前为丝瓜搭架。那丝瓜架上，爬满青青的藤和叶，而叶间，一朵一朵的小黄花开了，不多日，满院将黄花灿烂……

冬日即景

时令进入冬月，天气晴冷干燥。

午后，暖阳，上山遛狗。门前是馒头山，有条弯曲的小路。小狗出门乱叫，兴奋地摇着卷曲的尾巴，顺小路飞跃而上。小路弯弯，看不见小狗的全身，只见白色的尾巴一晃而过。看我慢腾腾上山的样子，小狗似乎不耐烦，走一段弯路，又返回扑向我的脚下，边叫边摇尾巴，意在嫌我走得慢。这样几个来回，也上到了山上。登高望远，心里敞亮。冬日的山岭，苍茫静谧，蓝蓝的天空，悠悠的白云无一丝纤尘。此时此地，不由让人生发无边无际的遐想。美景如画，竟让小狗眼睛直直地望着远方发呆。

馒头山上草木干枯。草枯了，山净了，一眼望穿。春夏之际，那些漫山遍野疯长的白蒿草，还有随风飘荡的野芦苇，此刻没了绿绿的颜色，呈现出不同的色泽，或淡黄、或黄褐、或暗红。荒草地间簇拥着一片片高高的野芦苇，愈加显得分外绚烂。小狗顽皮，穿越在野草丛中时隐时现。草深深，不见小狗，只见草动。小狗爱草已成习性，出门看见路旁的草，这边嗅嗅，那边闻闻，隔一段路在闻过的草上撒尿，留下气味做"记号"。若需要拉屎，小狗围绕一堆草闻来嗅去，看好草深深隐蔽的地方，撅起屁股拉屎完毕，前蹄踩地，后蹄刨土掩埋，仰起头来看人，还吐着红红的舌头，让人觉得好笑。

小狗在荒草地乱跑，我仰躺在草地上看天空中的白云，什么都可以去想，什么都可以不想。松软的草地，看似不起眼的小草，总能在春夏之际给人带来润眼的光泽，绿色的蓬勃，生命的气势。季节变迁，岁岁年年，无不相似。其实，我无意踩踏一株微弱的小草，却常喜欢席地而坐，就势伏在草地上，去亲吻小草小花，侧耳倾听小草的声音。此刻，我将自己看成一株小草，一株无忧无虑的小草。融入小草的队伍，与他们一起迎风摇曳，呼吸自然的清新空气，让心灵回归自然，去感受最初的那份安宁与宁静。山下的城市风景虽美，繁华也罢，热闹也罢，那是他人关注的事，与此刻的我无干。我只想在这儿静静地呆着，和着冬日的风，吸着新鲜的氧，去感受自然的声韵颤动，倾听风的絮吟。尘世的污浊污染了人的思维和感情，演绎了长久积蓄在心头的负面情绪与懊恼，以些许悲凉的姿态站在尘世的徘徊路口，让人难以自拔。一个人仰卧在草地上，欣赏着明净的天空。有小鸟从视野上空飞过，惹得蹲伏在我身边的小狗惊叫起来，汪汪声穿破空旷的原野……

翻过一面坡，转弯处有几户人家，门前有一块块肥沃的良田。冬闲，有农人在地里用镢头敲打土块，割地边上的杂草，将地里的玉米秆与杂草聚拢在地中央，点燃浓浓升起的烈焰，浓烟滚滚，缭绕上空。冬日，农民在地里烧杂草、玉米秆、烤烟秆、烧地埂是在有意识地"积肥"。冬耕翻地、打碎土块、平整土地，让田野换装。当深冬的寒风吹过田野，空气中弥漫着一种泥土复苏的芬芳。不远处的山洼那边也有袅袅上升的浓烟，可见，冬日农家闲也忙，庄稼地里到处都有他们劳作的身影。看到此景，想起"农业学大寨"那年头，改河道，修梯田，把一块块高低不平的河道或荒地改造，填土、平整，恰似一面平镜。那时，冬季积肥运动是一场轰轰烈烈的事儿。生产队一声号令，田间地头到处都是积肥送肥的场景，干得热火朝天。积肥除了田野的杂草、玉米秆，就是把各家各户的垃圾堆及茅坑粪便收集到一起，加上肥土，选择几个地方堆得高高的，然后在外面糊上稀泥封盖，让其发酵腐烂后再送到地里作为肥料。来年春耕，送肥的队伍成为乡村一道靓丽风景线。

边走边看，冬景迷人。一棵洋槐树挺立在地埂上，一只撒野的小黄猫横穿田间，灵敏的小狗飞奔过去，追赶跳跃的黄色小猫，几个来回追踪，小黄猫无处藏身，看准地埂上的洋槐树一溜烟似的爬上了树梢。小狗围在树下，汪汪汪地叫个不停。这时，被惊吓的小黄猫立足摇曳的树梢，喵喵喵叫个不休。大约二十多分钟的相持对抗，我喊叫小狗停止。小狗返回我身边喘着气，吐着润红的舌头，小黄猫趁机跳下树溜走。我将这突如其来的景象，用手机拍照多幅小狗追小猫图片，发至朋友圈分享。不时，点赞如潮。其实，生活中总有许多充满乐趣的景象，因为我们心态浮躁，视野狭窄，即使有美好的景象也忽视了它的存在。

漫步在冬日的原野上，时走时停，随意观光。小狗一会儿尾随我的身后，一会儿冲向前方，被惊吓的一群麻雀从野芦苇丛中"扑棱棱"腾空而起，飞过山洼那边，停留在一片灌木丛中，响起一阵叽叽喳喳的叫声。小狗好奇，紧追了几十米，停下来叫。麻雀说什么？小狗猜不透。暖阳的午后，一群麻雀欢快地在野芦苇丛中觅食、栖息。小狗的出现，使得麻雀受惊，受惊过后，麻雀像在说悄悄话，逐渐平复心情。突然，天空中响起一阵嗡嗡嗡的声音，一架民航飞机从不远处的上空飞过，不由人抬起头来仰望。飞机过后甩出一道白色烟雾，漫漫扩散着，直至看不见……

从门前盘旋的小路到仓颉园，这一段路虽说寂静，却给人带来无限乐趣。小狗在前边走走停停，东嗅嗅，西闻闻，在草丛里钻来钻去，或回头一瞥，似乎在等我。不远处就是仓颉园，只听得笑声连连，喝彩声不断。那里的儿童乐园、游乐场真好玩。碰碰车、旋转马、滑行车……吸引了山城的市民带着孩子们来玩，也是市民休闲之余前往休闲散心的好地方。

忽然，在我心里有种与陶渊明《桃花源记》中武陵人相似的感觉：复行数十步，豁然开朗，有良田美池桑竹之属。阡陌交通，鸡犬相闻。男耕女织，怡然自乐。美好的遐想温暖着人的心。嘻嘻，美哉！

乡愁的篱笆墙

我不懂音乐，从小缺乏音乐的启蒙教育。后来，读师范必修音乐课的学习，总算勉强过了关。让我对音乐产生好感的是八十年代中国歌坛刮起了一阵强烈的"西北风"，一首《篱笆墙的影子》唱红了大江南北，家喻户晓。那年月，无论你身在何处，都会不经意间听到："只有那篱笆墙，影子还是那么长……"一曲荡气回肠的歌，舒缓、悠扬，不由让人想起乡间的篱笆墙，那花花绿绿的诱惑。

犹记孩童撒野乡间，随处可见村庄房子周围的院子外，围起的一圈篱笆墙。那时的农村，村里很少有人家垒有院墙的，各家门前的空地连着一片菜地，那是唯一的自留地，用篱笆围着种植蔬菜。篱笆墙是用密密的树枝或竹片围起来的，用来阻挡那些想要偷偷溜进去的鸡鸭。

清晨，"吱呀"一声，谁家早起开门，正在吆喝着鸡鸭出笼。一群鸡去屋后地边嬉闹，一群鸭子摇摇摆摆出村道去了小河边。若你留神的话，会发现鸡鸭路过篱笆墙的姿态简直可笑极啦！有公鸡高叫着昂首朝着菜园子眺望，有鸭子用尖尖的嘴朝篱笆墙缝隙啄，一群鸡鸭一边走头却偏向了篱笆墙，透过篱笆空隙望菜园子里那嫩嫩的绿意。

篱笆墙上浅紫色的牵牛花不甘寂寞，迎着朝霞吹响了小喇叭，起床啦！起床啦！声声稚嫩。扛着锄头的村民在队长高音喇叭声中出工了，村道里传来了男男女女的嬉笑声，孩子们上学的脚步声，整个村庄沐浴着晨光苏醒。苏醒的山村热闹起来了，村前的小溪哗哗作响，溪边的柳枝绿叶欢快地吸收着晨曦的甘露，柳枝头的鸟儿在自由地穿梭、高兴地唱歌，鸡鸣声、狗吠声、牛羊声，此起彼伏，合奏出动听的乡村小晨曲，去迎接黎明时分的灿烂曙光。

漫步乡村晨曦，迎着晨风的轻抚，那柔柔的、湿湿的、润润的感觉，令人陶醉，使人神往。

篱笆墙不仅是乡村最美的一道风景，也是见证乡村爱情的信物。在那个封闭的年代里，乡村里的少男少女谈婚嫁娶是由媒婆牵线的。即使情窦初开的男女相互爱慕，来往也是有礼节的，不得"踩过界"。在居住集中的村庄，靠河一边挨家挨户建房，相邻之间有一道矮矮的篱笆墙隔着，那只是界限而已。邻家隔着篱笆墙相互拉家常、说笑话，你一把青菜，她一根黄瓜，隔着篱笆墙相送，其乐融融。哪家小伙子看上谁家的姑娘，往往以看篱笆墙攀藤缠绕的花儿为名，磨磨蹭蹭的，东张西望，这朵花很美，那朵花也很美，人看花，花看人。小伙子看花的心思十足，数落花的颜色、风姿，说得头头是道，说得主人家姑娘心动了，好戏开始了；若是主人家的姑娘不理睬小伙子，那八成没戏。也有例外的，小伙子隔三差五来看花，主动讨好主人家姑娘，问一问花种从哪里得来的？什么季节播种合适呢？需要施什么肥料？说得姑娘脸红耳赤的，甩下一句话来："你这人真麻烦！"篱笆墙上的花儿演绎着爱情故事。这朵花有这朵花的美，那朵花有那朵花的风姿，竞相绽放。

篱笆墙的魅力是无穷无尽的，因为它的美是质朴的、自然的而富有生命力的。篱笆青青，把春天的种子撒下，春风吹，花儿藏在绿叶间，顾盼生姿，娇俏可爱。夏雨下，篱笆墙上开满了五颜六色的牵牛花、丝瓜花和扁豆花，花香弥漫农家小院，花枝招展，蜂飞蝶舞。秋天到，篱笆墙上呈现出丰收的景象，藤叶渐落，果实更加突兀，瓜是黄黄地挂着，豆是绿绿地串着，竞相摇曳，构成了一幅生动的山水彩画。冬日，寒风刮得树叶"沙沙"地响，篱笆墙随风发出悦耳的哨音。偶然间，就会看见那缠绕篱笆墙的藤蔓上挂着一个黄灿灿的大南瓜，或者一个风干了的豆荚，让人惊喜！大雪飘飞的日子，积雪覆盖了篱笆墙，撒野的孩子们跳过低矮的篱笆墙，堆雪人、打雪仗，玩得好开心。站在一旁的父母亲看顽皮的孩子尽享大自然带给他们的乐趣，不由会心地微笑……

那时，好玩，篱笆墙成了村里孩子散学后的乐园。放下书包，囫囵吞枣吃了饭，直奔村西头"五保户"王爷爷家。王爷爷爱我们这些孩子，常让我们到他家玩，滚铁环的用具就是他为我们做的。小伙伴们陆续到齐了，孩子王宣布滚铁环的游戏规则：沿着王爷爷家"U"字形篱笆墙滚铁环，看谁推着铁环向前走，不倒地。铁环是用一根粗钢筋弯成的圆圈，用一个半圆的钩作"车把"推动铁环滚起来。比谁跑得快时，两个人同时出发，滚着铁环拼命往前跑，快者胜；比谁慢时，停在原地不动，必须保证铁环不倒，时间长者胜。滚铁环，没有多少技术可言，一学就会，又熟能生巧。我手笨，滚铁环不得要领，沿"U"字形篱笆墙滚铁环转弯处出差错，铁环好像不听我的使唤，往一边倒地。看到我滚铁环转弯出错，王爷爷告诉我："手握一只铁钩钩住铁环，推动铁环向前滚动，要有耐心和平衡的技巧。"王爷爷边说边操作示范，我尝试多次后才有所悟。

回忆起滚铁环的童年，那篱笆墙的影子、滚铁环的场景还时常在睡梦中浮现……岁月更新，童年的游戏多么的单纯而美好。

每次回到老家北山，我喜欢一个人与老屋对视，寻找那童年生活的篱笆墙，篱笆墙上童年的梦。如今的乡村已经不再有篱笆墙，代替的是高高的水泥院墙，村里没有了蜿蜒的小径，少有悠闲觅食的土鸡，少见闭目养神的猫……曾经美好的，让人温暖、留恋的那些元素。

　　我怀念那本真、质朴的篱笆墙，它沾着泥土的芬芳，它承载童年的记忆。

　　也许怀旧吧，我在居住的城郊小院花坛边围上了竹篱笆。闲暇的星期天，搬一张椅子静坐竹篱笆前，或看书，或思索，或听音乐，看阳光爬上竹篱笆，竹篱笆爬满牵牛花……

北山的村庄

　　春日的一个周末，在无任何理由的心境中忽发向往故乡的澎湃心情，直奔我北山里的村庄。途经曾工作过的古城、灵口日益繁茂的小镇，车一溜烟似的跨过洛河桥便进入北山，云朵在山巅上飘浮，车辆在山沟里鸣笛……几经颠簸几多喜悦的身心过滤，就来到了我出生地的小村庄。

　　村庄如此的寂静，车停在村口的一瞬间，村庄上空有鸣叫的鸟儿飞翔，想必是车辆的鸣号惊动了鸟儿的呢喃低语，纷纷从这片绿荫枝头飞奔那片绿枝树丛。一条小黄狗摇着尾巴紧跟在我身边转悠，好像并不陌生且有亲近之感。我顾不得小黄狗的纠缠和亲昵，一步跨进老屋的门，一把锁紧扣着门闩上的铁环儿，父母亲不在家大约去麦田间除草了。于是，趁着空闲去村里转转，也好跟村里的邻居说说话儿叙叙旧，以弥补我对村庄的深深思念与记忆。通村水泥路一直紧靠着村庄，小河边的柳树枝头摇曳着闪烁阳光的绿叶，叮咚的河水流淌着欢畅的歌，好像有意为我奏响踏步曲。村庄有几位老人坐在屋檐下晒暖暖，享受着春日阳光的青睐。他们大多用右手遮着太阳的光抬头与我说话，我会意地点头微笑。从他们那布满沟壑而又慈祥的脸上我读出了生命的质感，也悟出了生活的艰辛。恍惚间，我看到了眼前的老人活泼的青春，曾经打过我屁股的那双扬起的"爱"之手……那时像我一样的孩子常上树摘吃尚未熟透的桃、梨和苹果，甚至上山攀岩摘吃野果，常被大人们担心和数落。眼前老人的微笑给我往事的记忆链接上无限的符号，不由让人生发喜悦和感念。人生踏的就是一条"爱河"的桥，站在这头看你的是老人，迈向桥那头的是自己。今天的自己就是明天的老人，也是"爱河"桥头的眺望者。不变的是这条"爱河"的桥，世代接替、源远流长……

忽然想起我读书的村里小学，步行不到半里地就到学校。还是那条通向学校的黄泥路，还是那座坐落山根的四合小院，门楼依然如旧，只是门楼上的蓝瓦稀疏零乱。进入院里，墙壁斑驳，粉刷白灰脱落，地上杂草丛生，恍惚山野寺庙。近前看昔日教室里的陈设，不见桌椅板凳，空空的地面积层厚厚的尘土，教室墙壁上留有我们课余时间涂鸦的作品，一块黑板上依旧留存老师教我们识字的"人"字笔顺……听村里的老人说，学校校舍迁移合并留下旧址，曾有人想买此地居住，盖因校舍建在庙地忌讳。站在教室门前，抚摸着布满尘土的纸糊窗户，细细分辨依稀可见的当年红色标语，耳边好像传来琅琅的读书声，是那么的清晰，有语文老师领读课文的美声，间或有调皮捣蛋的学生唱读的奇异声……走出村里小学，心境一片沉郁。

我无法忘却这座小学对我的启蒙教育，我相信每个人都和我此时的心境一样。当年校园里的活泼场面，曾给村庄带来多么有生机的气象哟！沉睡在村庄的大人们，一大早听见校园里的铃声（地质队那儿搞来的一小节钢管）该起床下地干活了。于是，村里的母鸡也叫得欢，"下蛋了！"表明功绩。在充满生机的村庄里，人们有秩序地生活着快乐着。如今，村庄很静，静得无比宽松。只有过年的节气，村庄里鞭炮声四起。热闹那么几天，打牌、下象棋，看电视、串门子，红红火火闹腾着村庄。正月天已过，村庄里一片静谧。留守在村庄的大多是妇女和小孩，他们肩负起村庄的脊梁，疲惫在耕作的田间。从晨曦到夜晚，不知疲倦地辛勤劳作着、幻想着，延续着生命里的村庄……

离开村庄的日子，我常常在梦中回到北山里的村庄。村庄的人和事无时不在我眼前闪现，就连我亲手放过牛的事也常在梦中浮现，那头被我卖掉的黑犍牛总是回头望我，啃门前路边的青草不肯离去。这让我多次在梦中流泪……

村庄里的树木长粗长高了，村庄的人变得聪明能干了，年轻的后生不再满足于依靠几亩责任田将就着度日子，他们纷纷走出大山闯世界，用勤劳用智慧重新美化村庄。那些首先富裕起来的人家盖起了楼房，安装了太阳能热水器，过上了城里人生活。土木结构的老屋子逐渐被砖瓦房代替，不见了当年的茅草房……一切都在发生着变化。

夜晚与父母亲畅谈，话多得说不完。父亲一个劲地抽烟，母亲总是不闲着，收拾这收拾那，说着闲话儿……父母亲一辈子劳作在村庄里，对村庄有着深厚的感情。一年少有的一两次进城，总是不过一夜就回到乡下的村庄，他们觉得村庄安静，夜里睡觉踏实安稳，不像城里一夜都是车辆的轰鸣声，翻来覆去睡不着。是啊，村庄是宁静的村庄，宁静得能听到院墙藤蔓上一朵紫藤花开放的声音，可是，我对这种宁静的村庄产生起过多的顾虑，曾经在山外边干大事的后生居家江南水乡多年未归，向往城镇生活的欲望增强，村庄是否还有留守的妇女和儿童？我很忧虑。

村庄是我心灵净化的源泉，无论走向何处，村庄总给我以无限的思念。这些年我去过许多南方和北方的城市和村庄，不少地方都胜于我故乡的山水，美于生我养我的村庄，但只有站在我北山里的村庄，我才感觉到与泥土、青草同呼吸的畅快。于是，我想人的生命里注定了与他出生地的某种天籁般的感应，才使得人一辈子骨子里存活着那片泥土的生机，蓬勃着青草，壮大着树木，激活着生命里的村庄。

北山的路

老家北山是我的出生地，地处洛河以北大圣山脚下，属典型的高寒山区。门前有条清澈见底的龙河，它是从秦岭山流出来的，弯弯曲曲地流向远方。从北山去县城要沿龙河行走，到城里约 150 里。记不清哪年我第一次走出北山，如今已在这条通往县城的路上反复往返几十年了，有种温暖亲切的感觉。

在我懵懂的孩童时候，就听大人们说村里人很少出山，要上县需要走两天才能到达。北山人把进城叫"上县"，谁家有人"上县"了，谁家就在村人眼里荣耀起来。"上县"的人自然话语多，他们演绎着城里的故事，村人毕恭毕敬地聆听。县政府门前有个"饺子馆"，县百货公司有好多花布，县政府门前有一条长街直通南门口，那里集聚着许多人看艺人耍猴……

那年我读小学，教书的叔父因受县文教局表彰进城，知我喜欢小人书，在城里新华书店给我买了好多本。《小兵张嘎》《平原游击队》《地道战》《鸡毛信》等等，我看了一遍又一遍，几乎记下了每一个故事情节，并把故事讲给小伙伴们听。嘎子、李向阳、海娃……这些英雄的形象丰富了我的童年生活，他们的形象一直在我的心灵深处闪耀。

60 年代后期，灵口镇（那时叫"公社"）往返县城的班车通了，但远离老家北山。每天发往县城一趟班车，是那种可乘坐几十人的绿色铁皮卡车。其实没有座位，上车的人站在车厢里，一路踩踏拥挤，摇摇晃晃，上下颠簸，从集镇坐车到县城需要两个小时的折腾才能到达。坐过绿皮卡车的人说，逛一趟县城要好多天静养，才能恢复精神。

70 年代末我读高中，从老家北山到灵口镇上的中学要步行 40 多里路，那时仍然不通车，往返步行。弯弯的龙河，坑坑洼洼的砂石路，走过一弯又一弯，过了一趟河又过一趟河，转弯过河出山，走过让人眩晕的洛河独木桥，心惊胆寒，只有步入镇上学校，悬着的心才放下来。

读高中三年，难熬的是冬天。刺骨寒风，路面结冰，行走在砂石路上，一不小心滑倒在地，书包里酸菜瓶子就会打碎，一周的吃菜就成了问题。尤其过河，踩踏冰冻的石头，必须小心谨慎，若踩滑或踩空一块石头，掉到河里，则冰冷难忍。其实，也不用惧怕，邻村几位同学常结伴而行，过河手拉手给力。一路风行，说说笑笑。鸟儿为我们唱歌，花儿为我们绽放，龙河为我们伴乐，春夏秋冬，乐此不疲。

读高中的年月，行走在龙河砂石路上，看最美的风景还有毛驴车和送公粮的事。猛然转弯，听得蹄声嗒嗒，迎面而来的是拉着货物的两辆毛驴车，车把手稳稳地坐在车辕上，扬着鞭子，吆喝着毛驴赶路。前一辆赶车的是将近五十岁的老汉，披着件羊皮袄，是我家姨夫；后一辆赶车的是三十多岁的后生，穿着红毛衣外套，是我村邻家。这一老一少常年赶毛驴车运输货物，奔波在这条砂石路上。他们把山里的药材一车车送往城里，他们把城里的日用品一车车运回山里，毛驴车成为那个时代让人羡慕的最实用的交通工具。

每年夏收秋收的季节，生产队长一边指挥社员们抢晒麦子（秋晒玉米大豆），一边抓紧粮食入库交公粮。这时节，学校放忙假，我们小学生唱着《我是公社小社员》的歌儿，欢喜地加入捡拾麦穗的队伍。交公粮的地点在四十里开外的灵口公社所在地，队长安排青壮年劳力拉着装满粮食的架子车，大清早动身，夜晚才回家。交公粮的日子，龙河砂石路上是长长的队伍。人们从四面八方的山沟沟出来，聚在这条砂石路上，过洛河桥去粮仓地排队等待过秤。后来土地承包到户，交公粮的日子更是热闹。天蒙蒙亮，村道里就响起了狗吠声。大好的天气，交公粮的人家起得老早。天亮了，龙河砂石路上行进着送粮的队伍，肩背的，扁担挑的，架子车拉的，自行车带的，你追我赶，谁也不落伍。虽说交公粮的年代一去不返，可那旧日的时光总让人难以忘怀。

80年代初期，老家北山通车了，毛驴车渐渐地淡出了人们的视野，取而代之的是"小四轮"跑在乡村公路上。姨夫因年龄不饶人，在家务农；村里的那位后生买了"小四轮"，不但承担起供销社的货物运输，还自家开小卖部，生意越做越火，那是后话。

门前路通车的那天，村上的人们全家出动，挤在公路边上看热闹。男女老少，人人脸上开着花儿，笑容可掬。尤其上了年纪的老人平日很少出门，有的拄着拐杖，有的儿孙搀扶，看宽敞平整的道路，摸停在公路上的崭新车辆，有好多老年人还是第一次见到车，激动地连声说："我见车了，我摸车了。"有的老人让儿孙扶着上车试试，坐在座位上眯着眼笑。

这条长四十余里的乡村公路通车，打破了山村原有的那种闲适和宁静。县上领导亲临北山试车剪彩，十多辆班车开进山里，让山村沸腾了。长长的车队缓缓开进公社大院，试车剪彩仪式举行，鞭炮声齐鸣，人们振臂高呼："通车啦！通车啦！"那发自村民们心声的话语，至今还在我的耳旁回荡。

适逢新农村建设，北山的路发生了天翻地覆的变化，乡村水泥路硬化、入户便道硬化，大车小车开进村，已不是神话。

北山的路是人修出来的，也是山里人走出来的。从北山走出来的青壮年男女出山了，去山外闯世界。

北山的路是通往山外的路，它不仅通往县城，通往省城西安，还通往省外海外。

雪落北山

回到老家北山的日子，正落着雪。

北山宁静。没有风，云天迷雾，落雪的窗户不时发出轻微的声响。窗外，一片白皑皑。眼前的山岭被白雪包裹着，看不出山崖的模样，树木银装素裹，好像节日的圣诞树。村庄静谧，只听得门前的小河在流动，发出汩汩的声响。连续几天的落雪，地面积雪很厚，村里的狗们在屋檐下一阵狂叫过后，村庄又回归宁静。通往村庄的一条小路，刚刚被一群放学的孩子踏过，留下或浅或深的脚印，不久又被落雪淹没。我站在窗前望着一群孩子进入村道，稚嫩的童声漫在簌簌的落雪中，好像在看一场无声胜有声的电影，又好像导演一出"雪落北山"的独幕剧。雪落的沉重，纷纷扬扬，此起彼伏，从昨夜里一直到今日黄昏，听不见屋外竹林里鸟儿啾啾声，唯有雪压竹枝儿时的脆响声。此时，我的北山好像失语一样，扮演着一幕哑剧。

在这演绎着一片空白的寂静中，我独自一人围炉煮酒，独饮酣醉。夜深，窗外簌簌，雪落依旧。迷茫之中，我隐约听见了稀世的声响：不是自然的雪落的"簌簌"声，而是那种雪粒砸在山野肚脐上的鼓乐声。一阵强似一阵，声声入耳，好像上演一场乡村大合唱，雄浑昂扬，场面铺排，声势浩大。侧耳静听，山峦舞动，树木摇曳，小河欢唱，群兽出没，翻山越岭，引吭高歌。今夜的世界，真的"山舞银蛇，原驰蜡象，欲与天公试比高"了……

雪落结冰，寒气入窗。夜半，酒醒。出门望天，一片白茫茫的世界。北山，村庄，原野，越发洁白、清俊，好像眼前的一切处在一个美丽的童话里，一个还未苏醒的好梦里，原汁原味，纯洁无瑕。

这时，人的潜意识里那种懵懂的呓语，好像无意间被渐渐唤醒。站在一片白色纯净的原野，任凭微微的冷风穿耳，思绪缥缈。大地冷清，飞雪飘飘，在这洁白的世界里，好像有谁泼洒了乳汁，均匀柔和，白亮亮的，润眼。每一朵雪花犹如一颗星，在原野上空闪烁着亮色，照耀着我的北山。雪片飘逝，与大地接吻，与树木接吻，融为一体，晶莹透亮，展现出一派静美的空间，让人沉醉、哲思！

踏着清脆的声响，竹林那边，簌簌落雪，沉沉的竹竿抖落下雪花，落入我的脖颈，倏然消融，不觉冷森。无意间听得竹林扑棱声，想必是惊动了鸟儿们的酣睡，轻轻地移步，轻轻地走开，让鸟儿香甜地睡，等待晨光熹微，就有悦耳的鸟声了。不是吗？冰雪融化，草木发芽，冬去春来，有孟浩然诗云："春眠不觉晓，处处闻啼鸟。"

忽然想到鸟，顿觉得自我惭愧！少年读书，语文老师讲解鲁迅的《少年闰土》，对于闰土捕鸟的细节深感兴趣，文中的句段背得烂熟，至今记得：第二日，我便要他捕鸟。他说："这不能。须大雪下了才好。我们沙地上，下了雪，我扫出一块空地来，用短棒支起一个大竹匾，撒下秕谷，看鸟雀来吃时，我远远地将缚在棒上的绳子只一拉，那鸟雀就罩在竹匾下了。什么都有：稻鸡，角鸡，鹁鸪，蓝背……"这是多么有趣的事儿呀！我和弟弟学着闰土的做法，找来父亲编的竹筐，在院中扫出空地，用柴棒稍微撑起，撒下煮粥的玉米粒，远远地藏在屋檐下，拉着长长的绳子，等着鸟雀进去吃食，猛地一拉，收获多多，几天里十多只麻雀被罩在竹筐里，此后，担惊受怕的麻雀再不敢接近竹筐。随着年龄增长，看到的是农药的大量使用和捕杀的无限度，儿时随处可见的比如喜鹊、乌鸦、灰喜鹊等，已是很少看到了。

这几年，随着自然生态环境的发展变化，在乡间，有很多种鸟的叫声又悦耳动听了。比如画眉鸟、百灵鸟、喜鹊、鸽子等等，它们自由飞翔，叽叽喳喳地穿越于村庄，发出婉转悠扬的叫声，非常好听。在城市，广场上有很多白鸽，它们"咕咕、咕咕"地叫着，悠闲地散步，三三两两地在一起交谈，还有的调皮地从人的身边飞过，逗得人们哈哈大笑。这样的场景，多么惬意，多么和谐！令人高歌、舞蹈！

雪落无痕，雪夜无眠。游走于空旷的原野，那洁白的雪，晶莹着我的心空；那柔软的雪，轻抚我的心田。今夜的雪，舞动的生灵，用她那轻盈的舞姿，上演着一场唯美的晚会，演奏最完美的生命绝唱！我欣然，我的心也渐渐沉静为雪的原野，在岁月的静美中积淀。

其实，生命的旅途中，每一刻都是如此的美好，每一刻都隐喻动人的诗句，每一刻都值得去回味……

乡韵三题

乡村是一首天然的诗，富有无与伦比的韵律；乡村是一幅美丽的图画，让人百看不厌、如痴如醉。

——题记

乡 月

最美最明朗的是故乡的月，那是一种撩拨人心的月，又是一种斟酒醉意的月。

入夜，山野里一片静谧。静得让人似乎感觉不到身在山里，耳边听不到惯有的那种城里的车辆鸣号声、人多嘈杂声，有的是一片沉静，沉静一片。心里总好像失落点什么？坐立不安。好在山里的老乡为人诚实，见面话不多，心里却热和。一杯清茶一壶热酒，直喝得你满心窝子的话往外溢，说你醉了你不服，心里高兴，嘴里话多，舒畅了，身轻了，飘飘然躺在热炕上不多时鼾声大起……

夜半三更，忽然睁开睡意蒙眬的眼，室内一片亮光，疑是天已大亮。随之披衣坐起，睁眼看玻璃窗外，静静分辨才得知是窗外的月光照进来的，不由自笑。待我静下心来，却不觉再有睡意。室内银光洒满半壁，室外不时传来熟悉而又淡忘了的鸡鸣打更声，声声入耳，惹得人心里痒痒的，于是，翻身起床出门观一轮山月，听山野鸡鸣声——

很久未看到如此明镜的圆月了，青碧的山野上空悬挂着一轮皎洁的圆月，照得山川上下如同白昼一般，一片净亮。山梁呈现于圆月之下，像山水画大师有意泼墨似的，一梁一洼，一洼一梁，深深浅浅地布满银光，山林、田野、屋舍，水彩细腻，棱角分明。最亮眼的是弯弯的蛇形小河，轻轻地弹奏着美妙的曲子，叮叮咚咚、滴滴嗒嗒，似母亲轻摇婴儿酣睡的催眠曲，似夏夜虫鸣乐此不疲的演奏曲，一曲又一曲，曲曲悦耳。踏步小河边，头顶的圆月随着我行，每踏一步月光在动，小河里的曲子在响，好像有意为我这个离乡多年的游子伴奏踏步曲，轻轻地踏步在洒满月光的通村水泥路上，似乎轻浮在大山母亲的怀抱里，逗留、撒野；转过一湾又一湾，迎来一村又一村，耳边的鸡鸣声一遍又一遍地报告着夜过四更到五更，这报钟的雄鸡一唱，一轮圆月便也慢慢地隐藏到山梁那边去了……

哦，乡月，故乡的月，久违了的圆月。小时候，常常偎依在奶奶怀里的我，坐在老家院里捶布的青石板上，静静地听奶奶讲月亮里的故事，月光沐浴在小院角落，故事荡漾在孩提心头，看着头顶上高悬的圆月，望着圆月里的"桂花树"，聆听着"桂花树"下吱吱咛咛纺线的声音，想象着圆月里纺线老奶奶不知疲倦的事，真替老奶奶担心——要是疲劳了拉断线头怎么办？如此，过了这个月的十五盼着下一个月的十五，总能看见桂花树下的老奶奶在纺线。但也有时看不到的，那是间隔的一个月的十五夜里阴沉沉的看不见月亮，奶奶说："桂花树下的老奶奶去亲戚家串门，忘记了回家。"我信，奶奶说的话在家里最有权威。日子长了，奶奶在月光下说的话给我的印象最深……后来，奶奶过世了——村里人送她去了一个地方，我想：是不是像桂花树下的老奶奶一样串门儿，忘记了回家，不肯给我讲故事。打那以后，有关月亮的故事封存在我幼小的记忆里，不再掀起风波。

走出老屋四角天空的小院，读书上学，工作进城，寄居闹市已十多年间，却从来没有感觉到月光在我心头的流动。霓虹灯下，梧桐树旁，聚集的人影里，高楼的压抑，车辆的拥挤，噪音的浮动，怎能容纳得下月光的挥洒？于是，夜深人静的间隙，只有在打开发黄的书本里赏月，品读唐诗宋词："举头望明月，低头思故乡。""深林人不知，明月来相照。""明月别枝惊鹊，清风半夜鸣蝉。"……读着古人的诗句，望着窗外的清辉，想象着故乡里一轮圆月照在头顶的美事……

月光渐渐地暗淡下来，隐隐地朝山那边退去，山梁渐渐模糊起来，看不清山林里的树木，看不清大山的轮廓，这时，我方觉得深山夜里的清冷。于是，返身往回走，不觉已走出住宿地几里。村庄就在眼前，白色的山墙，高高的屋脊，翠绿的青竹，远处的山梁慢慢地显现出模样来，村庄里不时传来狗吠声，上学孩子的吆喝声。天真的亮起来，农舍房屋清晰地显现，两层楼移民新村整齐地排列在山根，历经月夜沐浴的村庄显得清俊而出脱……你听，村庄里响起了摩托车声，或许送孩子上学的，或许出外贩卖山货的，皆一溜烟地奔出了村道……

山野黎明的钟声敲响了，大山苏醒了，乡月隐去了，山川灵动了。

诗云："露从今夜白，月是故乡明。"……

乡草

乡草，乡间的草，是大山的绿色外衣，是乡间的魅力所在。若没有乡草就不成为乡间，就不会使人产生悠然忘归之情，也不会使众多离乡游子梦回故乡……

只要一踏进乡里，满眼里都是草。乡间的草，谈不上什么新鲜事，却为乡间人所纯情所深爱。草丰盈了乡间，美化了乡间，和谐了乡间……春来，嫩黄色的草芽儿萌发，便滋润了乡人的眼，大人笑了，孩子乐了，

28

眼睁睁地看着那嫩黄色的草芽儿一天天长高长大,绿油油的一片片扩散,绿满了小溪,绿满了田野,绿满了山岚,绿满了乡人的心田;夏里,逢上多雨时节,草儿蓬勃地长着,会一直漫了山涧的小路;晚秋,寒意微袭,草儿摇曳,像老伯伯那灰白的发须,借着风儿摇晃着,叙说着那一个个童话;即使冰封大地的寒冬,也未能窒息小草儿生命的延续。又一年春至,新鲜的小草儿又绿臻臻、青茸茸地露出了地面……

乡草,是了不起的啊!它以顽强的生命,对土地怀抱深情,对阳光雨露怀抱感恩,"野火烧不尽,春风吹又生",绿了春风,绿了春雨,碧草连天,绿满人间。乡草,是包容的、温暖的啊!我们曾在那个年代居住过的一种屋就叫"草屋";草被我们穿在脚上,就叫"草鞋";草被我们顶在头上,就叫"草帽";草被我们做成披肩,就叫"蓑衣"。乡草,是平淡无奇的啊!什么字眼一沾上了"草"的边,身价就显得低人一等了。说没本事的人是"草包",说没身份的人是"草民",说办事不谨慎是"草率",说一文不值是"草芥",说乡间出身的英雄是"草莽"……

草虽然平淡无奇,可乡间的日子却离不开草。灶房里烧的,炕洞里填的,头戴脚穿的,大小牲口吃的,病人做药用的,就连草灰也要撒到地里……

草与人类不可分离。即使不当"草民"的人进了城,没有一个人对草不怀恋、不产生敬意的。大大小小的城市公园、广场、居民小区总要栽花种草,供那些休闲娱乐的人们观赏。无论黄昏或清晨,总有人散步或徘徊或流连忘返……草滋润着城里人的眼,也滋润着城里人的心。

我在乡间生活多年,山野里的草曾给予我美好的欢乐与憧憬。放牛、拽猪草,欣闻草香,使我对乡下的草有着深厚的感情。至今,一想起那些草的名字,就会使人产生美好的回味。灰灰草、苦苣草、羊蹄甲、野齿苋、狗尾巴草……它们在乡间默默地繁衍着,没有谁为它们施肥、浇水,它们只听命于四季风雨,自由自在地生长。

草是乡间生命活力的一部分，乡下离不开草；草是城市人绿色怀想的源泉，城里也离不开草。人啊，是否真正读懂了一棵小草，学会像小草一样生存！那一曲简单的《小草》不是被众多的人咏唱了多年吗？"春风呀春风你把我吹绿，阳光呀阳光你把我照耀，河流呀山川哺育了我，大地呀母亲把我紧紧拥抱。"……啊，乡草！怎一个"情"字了得。

乡石

一回到乡间，对于久违了乡村生活的人，第一印象是那满眼里的石头。在乡村，无论老年人还是青年人，甚至是一群小孩子，没有人不对石头产生恋情的。看惯了那遍地的石头，自然把它当作乡村生活的一个重要部分，也不足为怪。

从商洛山走出来的乡党贾平凹，曾经以优美的散文《丑石》赢得了众多文学爱好者及其文学大家的看好，这篇蕴涵深刻哲理的美文选入了中学教材，使广大青少年得以心灵上的启迪。不过，老贾所写的丑石，那可是商洛山石头中的极品啊，我辈难以惠及。好在曾经长期生活在乡间，每天都与石头打交道，看惯了各式各样的石头，也品味过被集石爱好者所看中的家乡洛河石，置于案头常把玩、常相思。如今，似乎对乡间那么多的石头情有所钟，隔三差五地去乡下转转，看看石头，摸摸石头，坐在上面感到舒服，心底畅亮！静静无语的石头，不知道我在摸它，看它那纵横交错的纹理，想象它那鲜活的众生相，沉迷如醉……

乡石对于家乡人来说，它用于砌埝、垒块块田、砌房基建房、经石匠打磨加工成碌碡、碾盘、石磨，用来为乡民生活所服务。因而，很少有人想到石头有什么高贵之处？至于被海内外人所倾慕，千里迢迢来到商洛寻找家乡"洛河石"的人，或许是老贾那篇《丑石》漂洋过海的缘故，家乡石头在人们眼里也珍贵起来。一些集石爱好者纷纷来商洛山寻石、买石，一时形成了气候。去外地出差，难免有人一说起家乡商洛，便说起了老贾，自然也提到了他的《丑石》。作为商洛山里的人，我为老贾而喝彩，也为家乡石头而叫好！石无语，人有情，石有道，人自悟……

曾记得一次文友笔会活动，有人唱着"山里的石头会唱歌"，使我对乡村石头有了重新审视的念头。不知不觉中敬意油然而生。从咿呀学语、蹒跚学步开始，我就与石头结下了不解之缘。老屋门前屋后都是大山，山上尽是葱绿的油松，多彩的石头。老屋院里那青石板上奶奶捶过布，妈妈在它上面抹过袼褙，年幼的我在它上面睡过觉、做过梦。那老屋前后的片片竹子，常年四季绿过人的眼。竹园里几块形状奇异的石头夹杂其间，实在是一幅不用点缀的山居竹石图，让人遐想……走出老屋那四角的天空，踏在青石板铺就的山路上，偶尔被石头所绊倒，脚踢踏着石头说着气话，一笑了之，即使划破了皮肤，心里虽有怪意，却多在责备自己不小心。石头不会说话，人怎能无理？长辈人常教训孩子"笨得像块石头"，孩子不语。"像块石头"有何不好？石头不也被家乡人所实用，被外乡人所看中吗？一车车家乡矿石不也走出了大山，走出了国门，被加工成有用的矿粉，发挥着它那鲜为人知的作用！

从乡里"走"出来的石头，被艺术家安置于公园、城市广场一角，那一块块普通的石头，便身价倍增，为城市增光添彩！每次来到这种场合，你都会看到那些对石头有着爱恋的人，或抚石而望，或静观遐想，或拍照留影，都会使人产生美好的联想。这些对石头有着深厚情缘的人，在他们的生活里，只是因为工作关系而离开了那些石头，当他们看到城市里鲜见的石头，便激活了他们联想的神经，一切美好的构想便似过电影一样的跳跃，那与山里石头一起滚爬的过去，那与山里石头有着恋情的故事，一起映入眼前，久久不能抹去……于是，一天天、一月月、一年年来到这里，再现曾经的岁月，唤回生命的激情，构想美好的未来；于是，城市因石头而生机勃发，人们因石头而精神昂扬！石头构成了城

爬满青藤的阳台

市生活的一部分，石头激活了城市人生活的脉搏……

乡石，是无语的，却唱响着人生的歌；

乡石，是无韵的，却谱写着时代的曲。

乡村物事（三章）

农具

农家屋里，最显眼的是农具。农具对于农民来说，好比农人的左右手，堪称农人的好帮手。

走进农家，一眼望见的是那些不会说话的农具。或靠在农家的屋檐下，或挂在农家的墙壁上，或顺手放在进门的墙角边，大大小小的农具挤满了农家人的房檐屋后，静静地做着美妙的梦……

春播秋收，冬耕夏收，那些寂寞的农具就派上了用场。

春播开始了，农家人忙活起来了，乡场上、院落里，到处都是忙碌的农家人的身影，犁铧擦得净亮，牛儿喂得精神，玉米种子选好了，开犁、点种、打土疙瘩，田野上到处是热气腾腾的劳动景象。犁铧翻过的那一刻，土地上到处洋溢着沸腾的热气，松软的土地焕发着青春的活力，与犁铧对话，与牛儿对语，叙说着一个个陈年童话。麻雀、乌鸦欣闻新翻泥土的清香，掠过河岸飞进新翻的犁沟，呢喃着鸟语不肯离去。河那边，大路上，一群放学的小学生唱着流行歌曲一字形地前进，不时有离开队伍的孩子进了村，那队伍一边前进一边减少，歌声荡漾在山那边……

秋收季节，乡场上连枷扬起，豆荚爆响，黄澄澄的大豆满场里滚动；

爬满青藤的阳台

田野里农人挥动镰刀的那一刻，动情的玉米秆子哗啦啦倒了一地，金黄黄的玉米泛着亮光，耀人的眼。要知道夏日的热气中，最惬意的是绿油油的玉米，仰着脖子笑看蓝天白云，笑看天空飞过的大雁，舞动着优美的曲子，在田间潇洒着迷人的交际舞。那些穿插在这舞曲中的农人，挥洒着热汗除草、施肥，给玉米净化施展才能的空间，顾不上喝一口清凉凉的泉水，只听见锄板翻动的声响……一阵凉风吹过，玉米林轻轻地摆动，风穿过成排成行的玉米田，也凉透了农人的心，抬起头望天的农人喜上眉梢。秋后的小麦种好了，麦茬还露在田野间，田地耙糖得很平整。

小麦在地里发绿的时候，冬日的太阳暖烘烘的真舒服，靠在墙根晒太阳的农民，懒洋洋地眯着眼享受着阳光的沐浴。不过，那些勤快的农民，除了晒太阳手里还闲不下来，那些破烂的农具还需要闲时修补收拾。被土地咬伤的木犁需要补损，用坏的镰把需要换新的，牛缰绳断了需要弥补，或者借此冬闲时间拧绳换上新的牛缰绳，平地用的耙齿坏了还需换上新的来年好使用，还有播种用的耧，刨土用的洋镐，除草用的锄头，这些农具是需要时间修补的，都在冬日里给勤快的农民派上了活路，动动脑筋，活动手劲，给寂寞的寒冬带来了快乐的活跃空间，何乐而不为呢？

小麦成熟的季节，是镰刀潇洒的日子。场院里、屋檐下，无论晨曦还是月夜，磨镰刀的声音总是那么清晰，那么动听，要知道这是大忙的夏收季节，"算黄算割"了，农人就闲不住了。披星戴月忙碌在田间的农民，流的是喜悦的汗水，乐的是丰收的笑意。乡场上，机器隆隆地响起了，小麦颗粒饱满地洒了一院子。晒麦、收麦，木耙子勾画出了一行行围绕圆心的图，火热的日头当空照着，拿着木耙子的巧媳妇露出醉人的嬉笑……

生活给农民带来了希望，日子过得日益洋火。与农具结下了深厚情结的农民，总爱闲时摸把农具，忙时手握农具，一生离不开农具。这好比战士手中紧握着枪杆，老师手中拿着粉笔一样，是拿手的家当，快活

34

的道具。谁也不说生活给予你多少，农民最会满足。生活紧一些，农具少不了。没有农具的日子是最不光彩的日子。因而，当每一户人家给子女分家的时候，都把农具的分配当作重要的环节，镰一把，锄一把，镢头也一把，这看似平平常常的琐碎事儿，在农民的眼里却非同小可，意义深长哟……

石磨

我在一个潮湿的早晨醒来，天已大亮。村庄里响动的是庄稼人早起干活的脚步声。呼吸新鲜的山野空气，精神为之一振，去村庄里走走，一切都觉得清新无比。村头老槐树下寂寞的石磨又响动起来，让我对黎明有了美好的记忆。

在乡村，无论你走进哪里哪个村庄，有的是让人刻骨铭心的东西，比如说石磨，或沉寂多年不用的石磨，或依然有人在使用的石磨，都会引起人的深深回味。在我们村的这个晨曦，我是站在老槐树下的石磨前，看着大嫂自如地一边推动着石磨一边用银质的小勺往磨眼里倒绿豆儿，磨盘旋转着，一粒粒绿豆在磨盘下破碎，我似乎听到了它们破碎的声音。那正从磨盘的缺口流淌着绿豆的汁液，它流进了一个银质的桶里，不用再过多久，大嫂老屋的厨房里就能飘荡出诱人的香味，而红彤彤的太阳正从山那边升起，映照着大嫂家弥漫着豆香的玻璃窗……

在我们村，这石磨与村里的男女老少都有着无可比拟的深情。上个世纪八十年代以来，村人的温饱得到解决，粮食得到丰收，生活得到富足。人们用黄豆、绿豆做豆腐，改善村民生活，那古老的寂寞的石磨就派上了用场。平日里，石磨旁是一群孩子取乐的好去处，或围在石磨前捉迷藏、逮狗娃，或围在石磨旁玩扑克、狼吃娃，槐树上的槐花开了的

35

季节，就有孩子站在石磨上摘槐花，因而，石磨成了那个年代寂寞的乡下孩子的娱乐场所。若遇上过年过节的话，那石磨就成了大人们的天下，天蒙蒙亮，就有人在推石磨磨豆浆。这样的日子，往往是村里的人排队论先后次序磨豆浆。乡里人相处和睦，若是谁家有急事，可以相互推让，谁在先谁在后都可以。这样的日子，石磨从来没有闲着，一天到晚只见石磨在转动，泉水浇在磨盘上，水流顺着磨心流遍了磨沿，磨好的豆浆也出来了。石磨旁不远的地方是一股清清的泉水，村里的人世世代代享用着这眼泉水，推石磨磨豆浆更是方便。如今的村里，有年轻的后生从城里买来打浆机，做豆腐既方便又节省时间，似乎不再劳累人们，可是像大嫂一样的村民还固守着石磨，固守着一份思念一份好心情。

母亲说，她曾在村里的打浆机房打过豆浆，可不知怎么做出的豆腐似乎不再那么清香那么有味，也许就是庄稼人生得贱，专爱推石磨才心里舒畅。母亲的话我信，劳累一辈子的母亲一天也不闲着，她觉得天天干活心里踏实夜晚睡觉也安稳。打浆机做豆腐也没有什么不好，可母亲需要的是那种推石磨的感觉，那份悠然的心情，这是打浆机所无能为力的。我知道，母亲的想法与大嫂的做法跟村里年轻人的思维不太合拍，可我对她们能说些什么呢？

推石磨是母亲最拿手的事。我的母亲——她熟练地站在石磨旁，从不远处的泉水里提来一桶水，绿豆是昨天晚上用泉水泡好的，鼓鼓的浸着绿汁，石磨还沉寂在那里，一桶水清洗了它的周身，再用一块抹布擦洗干净，亮出了清润润的磨盘磨眼。于是，母亲将放置绿豆的小盆放在石磨上，顺手将小勺放进小盆里，盛豆浆的水桶放在磨盘缺口的那一方，磨杆已经拿在母亲的手里，一条屋檐下的绳索使磨杆有了亲近石磨的"自由"，可这种"自由"掌握在母亲的手里，她推动了磨盘的木轴，置于上方的一扇磨盘开始了旋转。而那些浸泡的绿豆在小勺的来回运转中一粒粒被磨碎，绿色的汁液在磨盘的圆周流淌倾泻于水桶里。母亲一会儿倒上清凌凌的泉水，一会儿倒上鼓囊囊的绿豆，磨眼不停地吸收运输，磨盘不停地旋转挺进。母亲的手里握着磨杆，磨盘朝着一个方向旋转，实际上是母亲的双手在让一个磨盘旋转。母亲的眼睛是在看着磨盘上的磨眼，而她的思绪会游离到一个距石磨很远的地方，或是一块玉米田，茂盛的红缨子已爬在绿色的玉米秆上；或是春天的山坡上，满山坡的连翘花开了，黄灿灿的滋润着人的眼……

太阳从山那边升起，霞光照耀在乡村的屋檐下。我对一股香气的记忆，便是从母亲磨豆浆开始，磨好的豆浆抬回家去，用一块白布过滤，把豆腐中的豆渣过滤出来，再将桶里盛接过滤下来的纯浆倒入锅里，用柴火将它煮沸，几经搅拌、点浆、压挤，做成口感鲜嫩的豆腐。当豆浆煮沸之时，老屋的厨房里便弥漫着绿豆的清香。一碗清香扑鼻的沸豆浆放在眼前，光看着不喝也够撩人心脾的，喝下去那滋味胜似神仙。老屋总是这样，它的每一个角落总是布满着庄稼的味道，它们在阳光的辐射中跳跃。

石磨，这盘似乎不再火热的石磨被搁置在村头老槐树下，它让我回想起乡村的一个又一个早晨和黄昏。当石磨旋转起来，我从老屋的厨房里闻到了绿豆被粉碎的香味，闻到了粮食的香味，同时也感受到了一种难得的享受，获得了一种美好的心情……就是这样的石磨，它使我对童年的回忆增加了一些亮丽的色彩。

土炕

在我洛河北山的乡村，家家户户都盘有土炕。冬日里北风呼叫，天气寒冷，气温急剧下降。晚上睡觉，却感觉不出明显的寒意，这是因为睡在那种热乎乎的土炕上，一种美的滋味情不自禁涌上心头，甜蜜的美梦油然而生……

土炕是乡下农村的一大特色。因此，农村修建房子都很讲究方位，一般追求坐北朝南，土炕就位于屋子里南窗与后墙之间，占去整个屋子近三分之一的地方，看上去像一个长方形的平台。这样的设计，既有利于采光，又便于通风。坐在土炕上，很容易看到院子中的景致，敞亮人的心境。

土炕是庄稼人温馨的家园。宽敞的大炕，是土地温热的手掌，能温暖人的躯体和心灵。寒冷的冬日，庄稼人坐在这温馨的土炕上，男人坐在炕头一边，倚着炕栏抽烟，那旱烟锅有节奏的磕打声响在小屋里，男人的心里美滋滋的，看着屋顶，鼻孔徐徐冒着青烟，悠悠的自在；女人则一边忙着手中的针线活，一边说着闲话儿，村东头谁家娃快满月啦，西头谁家女子要出嫁啦，对面坐着的男人"嗯、嗯"几声只顾抽烟……窗户纸被北风刮得呜呜响，屋外尽管寒气袭人，屋内却温暖如春。土炕上铺席子，席子上面再铺上褥子、毛毡和床单，光洁干净，那淡淡的烟熏味道是男人的专利品。坐在土炕上，那绵绵的热力从屁股底下直通向头顶，使人浑身舒坦，热血充盈。尽管在寒冷的冬季，田野里的农活少了，但农民还要饲养牲畜、垫圈积肥、上山砍柴，利用冬季修河渠、道路，整理农田，干活十分劳累，而睡在土炕上是最好的解乏方式，所以农民世世代代离不开土炕。

小时候，每当大雪飘飞的星期天，母亲坐在窗前飞针走线，我们姊妹几个则围坐在一方炕桌上做作业或玩扑克。这时候，往往是庄稼人最为快乐的时刻，窗外是飘飘摇摇的雪花，室内温暖如春，其乐融融。无论大人小孩都快乐地享受着眼前这真实的幸福，做着各自的事儿。上学的日子，天很冷，放学回家，母亲就让我们坐在炕上，用棉被盖住脚以防脚被冻坏。母亲把小方桌搬到炕上，热气腾腾的饭菜端上来了，一家人围着土炕吃饭。那时候家里的菜主要是地瓜、干萝卜丝、酸菜，我们就着糊汤饭吃得又香又甜，沉浸在温馨的甜蜜中，享受着无比的爱……

冬日里，每逢亲朋来访，热情好客的乡里人一边招呼客人脱鞋上炕，一边取烟倒水，一方炕桌摆在炕上，就成为农民按最高规格接待客人的场所。家里的长辈们和家中的男主人陪着客人盘腿而坐，拉着家常话，吃着自家晒的柿饼、红薯干之类。主妇便围着围裙进厨房做饭，家里的男孩子坐在一旁随时给客人倒水，女孩则帮母亲做饭跑前跑后。到吃饭时炕桌变成了饭桌，陪客人的自然是长辈和家里的掌柜，孩子们一人一碗随便坐在哪儿吃，主妇则坐在厨房吃，不时等待给客人盛饭。乡里女人拿手的麻食、馄饨、饺子，是专门招待客人的最佳主食，菜不大讲究，但也必定是几个碟子。若是远路客人到来，事先打几个白水鸡蛋，调上红糖给客人压压饥，然后再给客人正式做饭吃。平常人家不逢年过节，也很少买肉，豆腐也比较少见，但乡里农村冬季有的是大白菜、红萝卜、土豆这些最常见的蔬菜，在主妇的手里变着花样做，吃得客人蛮高兴。最纯真纯味的是乡里的土鸡蛋，那黄灿灿的香气诱人，吃后让人久久回味……盘腿坐在热炕上，距离拉近了，感情加深了；吃饱了，喝足了，聊累了，就趄过身子一躺，既自在又舒坦。

土炕经常是温暖的热乎乎的，这是因为它与炉灶隔着一扇墙壁，其实是连着的，这边点火做饭，那边的炕就暖了，热了。"土炕用土坯盘成，土坯分炕面坯和小坯，小坯即农村常用来砌墙的土坯，用来支撑炕面坯和建造炕体中的网络型烟道，最后将烟道通过墙伸向房顶；炕面坯约有50公分瓷砖大小，用来铺就炕体的表面。"炕面坯有拳头厚，这样可以充分地吸收热量，同时，土坯具有比热容大而散热慢的特点。因而，庄稼人利用晒干的农作物秸秆及山里的柴火等作燃料，早晚做饭，通过灶口烧火经过炕洞将炕烧热。于是，白天干活累了的庄稼人，晚上在热炕上舒舒服服地睡上一觉，第二天起床，神清气爽，精神饱满，浑身上下都蓄足了劲儿，扛起农具欣欣然去干活……

土炕不仅温暖了人的肌肤，还温暖着人的精神。乡里农民为人厚道，对人热情似火，这也许是土炕潜移默化的结果。温暖的土炕让人陶醉，以至于离乡多年的游子想起那热炕头，一种久违的亲情便会溢满心头。

乡间夜事（外五章）

暮色降临，远山如黛。

静静的农家小院，任一弯新月的银光梦一般泼洒。月光下的农家窗户，橘红色灯光映着雪白的窗纸，一阵爽朗的笑声透过窗户划破夜的寂静。那夜空中闪烁的点点小星，又好似迷人的眼睛，悄悄地凝视着陶醉于"夜趣"中的乡亲。

在那个特殊的年月里，乡村照明用的都是煤油灯。电和电视对人们来说只是一个美好的梦。有收音机的人家也是凤毛麟角。乡间的生活单纯极了，居住在山里的人们为了打发漫长的冬夜，或聚在一起谝闲话逗乐子，或聚在一起打扑克牌，花样就简单的几种玩法。虽说乡间生活比较清苦，但这些活动常能给纯朴的乡里人带来无限的快乐话题。

山里的村子，一个村庄少则四五户人家，多则十几户人家，人们居住比较星散，白日相互见面的机会不多，就是见了面最多打声招呼，也难以闲下来说话。乡里人总有做不完的农活，就是夜里聚在一起谝闲话，往往手里也闲不住，收秋后晒干的黄豆要拣净储藏，孩子的衣服、书包破烂要缝补，这多数是妇女们要做的事；男人们则一边抽着旱烟吐呛人的烟圈，一边揉搓着自家地里种的烟叶，干燥的烟叶冒着尘土和扑鼻的烟草味儿，男人闻着很舒服，女人闻了嘴里嘟囔着心里却认可，听着男人们在一起谝灰溜溜的酸话，惹得女人笑得合不拢嘴直捶男人的肩膀，连骂"臭男人、臭男人"……这时，围炉的火正旺着，火苗儿直冒烟，男人的旱烟锅底朝天，烟丝倒进了火炉里。

夜渐静渐深。

清冷的月光透过冬日树木伸展的干枯枝条，疏疏密密地洒落在冬日的麦田里，显现出一种斑斑驳驳的光影，仿佛一种迷离的思绪。一阵冷风袭来，房前屋后的树木轻轻摆动稀疏的枯枝，发出"咯吱咯吱"的声响。透过枯枝的间隙望去，可见明亮夜色的天空和那些不知疲倦的小星。

趁着夜色的迷蒙，围炉说笑话逗趣的人渐渐散去，带着满足踏着昏黄的月光，呼吸着凉凉的夜气，慢慢地走回各自家里。若是兴致来了，脚步飘起来，或哼上几句酸溜溜的小调，或吼上几声刚学的秦腔，惹来一阵狗叫声，心里有说不出的舒坦。回到家里上了炕，还在回想着刚才欢快的闲谝和那诙谐有趣的野故事，不由得笑出声来，惹得女人几声嘟囔。出门谝闲传的大多数是男人，偶尔被家里女人赶来吆喝，顶多犟几句嘴。女人响亮的骂声和男人低调的回应，都溶解在那静谧的夜里。

冬夜无事，乡人想方设法逗乐子，往往也会做些出格的事。邻村上下哪家年轻人结婚，一些闲得没事的人潜入人家窗下偷听新婚夫妇的对话，乐得忍不住脚下踩出响声来，吓得小两口不敢再出声，听的人仓皇而逃。第二天聚会谝给他人听，惹得听者捧腹大笑……

乡下的夜，宁静而安详。

劳累了一天的庄稼人一上热炕头就瞌睡，有心计的女人却留神着窗外的"夜事"。"扑通、叮当"声响起，睡在男人身边的女人耳朵贴着炕沿仔细听。"不对，有情况。"女人想着推搡正打呼噜的男人，"娃他大，起来——快起来——""咋了，咋了？人正睡得香呢！"男人翻个身继续打呼噜。"我叫你睡得香！"女人说着就拧男人的耳朵，男人被拧痛了不耐烦地翻身坐起，一听"外边有情况"，快速穿好衣服跟着女人出门，男人手里拿着木棍急忙来到门前水渠边，一看有两个人影在水渠边晃动，男人大喊一声，吓得两个人影仓皇逃离，留下一根铁撬杠。夜色朦胧，看不清远去的人影，女人骂男人沉不气，没有逮住"贼娃子"。男人知道有人挖水渠逮娃娃鱼卖钱。前几天水渠被人挖过，堵塞渠水满地横流，男人赤脚摸着冰冷的泥水垒土修好渠。今晚又来挖水渠，女人气得朝着黑影谩骂，吼骂声惊起一村人来……

那年月，前山街上人常深夜进山偷挖水渠、河道，贩卖娃娃鱼挣钱，这是常有的事，直到现在我常常想起……然而，拿今天的眼光去看昨天的事，不仅行为不合法，更是对生态环境的破坏。

远离乡间十多年了，也很少再回去。那些乡间曾经发生的夜事，一直收藏在我的记忆深处，总是勾起我浓浓的乡思……

村头那棵皂荚树

久居城市，却常常想起故乡。想起故乡，就自然地想起那棵皂荚树。

那棵皂荚树茂盛地挺立在村头的大场边，不知已多少年了。爷爷在世时说，自从他懂事起这棵皂荚就有了。于是，一棵树，一个村庄，一条龙河，自然地形成风景秀丽的乡村和谐图。

每到春天，淡黄色的小花开满了枝头，一簇簇，一串串，醉了似的挂在绿枝翠叶中间，直到春末夏初花落结荚果。那形似扁豆角的小皂荚，翠绿色的，一把把的，很少有单独结荚果的。小时候，每当我从小学放学回家，远远地望着村头那棵皂荚树，我的脚步也加快了，饥饿的肚皮好像懂事得不再"咕咕"叫了。有时候贪玩，去邻村小伙伴家玩耍，天黑了走近皂荚树，总会看见母亲站在树下微笑着等我……一种大树底下好遮荫的感觉便油然而生！

晨起看着那淡黄色的小花出门，晚归闻着那淡黄色小花的清香入睡，故乡的村民伴随着皂荚树的开花结荚果而劳作。当五月暖暖的风吹来，槐花吐露着清香的芬芳，和着皂荚树淡黄色花儿的馨香，一起赶着秀穗未黄的麦浪，在山川上下随风漫扬。这时，故乡人不再聚集在村头皂荚树下闲聊。麦子泛黄了，镰刀磨亮了，皂荚树下大场上热闹了。割麦、碾场，搭起了高高的麦草垛。记得有年麦收季节，父亲让我上那小山似的麦草垛，站在麦草垛上我心里很着慌，父亲说："你看着皂荚树，脚踏在麦草垛中间。"于是我看着眼前高高的皂荚树，心里果然不慌了。父亲和邻居大伯将一杈一杈的麦草奋力扬起，那麦草推着热浪袭来，落在了麦草垛上，也落在了我的怀里。我拿着木杈把脚底下盖上厚厚的麦草，脚踏实，再一层一层地沿四周铺。这样，草垛慢慢高了，我试着和皂荚树绿枝翠叶对语，总是相差甚远……

瓦蓝的天空，金黄的麦垛，亮绿的绿叶，不由让人心潮澎湃！

一片绿荫，遮蔽夏日的毒暑；一股乡音，伴随夏夜的凉爽。村头那棵皂荚树便是村里大人小孩的最好去处，坐在大树下谈天说地，无所拘束。夜晚，月亮挂上了皂荚树梢，大人小孩便陆续回家去，那月光依然洒在静静的山梁上。

一场突如其来的霜降，给大地洒上了一片白霜。那白霜也洒在高高的皂荚树上，叶子便脱落一地。叶落了满树荚果形似一把把倒挂的酱褐色香蕉，让人羡慕，让人期盼。那年那月，故乡人处于艰难时期，家家户户生活困难，难以填饱肚皮，更不用说买上如今使用的洗衣粉、肥皂了，村里人大多是靠这棵皂荚树上结的荚果洗衣服。因而，这纯天然的皂荚果在那个年月洗净了家乡人的衣物，也洗净了家乡人的心灵……

寒风吹动的夜晚，大老远便会听到皂荚树上银铃一样的声响，这是皂荚胡、皂荚角相互随风撞击而发出的美妙声音！历经寒冬洗礼、白雪滋润的皂荚树更加稳重、充实，尤其使人敬慕、礼赞，生发振作、向上的无穷力量！

来年春起发芽的皂荚树焕发着生机，那惠赐乡邻的皂荚果便自动脱落，自然被期盼的孩子捡上了，洗那弄脏了的衣裳，洗那乌黑的头发……

离开故乡多年已很少回家，我一直惦记着村头那棵枝繁叶茂的皂荚树。

今年春天，我特意回到乡下。一下车，我迫不及待地朝村庄望去，高大的建筑物给故乡的村庄涂上了浓浓的城市氛围，那棵遮荫占地半亩多的皂荚树依然生机繁茂，顿时使我深感快乐！于是，站在皂荚树下留影，留下乡村灿烂春天的美好印象……

一棵老树

一棵老树牵挂着我的记忆，一棵老树记载着村庄的岁月。

每次回到北山老家，我总会在村里的老树下徘徊，与老树默默对话。我在心里对老树说着话，那些让别人听不见的话，那些只有我和老树才能意会的片段或碎片，像过往的电影片段一样，不完整，不连续，瞬间戛然而止，难以让人留下完整连续的回放。

老树是一棵柿子树，关于它的年轮谁也说记不清。记得父亲在世时说过的话，他小时候听爷爷说老柿子树就这个样子，高高大大，枝叶连天覆盖了半个院子，一直守护在村东头路边。爷爷小时候曾在老树下与同伴一起玩耍嬉闹。父亲说爷爷回味童年讲得眉飞色舞，手舞足蹈，好像那些童年的闹剧就发生在眼前似的，活灵活现。我听父亲讲爷爷童年快乐的故事，如同他自己经历的一样，总是既有情节又有细节。不知不觉，爷爷的故事，父亲的故事，总会在我的童年刻上印记。或许在那个贫瘠的年代，爷爷的年代与父亲的年代无意间上演着同一幕戏剧，也存在着继承与超越的因素。爷爷去世得早，我记不得爷爷的面容长成什么样儿，关于爷爷的故事还是父亲说给我听的。那年爷爷翻越秦岭深处的太峪岭去河南换玉米种子，突发心脏病倒在半路上被好心人发现，但错过救治的机会。爷爷去世后，父亲小小年纪就支撑起了一个家的重担。从无到有，白手起家，把我们兄弟姊妹抚养长大，成家立业。我们有了自己的家，经营着自己的"小日子"。

老树关联着两家人的经济生活，是伯父和父亲共有的一棵树。从爷爷手里继承下来的这棵柿子树，由伯父和父亲两家共同经管。每年深秋，柿子熟了的时节，我们就在树下贪嘴地望着红红的柿子，看着天高云淡的天空。摘柿子啦！两家人男女老少聚在树下谈笑风生。高大的柿子树上挂满了红红的柿子，远望就像一个个红灯笼，红得让人心醉。伯父和父亲先后爬上树，一人攀缘在树的东边粗枝上，一人攀缘在树的西边粗枝上，各自拿着竹竿夹住红红的柿子，小心翼翼地来回运作，摘下一个个熟了的牛心柿子。若是不小心竹竿往后偏移碰着了树枝，夹住的柿子脱离了竹竿掉下来，或摔在地上稀烂，或恰巧掉在树下人的身上染红了衣衫，你说他笑，乐也。树上装满柿子的笼用绳牵着顺着树身缓缓下沉，几双手接住满笼红红的柿子，平稳地放在地上。此时，眼尖手快的孩子挑选红红的软柿子，眯着眼吃得香甜。片刻，备好的笼又牵着绳子的拉动徐徐上升，树下的多双眼睛瞅着树上的人接住了笼，在粗壮的树枝上绑好绳子。每年摘下的柿子两家人各分两担子或三担子的，你让我让的从不计较数量的多少。一棵树把两家人的心连在一起，彼此和睦，其乐融融。

说来也怪，父辈两家人关着一棵老树，到了我们兄弟这辈也是由二弟和三弟共同经管这棵柿子树。我是老大，分家立户早，独立生活。二弟和三弟成家立户后，一棵柿子树就由他们两家经管。父亲年龄大了，上树让人操心，家里的柿子树、核桃树年年二弟上树劳作，让我们感激不尽。

老树枝叶婆娑，遮风挡雨，是夏日纳凉清心的好地方。村里人外出归来路过老树，都要在盘桓交错的树根旁歇息乘凉。女人坐在树下，撩撩头发，看看天空的云，用随身带的毛巾擦擦汗。偶尔，有女人情不自禁地在树下唱几句山歌，歌声飘向村里，会有人挨着门框向外张望，寻找歌声传来的方向。若是男人在树下歇息，顺手抽出旱烟锅，捏捏烟包，按上一锅烟，吧嗒、吧嗒抽起来，烟雾缭绕，袅袅上升，一锅烟吸完，甩开步子进了村。

那年月生产队社员一起劳动，夏收时老树下的场经过牛拉石滚子碾压平整光滑。麦子上场、摊平、晾晒、翻场、碾打，再扬场、晒麦，颗粒归仓。风风火火的收割日子过后，堆积得像小山一样的麦草散乱在麦场上。队长一声令下，拿桑权、垛麦草、挑麦草、扫麦场的社员们劲头十足。一权一权的麦草落在麦草垛上。站在麦草垛上的把手接住前后左右飞来的麦草堆儿，拿权摆布均匀，压实脚底下的麦草，打好层层的根基，向四周层层铺平。麦草垛高起来，几乎接近了老树的斜枝，把手稳拿木权，把草垛顶压实，逐渐缩小、收拢，再把场下人运上的麦糠扣在麦垛顶完事。高高的麦草垛竖起来，把手沿着柿子树横斜的枝干攀到树身，顺溜地下树，场上的人们松了一口气，完工后的嬉笑声荡漾在清凉的风里……

那年冬天风在吼，来势凶猛，竟然把老树上的一枝斜枝刮断了，让人不可思议。事后，父亲上树观察，原来被刮断的树枝上有一个洞。大约是啄木鸟干的事，被掏空的洞里有鸟儿在里面筑巢，留下杂草羽毛的痕迹。第二年，被刮断的半截树枝重新生发绿意。老树发新枝，郁郁葱葱的景象。

一棵老树谁也说不清它的年轮，却守护着祥和而静谧的山村，见证了岁月的流转，年华的轮回。我自豪北山老家有这么一棵历经沧桑的老树，犹如巨大的绿伞耸立在村子东头大路旁，年年绽放繁盛的新枝。此刻，忽然想起舒婷的《致橡树》，"我必须是你近旁的一株木棉，作为树的形象和你站在一起。根，紧握在地下；叶，相触在云里。……我们分担寒潮、风雷、霹雳；我们共享雾霭、流岚、虹霓。"相依相伴，相随相守。

啊，老树！我愿"是你近旁的一株木棉"，"不仅爱你伟岸的身躯，也爱你坚持的位置，足下的土地"。

初夏的村庄

初夏的村庄，活脱得像初嫁的姑娘，看上去是那样的洒落，那样的俊美，那样的迷人！

清早，披着晨露的庄户人赶着牛羊爬上了那雾气腾腾的山梁，山梁那边时隐时现的葱郁松林散漫着一阵阵的松香，慢慢地那浓浓的雾气扩散了，不再是那大片大片的浓雾，青翠的山脊呈现出来了，有白羊在松林间穿越晃动的倩影，不过，看上去似乎只是那么一个个的小白点，不一会儿又不见了。远望着那小白点，我想起了老师教我们唱的那首写草原的歌，辽阔的绿草地上有白羊啃草的美景，好让人顿生期盼之心，有时候梦里躺在草原上看蓝蓝的天，看蠕动在草原上的白羊……

当晨雾升起的时候，村庄上下不再是寂静的境地。大鸡小鸡在村道上晃动，牛羊穿过村道留下的粪便还升腾着热气，上学的小学生挎着书包三三两两说笑着往学校那边走去，校园里已是一片琅琅的读书声。农家的猪圈里大猪小猪嚎叫着要吃食，勤快的女主人正在猪圈旁给猪槽里倒水、拌食。这时，一群喜鹊从村头大杨树上叽叽喳喳飞过来，停落在女主人家的槐树上，槐香满院，沁人鼻孔。当女主人转身进屋的那会儿，有几十只喜鹊从槐香树上飞落到猪圈里，争食着那几头猪吃剩下的那点东西，这引起了我的好奇心，想必要发生一场闹剧！谁知，出乎我意料的是那几头黑猪、白猪吃饱了食懒洋洋地靠在猪圈木栅栏旁相互磨蹭着，并不在乎喜鹊的存在，各行其是，其乐无穷！有好事的喜鹊唱着曲儿落在那几头黑猪、白猪的脊梁上，乐滋滋的。猪圈、木栅栏、喜鹊，还有地上摇晃着红缨子的公鸡，一切显得那么的自然，那么的和谐！

红红的太阳从山梁那边升起了，村庄立刻有了鲜嫩的色彩，好像有谁用刷子清洗过了，鲜明清新！房屋顶上似乎隐隐约约蒸腾着一股热气，贴着白色瓷片的墙壁反着耀眼的光，村头白杨树上那绿绿的叶子更加油亮，猪圈里的黑猪、白猪也染上了红色，看上去不再是那么的黑、那么的白了。走在村道上的男女老少或浓或淡的被红色洗染了，都显得那么的活泼、那么的精神！这时，看红霞中的村庄，好像摄影师有意用彩色镜过滤了一样，虚幻而缥缈，真切而迷人！

太阳升起一竿子多高了，村庄上空有袅袅的炊烟从东头那家屋顶上转着圈儿升腾，不一会儿从东头到西头，好像有谁有意安排似的，屋顶上都冒出了变化多端的烟雾，或形似或神似，或逼真或虚幻，皆组成一种布列的阵势，一种特有的风景！对于长时间远离家乡的我，处于城市喧闹沉闷的空间，从住处到单位，从单位到住处，走的是重复的路，看的是纷繁的景，人声嚷嚷，东来西往，高楼大厦压迫得使人难以喘息。偶尔回趟家乡，看一看炊烟弥漫的村庄，常使人勾起对童年的思念。童年的村庄是炊烟的故乡，村庄是在炊烟中变化的，我是在炊烟中长大的。因而，故乡的炊烟是我生命中的一部分，我的血液中流淌着故乡的炊烟。随着故乡的日益繁荣发展，蜂窝煤、煤气灶相继走进村庄，故乡的炊烟将日渐减少或消失，但我心中的炊烟依然袅袅上升，连同我的文字一并珍藏……

午后，初夏的村庄变得松散而软绵。太阳火热地照在村庄的瓦屋顶上，那晨雾被蒸发得无踪无影，余下的是一片片欲燃的热光，照得人眼难以睁开，只好眯着眼望风景。有的是燥热的空气，有的是动听的鸟鸣，有的是飞花的柳絮……这时，无论走进哪家，懒散的庄稼汉子躺在床上拉鼾声，甜美而有节奏！勤快的女主人拨弄着家务零碎活，眼手不停，忙里忙外。小猫偎依在女主人的身旁，闭着猫眼在女主人锅盆碗筷交响曲中慢慢地入睡。这时，有大胆的老鼠从堂屋前那边的小巷穿过，小猫还在熟睡中，不知不觉地发生，闪电般地出没。小院里那几棵桃树的影子晃动着摇摆着，风从小巷里穿过给人凉森森的感觉。不远处，有只可爱的小黄狗懒散地撒尿，摇摇轻松的尾巴从屋檐下溜过……

从村道上走过，遇着大娘大嫂点头问好，瞪着大眼睛瞅着我这个陌生人的小孩眨眼质疑，你看看我，我看看你，笑容可掬。村头大槐树下有一古老的石碾盘，上面围坐着一帮子玩扑克牌的年轻人，出牌、猜想，不一会儿便是一阵阵嬉闹的笑声，想必又是哪一方输了牌不肯掏喝酒钱，惹得大伙儿起了哄。大槐树东边的那一堆是村子里上了年纪的长辈，围绕一盘棋静静地观察，默默地移动着棋子，好像大水淹到了脚底也丝毫不动，依旧下棋，玩那个"友谊第一，比赛第二"的楚汉之争，即使石碾盘那边吵声阵阵，这边似乎未曾听见。乐是乐了，闹是闹了，为的是趁这火热的麦收前的间隙，美美地轻松一阵子，也是时下乡村人的一大乐事美事。

走过村道朝田间地头那边看，一溜风吹过的麦田，齐整整地展现出动态的、轻盈的、美的旋律，这是风儿的动情，这是麦子的动情！于是，一行行麦田就是一曲曲动人的韵律，也是一排排美的力的显现。这轻盈的风儿吹着，这火热的太阳晒着，麦子无比快活无比来劲，要知道这才是麦子成熟的象征，粒饱了，麦梢黄了，麦子也就开镰了……

天空出现了晚霞，放射出奇异的光。霞光下的山峦涂上了一层神秘色彩，云蒸霞蔚。偶尔回故乡的我，看到这种奇观，不由使人生发无穷的想象力，快速摄下这一幅幅山村晚霞图，留下这美的瞬间，留下这回味的人生！

夜晚，给初夏的村庄带来了美的梦幻。山川上下一片寂静，静得让人能听见隔邻大嫂说的悄悄话。村道里若有陌生人进村，那只小黄狗起早就报告了消息，又是谁家来了朋友或亲戚，大老远里来了个这么晚哟！若你不忍心打扰这静美的初夏之夜，你可轻轻地走出小屋，去村外边溜达，说不定还会碰上一对恋人在约会，这开放了的山里人不再受传统婚姻的束缚，谈情说爱于初夏的小河边、地头旁，那是常有的事，若你散步遇见了别惊动这种场合，破坏这对年轻人的美梦！

小河边，一轮月光映照下清亮亮、明晃晃，趁着月色沐浴乃是初夏山村又一道特别的风景。疲劳了一天的山里人，虽说没有城里人享受室内淋浴的美事，但天然的沐浴场可供山里人享受的。清洗一天的疲劳，沐浴心灵的空间，尽情地享受月光的沐浴，这给聪慧的山里年轻人带来了无限的快乐！月光照着你也照着她，照着小河上的一道银光……

这时，月下的小院里，不时传来大伯、大叔磨镰刀的"霍霍"声，不用说麦子快成熟了，初夏即将过去，又一个火红的夏日收割季节到来了，镰刀晃动的那一刻，农家人滚动的汗珠儿全部流进了地里……

初夏，村庄获得了新生；初夏，也在成熟的村庄中悄然走过……

麦收前后

夏日的北山，空气里弥漫着小麦浓郁的清香，令人心旷神怡。晨曦，山梁那边露出了鱼肚白色的曙光。渐渐地由鱼白色变为橘黄色，又由橘黄色变为淡红色，透过淡淡的雾气，伴随着一缕金色的光芒，太阳露出了笑脸。此刻，村道里也有了响动声。狗叫声停止，过路的陌生人走过村庄。村头皂荚树下传来磨镰刀的"刺啦、刺啦"声，准是琐娃叔又在为乡亲们磨镰刀。磨镰刀是件技术活儿，需要掌握一定的力度和磨刀角度。麦收前的磨镰活儿被琐娃叔承包了，因他是村人眼中的"磨镰把手"。

"刺啦、刺啦"声在我耳边回响，睡意早已没有了。这是星期天，我趁着清凉的晨风漫步来到皂荚树下，一块不规则的矩形大磨石横卧在树旁，那是平日大人们谝闲传、小孩子逗乐子的好地方。老远看见琐娃叔弯腰在磨石上使劲地磨镰刀，我停住脚步看他磨镰。只见他不时用手摸摸镰刀刃子，再弯腰使劲地磨镰。一把镰刀磨好放在一边，又拿一把磨起来。眼前堆放的十多把镰刀磨好大约一个上午的时间。磨镰的间隙，琐娃叔坐在磨石旁的石凳上歇息，顺手从腰里拿出旱烟锅和烟袋，捏烟叶，按烟锅，用打火机点烟，深深地吸一口烟，看了一下天空，眼睛落在身旁磨得锃亮的镰刀上。我走上前去问好："大叔起得早，又在磨镰刀。"他抬起头来看我："你娃啥时回来，麦子没熟透，不能搭镰呢。""是啊，咱山里比川道要迟几天开镰。"我说着给大叔递烟抽，他笑着接住说："这个抽着不过瘾，你娃的烟我要抽的。"琐娃叔唠叨家长里短的话，他放下旱烟锅又抽香烟，看他抽香烟的样子，没有他抽旱烟锅那样自在安详，一根香烟夹在手指间，吸一口烟，再夹一夹烟，有点不自然。他习惯了抽旱烟锅，长长的木质烟杆，黄铜做的烟嘴拿在手中很自如，烟杆上系一个小花布做的烟袋，鼓鼓的，深吸一口烟，抬头望望天，烟圈缭绕，袅袅上升，别有一番情趣。

北山俗语："过了端午就下镰"。端午后，北山的麦子陆续发黄了，乡人们开始忙碌了。自从土地承包后，家家都有自己的碾麦场。收麦前"做场"是头等大事。清理杂草，填平坑洼，把表面的土耙碎耙细，用牛拉着碌碡在场地上一遍又一遍地碾，碾得瓷瓷实实，平如镜之感。这样的碾麦场打出的麦子干净，不带尘。麦场上用的木杈、木锨、木连枷等提早备好，或修补，或换新的，切不可疏忽。端午前，我家的碾麦场已平整好，父亲又在修补木连枷。连枷是用来拍打场上晒的麦子，它由一个长柄和一组平排的木条构成，用牛皮绳编成的，因日久不用风干变硬，牛皮绳会松动或断裂，需要重新编的。父亲修补连枷有经验，先将连枷上僵硬的牛皮绳拆下，放在水盆里适当浸水使牛皮绳变软，重新用来编连枷木条，不费多大劲。用坏了的木条换上新的，与原有木条粗细搭配一致。父亲做连枷用的是北山里一种硬杂木，俗称"土拉木"。这种木条长势茂盛，笔直挺拔，木条僵硬不易弯曲，脱去外皮适宜于做连枷木条。僵硬的木条，用熟牛皮绳编成的连枷结实耐用。

麦收前，北山的风，不紧不慢地吹，麦子一天天地成熟。麦子泛黄，树上的鸟也多，黄鹂拂晓前就亮开了嗓子"麦子黄黄，麦子黄！"布谷鸟"布谷——布谷——"地在叫，云雀、灰喜鹊、燕子……尤其麻雀多，房前屋后、树丛草堆上，成群的麻雀在叽喳，稍有风吹草动，便一哄而散。其实，麦子成熟前，麦田里就打响了"麻雀战"。只见晃动的麦秆，必有馋嘴的麻雀在偷食。精明的北山人对付麻雀还有绝招，用结实的木棍做一根合适的马鞭，站在田间地头朝空中用力扬一下鞭子，一声"啪"的脆响，麻雀惊飞，顷刻间消失得无踪无影。这是件有趣的事，上河滩有人在驱赶麻雀，麻雀却飞到下河滩，一惊一吓，麻雀飞到山坡树林里。麦熟一晌，金黄的麦浪随风起伏，成熟的麦子在风和农人镰刀下翻滚，简直就是一幅绝美的画卷。

麦收中，沸腾的场景十分壮观。田野里，随处可见大人们弯腰割麦子的身影；村道上，装满麦子的架子车摇摇晃晃来回穿梭；碾麦场上，男女老少齐上阵，翻场的翻着，挑麦的挑着，配合默契。你帮我，我帮他，忙得热火朝天。土地到户那年头，没有脱粒机，全靠碾场这古老的方式来脱粒。麦子收回来摊在场面上，套上两头牛拉上碌碡烈日下转圈圈。牛也怕热，一进碾麦场就拉屎，总得有人跟着用木锨去接，及时清理。有时，牛拉稀，后边跟着的人不好处理，甚至弄脏衣服或脸面，让人忍俊不禁地嬉笑。月夜的麦场上更有情趣。大人们看场，小孩子也趁热闹。天热邻居们来到场上乘凉，聚在一起说笑谝闲话。孩子们你跑我赶，来回于麦垛前后捉迷藏，往往有的孩子藏得深，找不着急坏了大人们，麦场上四处喊叫，竟然在麦草堆里睡着了……

繁忙而紧张的麦收过后，麦场上隆起一个个圆圆的麦垛，那是乡村夏日里一道奇特的风景。这麦垛，孕育着乡村人的期盼和梦想；这麦垛，象征着乡村人甜美日子的充裕与红火。

麦收后，其实没有人闲着。妇女们忙前忙后，晾晒麦粒，防止麦粒发芽霉烂；男人们割草喂牛，把犁铧套绳收拾齐备，平茬整地，趁着雨后的墒情播种玉米或大豆。农谚云："夏播无早，越早越好。"

记忆中的那些零散碎片，仿佛风吹麦浪，泛起层层金黄的波浪。文字中的那些人那些事虽已遥远，甚至不再复制。比如已离开人世的父亲和琐娃叔，虽心底里藏着深深的感念和敬仰之情，却也忍不住五味杂陈。

夏至，草木葱茏。

山中避雨

夏日，空气燥热。聚在钢筋水泥填充的城市里，让人心烦意乱，需要换种环境，过滤心情。最宜人的好去处，莫过于秦岭深处的大山里，空气清新，实乃天然氧吧。

适逢星期天，昨夜里电话预约，三五驴友结伴同行，去秦岭山中游玩。晨起，驴友们聚在山城小吃店吃好喝好，骑上山地车，你追我赶，绕过一弯又一弯，路过一村又一村，走走停停，摄影，赏景。青山绿水，绿树丛中有村庄；石桥山崖，山野风光景无限。忽而，从村里跑出来一条小黄狗，汪汪叫着向飞奔的山地车呐喊；间或，从山坡草丛中飞腾起一只山鸡，驴友们惊呼大叫着向山鸡逃离的方向呼喊。释放积压在心头的烦躁，享受山野寂静，清风徐来，尽情地谈笑趣闹，换回天真的童年，展现出无限蓬勃的生机。

夏日的天，小孩子的脸，说变就变。走着走着，只见湛蓝的天空突然飘来一团黑云，不一会儿天空就下起了雨。左看右看，无人家着落。一驴友惊呼："看呀！山崖下可避雨。"大家不由分说，推着山地车向山崖奔走，看见前方绿荫覆盖的大树后边的山崖，匆忙爬坡上去。近前，个个气喘吁吁，淋得一身雨，衣服也湿透了。于是，脱下衣衫，拧掉雨水，或搭在山地车上，或穿在身上。好在夏季，空气闷热，淋点雨也无妨，衣服很快就晾干了。

环顾山崖，奇形怪状，别有洞天。好似一只苍鹰展翅飞翔之状，鹰嘴直朝前倾，鹰爪用力着地，蹲踞于大山一隅意欲腾云驾雾。看这形似苍鹰飞翔的山崖洞穴，足够容纳十多人歇息。洞穴崖壁，有烟火熏得漆黑的痕迹，想必山中的人也时常到此歇息吧。驴友们的突然到来，惊飞了几只鸟雀，就连洞穴深处爬行的虫类也速速藏身。好奇的驴友顾不得停歇，放好山地车，抓起相机拍摄山崖内外的景物，山崖雨帘，洞穴形状，绿草野花，迷茫的山形，一起进入镜头。翻看，分享，镜头里的影像多姿多彩。快乐的驴友，聆听鸟啼虫鸣，观赏山野景色，吹着山风，高兴地手足舞蹈，无不心旷神怡。

雨雾茫茫，看不清山野的景致了，唯有眼前的雨雾笼罩。吊线似的雨密布在眼前，雨声入耳，几乎隔断了同行驴友说话的声音。观雨势，大有暴风骤雨之势。不大工夫，山沟发起了洪水，洪水顺着沟渠倾泻而下，怒吼着狂奔，夹杂着树枝树叶、山石，相互撞击前行，从几条山沟坡脑向沟外汇聚……这突如其来的洪水，一下子刷洗了驴友们激荡的情绪。崖下避雨，游乐的兴致大减，爱吹口琴的朋友也停止琴音，爱说笑话的大个子也停住话语，大家你看着我，我看着你，期盼骤雨的戛然而止，天黑前好返回城里。

雨在下着，驴友们顾不得回味山中所见的景致。几个朋友在收拾自己的行李，都站在崖下等候大雨的停止。可是，从中午到下午，雨势平稳，天空茫茫。看来今夜在此地露宿了，驴友们叹息，无奈。只好顺其自然，站立着的都坐下了，坦然面对眼前的现实，静坐在石头上看天。这时，有位驴友想起了吃东西，大家才感到饥饿来临，取出随身带来的面包、矿泉水，一解饥渴。好在出发前大家备足了一天吃喝的东西，不然，路遇突发天气，露宿野外，事情就难办了。

在这窄窄狭长的崖下，驴友们以食物抚慰饥肠辘辘的胃，从来未曾感觉到食物如此美味，不过是时常吃的那些东西，此时格外充实甘味。也许，驴友们确实饥饿了，才感觉到急需吃东西的那种迫不及待的欲望。那种观光山野风景的美好心情，在茫茫的雨雾中慢慢荡然无存，等待、浮躁、不安的情绪随之蔓延。每个人都不言语，静静地望着雨雾中的山峦，黄昏即将来临，夜幕将要拉下，一个漫漫长夜纠结起每个人的神经细胞，无奈、惆怅！

夜深，山崖那边深沟里传来急剧的咆哮声，好像整个山体在晃动。那声音里分明有山石撞击、树木折断之声，令人恐惧。每个人都在振作精神，征服黑夜雨魔，期待黎明的到来。

　　许久，蹲在山崖下的驴友们发困了，鼾声四起，梦境里胡言乱语，听者笑而不语。这一难忘的山野行旅，给清凉的雨夜增添无穷的意趣。有谁想到今夜大山深处，竟有三五驴友露宿山崖，与大地同眠，与夜雨同语，每个人的梦语里演绎着斑斓的色彩。想起乡居山中的日子，白天避雨习以为常。天空黑云密布，地上雨滴满布，正在田间锄地的农民，从不同的方向跑出了地头，手中紧握着锄把一路跑一路笑，即使栽倒了爬起来，小跑着就近避雨，或站在人家屋檐下，或居于一棵大树旁，你说他笑，看天看人，无论男女，无拘无束，恰似一幅幅乡野图画，意趣横生……

　　晨曦，山崖上空露出了鱼白，夜雨不知何时停歇？唯有山林的鸟语知晓。苏醒的驴友们个个傻瞪眼，你看我，我看他，不约而同地笑出声来，整理行装，检查山地车，预备返回城里。

　　雨住，天晴。太阳冉冉升起，霞光映红了山坡，山野丛林沐浴着金色的阳光。

迎春花（外四章）

　　这个春节，拥有一盆迎春花的提前绽放的确让人欣慰。

　　年前，我的"樱花居"小院南窗前的一盆迎春花树姿婀娜，蔓枝紧簇，错综下垂的暗褐色枝条自然舒展，泛出一层青绿色。暖阳的冬日，下班归来，走进小院，一眼望去，让人惊讶！那枝条上无数的青色泛红的花蕾慢慢张开，像托起的一把把燃烧的火炬在阳光下闪耀，美得灿然。不过多久，我的视线里的一抹鹅黄盈盈浅笑，一朵两朵，三朵，五朵……盛开的花瓣舒展着，多得几乎把枝条覆盖住了。迎春花开了，让我感到春天的温情和馨香。

　　"迎春花开了，天就暖和了。"小时候，母亲总是说着这一句话，让我在寒冷的冬天感到了丝丝的温暖。生活在六七十年代的我们，缺衣少穿，难以温饱，尤其冬天难熬。父母亲总是想方设法把日子过得好些，宁愿自己受苦受累，也要把我们姊妹几个拉扯长大成人。靠挣工分分粮食根本养活不了我们，人口多劳力少，基本的生活也成了问题。听说河南灵宝塬上的人家多栽种苹果树，需要荆条筐装苹果。看好商机，就地取材。山上有的是荆条，砍了拿来编筐子。满屋的筐子堆得像山，父亲的手上却留下了伤痕和血迹。母亲用布条为父亲包扎伤口，我看着心里不是滋味。虽年幼不懂事，但我谨记父亲的话"好好读书"，不负父母的一片苦心。父亲编筐手艺不错，结实好看，河南人验货满意。堆积的筐子有了销路，换得了黄澄澄的包谷颗粒，让我们有了饭吃，有了衣服穿。这样，年复一年，熬过了饥荒的年代，父母的脸上绽开了灿烂的笑容。

那些漫长的日子，我常常把饥饿和幻想交织在一起，念想着明天的美好。老家门前土岩塄常被雨水冲洗而流失，父亲就栽种爬山虎、迎春花护埝。那些细长的枝条伏地生根，横生繁衍，牢牢地抓住土壤，起到固土护埝作用。年长日久，门前土岩塄上葱茏的爬山虎、迎春花，也成了一道不可或缺的景致。四季常绿的爬山虎，郁郁葱葱，显得格外润眼；报春的迎春花，金灿灿，风中摇曳，美丽绝伦。

"迎春花开了，天就暖和了。"这句话，让我咀嚼了大半辈子。简单的话语，隐藏着多么深刻的内涵。那个年代，正是母亲的这句话让我时时有念想。有念想就有期盼，有期盼就有快乐。那时，我心中的念想就是盼着年的到来，年到了迎春花就要开了；迎春花开了，春天就来了。寒冷的冬日，我背着母亲用零碎布片一针针缝制的书包，高高兴兴上学，快快乐乐回家。放下书包，快步跑到岩塄边，看看这枝，翻翻那枝，柔软的枝条交织在一起，密不透风，好像在抗拒着冬日的严寒，凝聚着生命的无限能量，驱赶冬天的阴影。寒风里，多么坚强的迎春花啊！它不择风土，伏地而生，哪里有春的身影，它就在哪里悄悄绽放。

那个年代，迎春花成了我心目中最美的花。有了花的寄托，能引发我无尽的念想，让我爱上了迎春花。

迎春花被人们称为春的使者，可读古诗词，很难找到点赞迎春花的，唯有很少的几首。不知古人为何不愿赞歌它呢？也许它生于山野间，难入诗的大雅之堂吧！不过，就我有限的阅读来看，宋朝的两位诗人同题写的《迎春花》，还是值得品读的。韩琦诗云："覆阑纤弱绿条长，带雪冲寒折嫩黄。迎得春来非自足，百花千卉共芬芳。"迎来春光并非为了自己满足，而是为了百花千卉共吐芬芳。其品质可贺可嘉。晏殊诗云："浅艳侔莺羽，纤条结兔丝。偏凌早春发，应诮众芳迟。"迎春花的色彩可与黄莺的羽色媲美，纤细的枝条如菟丝子一样柔韧可爱，且"早春发"，而它花迟放。虽寥寥二十字，却写尽了迎春花的特点。殷勤迎春，傲雪斗寒，其品格是不输于梅花的。诗中的迎春花引发人智慧的哲思。

想起十年前的早春时节，我去青岛出差。在开完会之后，我与朋友穿越于人头攒动的大街小巷。走近一座大楼，一阵阵花香扑鼻而来，让我纳闷？哪里有花香？一抬头便看见一道亮丽的风景，让我叹为观止。仰望这座高楼顶端四周缀满了金灿灿的迎春花，鲜艳夺目，美丽极了！原来这驰名中外的大城市也栽种"不入大雅之堂"的山野之花，让人不可思议。那一晚，我的思绪翩跹，难以入眠。次日，我把所见所思告知青岛的朋友。谁知，她听了嫣然一笑，说那是"楼顶花园"。在密集的城市，高楼顶有花园已不是什么稀罕事。漂亮的屋顶花园仅是城市景观绿化的一部分，它是城市人休闲的好地方。置身于花花草草的世界，释放内心的喜悦！是一种心灵的享受！倾听朋友的一席话，让我茅塞顿开。青岛的美在于城市与自然山水相融合，衬着湛蓝的天空，才显得绝无仅有。

这个春节，我每天伴随着迎春花的芳香出入于小院。晚上入睡南窗屋里，那阵阵沁人心脾的清新气息弥漫在我的心头。如今新时代，迎春花的身影无处不有，从山野到城市，处处有它的靓影，有它展示自我的空间。

想到老家土岩塄上的迎春花，不由人伤悲。年前的冬天，爱我的父亲没有熬过严寒的侵袭，悄然离儿女们而去。如果有天堂，天堂应该开满了迎春花。迎春花开了，但愿父亲在天堂一切安好，不再寂寞、寒冷……

农历二月初七是父亲的百日，用我内心永远的伤痛奠念我的父亲。不要忘记，在父亲的坟头栽上一株迎春花。

我的"永久的悔"

按照乡俗，父亲去世儿女们七日里不能出院门，守在家里。三个妹妹陪母亲说说话，给予安慰。我们兄弟三人在收拾杂物，清扫院子。无事，坐在一起说话，话题总离不开父亲，那些往事历历在目，回想起来不由让人伤悲。

父亲一生为我们兄弟姊妹操劳，六七十年代苦日子想方设法让我们有饭吃，有衣穿；八九十年代为我们盖房子、操办儿女们的婚事。父亲一生辛苦，老年多病几次住院，耗尽了精力，在他八十岁生日之后总没有熬过年前冬日第一场降雪寒冷的侵袭，悄然离儿女们而去。

父亲一生勤劳、节俭，历经荒年日子过来的人总爱唠叨花钱要省些，珍惜好日子的不易。我们兄弟姊妹年年有人给他买新的衣服，可父亲总舍不得穿新的，叠放在箱子里，翻着这些崭新的衣服让人心酸……父亲好像预先知道自己这一天的来临，事先已准备好了一盏长明灯，那些他没有穿的布鞋，那些平日他用的打火机、刮胡子刀片、螺丝钉等，分别装在塑料袋子里挂在卧室墙壁上。其实，一些零碎杂物平日就该扔掉的，可父亲舍不得丢弃。整理杂物，睹物思人，难免伤心，不能自已。

翻阅父亲留下的杂物，其中有四个记事的小本子。按时间顺序来说，一是七十年代初期的记事本。这是父亲自己制作的一个小本子，外包牛皮纸，用针线缝制的，小三十二开本折叠成正反两面都书写，格子是用蓝色复印纸印制而成。纪事内容除了日常随生产队安排活路外，值得一提的是一九七三年元月七日的一篇日记，从字体看不像是父亲亲笔所写，疑似别人代写，由父亲在某次开会上的表白发言，明显印记了那个时代的痕迹。读到父亲这则日记，想到父亲那年不过 36 岁（父亲与我同一属相，牛年人），正是人生最好的年龄，也是人生完全责任的年龄，听党话，跟党走，做一个本分的庄稼人。那年，我才 12 岁上小学，父亲常常教育我，怎样做才对，不能出错。父亲的日记虽然有的地方用词不确切，可表达了一个庄稼人的心声，让人肃然起敬。看日记笔迹不像父亲所写，但话语中所表白的意思应该属于父亲的意愿。那个年代，学毛选、背诵语录，饭前请示，晚前汇报，在我幼小的心灵里印记很深。

二是七十年代末的记事本。靠挣工分年代铅印的记事本，表格头有"年月日""做啥活""应得工分""盖章"类别。记录的是 1979 年

2月5日至12月28日的琐事，包括父母亲及一同干活的邻家，内容有拉粪、抬木石、修公路、打胡基、种蓖麻、犁地锄麦、拉化肥及队上开会等等。琐碎事，生活杂记。

三是未标明年代的记事本。这个本子是印刷品，蓝色格子。从中间的一张彩色插页看，两面印着"毛主席语录"，应该是七八十年代的纪事。日记本外用硬纸板糊着，所写的页码是满满的文字，密密麻麻的记录着种庄稼的收成情况。不过，这个本子没有写完，还有十多张空白页。

四是土地承包后的记事本。塑料皮日记本，本子内页离线、松散，中间夹杂记事的烟盒、药盒硬纸片，不过二十几页。记录门前、沟里搬玉米（黄玉米、白玉米）的斤数，哪块地用化肥的数量，如"8月17日种小麦"之类的农活。此外，最后一页记录着我们兄弟姊妹六个的电话号码，家里安装有座机电话，便于父亲与儿女们随时联系说说话。

父亲的记事本不仅仅留下的这几本，我知道父亲爱动笔记事，偶尔还因此与母亲争吵。自从土地承包到户后，每年种庄稼父亲都要记载好耕种的亩数，所用肥料的多少，种子的数量。一块地经父母亲精心打碎土块按比例拉行耕作后，种上玉米、小麦、大豆、小豆之类的庄稼，待收获季节，父亲最留意的是那块田地收了多少，每收获一块都亲自用秤称量斤数，记好。清算一下是丰收了还是歉收了，这种频繁的事父亲总是乐于去做，绝不许别人说他的一个"不"字。有一次，母亲从山坡上放牛回家，顺路从后山沟的坡地里帮父亲捎回一袋子玉米，因不知堂屋那堆是后山沟坡地的玉米，便顺手倒在一堆玉米里，结果受了父亲的一顿大骂，我从来没有见过父亲发那么大的脾气，好几天里也不跟母亲说话……

父亲的记事本，纪事纪实，文字简短、朴实，见证了他一生的劳作。可以想象父亲写下那一笔笔庄稼丰收时的喜悦情景，我为父亲一生的勤劳而深感自豪。父亲的记事本我收下了，没有扔弃，我要带回城里收藏起来，留作念想。

夜深，窗外下起了伤悲的小雨，正如我哀伤的心情。翻阅父亲的记事本，让我想起父亲去世前一周的来电，让人后悔不已。父亲打电话说他自己怕不行了，让我回家看看他。因为工作上的事，说好过了这段时间再回家，从父亲的话语里看不出有什么问题，也没有在心里多想。谁知，这竟然成了我与父亲的最后一次通话。二弟半夜打电话说父亲病重，我赶回家看到父亲突发病已不能言语了，从他眼睛流泪中知道我回家了，只能用微弱的手势表示了。这竟成了我的"永久的悔"。

乡月·女人

晚饭后，男人拿一张席子出门；女人洗刷完毕，端着簸箕朝场院那边去；孩子一溜烟去了村道，手上提着蚂蚱笼……

夏夜，热浪减退，空气凉爽。铺一张席子躺在场院里，头枕在席子上，腿脚自由地伸展，身心自由地呼吸，听乡人讲酸溜溜的故事，笑得人坐起来又躺下，不知怎么好。男人抽烟，长长的旱烟锅火星儿哧溜哧溜地响，"吧嗒、吧嗒"一锅烟抽完，随意在地上敲打一下，再按上一锅烟，一边吸溜一边说逗人笑的"故经"；女人一旁揉搓剩余的麦穗，虽然心思操在手中的活路上，耳朵却朝着男人的话音贴近，拿起手中的麦穗轻轻地揉搓，不紧不慢，不慌不忙。收麦的大忙季节过了，剩下的一点活儿不多，女人不着急，趁着凉爽的夜晚揉搓脱粒不净的麦粒，好打发这难得的清凉时空，也趁机偷听男人的隐私，调整一下思维方式，滋润疲惫的心灵……

白天，燥热、沉闷，玉米地里汗流浃背，玉米叶子划伤了女人的皮肤。庄稼地里，男人低着头一股劲地朝前赴，只听得锄头落地的声音，一行地锄到头，男人一头插进地头边的泉眼里，美美喝上几口，女人递上毛巾，男人擦汗，朝女人笑笑，又递给女人，女人在清凉的泉水里摆摆毛巾，揉搓、擦汗，白皙而红润的脸膛儿看得男人心里慌，打趣、笑闹一阵子，男人操起锄头钻进一行玉米地里除草，女人操起锄头紧随其后……

夜，静悄悄，月牙初露。男人说起正经事来，女人听着。"后沟的那片地里核桃苗刚长大，套种的玉米长势好，可惜……"男人叹息，女人着急，停下手中的沽路。"咋了，娃他大？"男人敲打着烟锅，接着说："晚饭前，村上来人说了，要拔掉玉米苗子。""胡说。"女人不信。"谁跟你开玩笑？上边要检查退耕还林呢？"女人来劲了，骂男人："好不容易一苗一苗地长大，盼着秋收多打粮食喂猪，这下可好。"男人劝女人："有啥法子？人家说了不拔玉米要收回退耕还林补贴费。"女人不言语，看着云朵遮蔽的半边圆月……

男人只顾抽烟，沉闷。几年前，政府号召退耕还林，村里几条沟的庄稼地全留作种植经济林，核桃、板栗苗很吃香，一棵棵树苗从外地运到村里，农民忙活了好几年，补苗、扶苗、除草、剪枝，如今树苗长势喜人。不过，耐不得寂寞的农民总想给自己找活路，青壮年外出打工，老弱妇女在家侍弄庄稼。大片的沟坡地过去都种庄稼，习惯了爬坡的庄稼人，看着树苗空隙大留着可惜。于是，无论村干部怎么说，农民总想方设法套种上玉米、大豆，好多收获点粮食。上边要抽查退耕还林，这不难住了依靠庄稼生活的农民吗？农民憨厚，村干部的话得听，不拔怎么行呢？

夜深，云朵隐退，圆月皎洁。乡间的月夜格外明朗，看得清男人脸上喜怒的面孔。女人收拾手边的活儿，抱起睡熟的孩子朝屋里走。男人卷起席子，跟随其后。场院里空旷静谧，一声声虫鸣演奏着动听的曲子，鸡笼的鸡扑腾拥挤，院里的狗在场院角落歇息……

屋里，灯光明亮；屋外，月光洒银。沉睡的大山在月光的照耀下，坦坦荡荡，裸露无余。后山林里的鸟儿啾啾声被寂静的夜所淹没，唯有

大山沉沉的酣睡声；屋里传来女人骂男人的声音，男人不言语，熄灯……

月光飘逸，小河叮咚。后半夜起风了，微风吹，吹皱了遍地的月光，窗户纸配合着微风在舞蹈、歌唱。庄稼人枕着月光在香甜地睡，舒心开怀，心满意足。夜深深，男人打呼噜，惊得场院里的狗来回走动，汪汪几声，后山的鸟儿扑棱扑棱……

后半夜，月光沉醉，女人做梦，梦见男人去后山折花，一朵野花插在女人的长发上，女人笑，男人笑……女人梦见男人去山外打工，挣钱，大把大把的票子往外花，男人在外看上了山外的女人，好久不回家。女人在家操持家务，累死累活心甘情愿，盼着男人。起先有电话隔三差五报平安，后来几个月不见消息，女人心慌，骂孩子骂自己，骂声惊醒了男人，女人委屈，男人埋怨。"睡得正香，吵闹个啥？"女人晓得自己在做梦，男人睡在身边呢。无奈，忍着男人发脾气。也难怪女人做梦，女人知道邻村那家女人的事，男人出门好几年不回家，传说在外有了女人，可谁也不敢对她说。一家老少全靠女人养活，累得身心垮了，头发白了，好心邻居相劝，才使她熬过了白天熬黑夜。村人看着心痛，每每夏收秋收的都前来帮忙，才使其渡过了一个个难关。女人想着梦中的事，好笑。人常说"夜里做梦说心事"，实实不假。

后半夜，乡月漫过了窗棂，女人听着男人鼾声响起，自个儿翻了身，香甜地睡……

连翘·女人·猫

阳春三月，我去秦岭深处的陈耳镇下乡。从县城出发，坐午后一点半发往那里的班车。车座二十七人，一个不能多，即使中途有人招手搭车，司机也不敢停车，怕的是路途交警查车罚款。行进在七拐八拐坑洼不平的公路上，一路颠簸，车上多有人晕车。售票的女人一会儿给这个塑料袋，一会儿又给那个塑料袋，一头乌黑的长辫子在身后甩来甩去，这引起了我的好奇，如今这年代还有女人留着长发，别有风景。晕车的大多是妇女，尤其上了年纪的老人，经受不住拐弯下坡的车速变换所致。好在昨夜里下了春雨，虽说路面不平，但无尘土飞扬。车窗打开，呕吐的气味扩散，还算过得去。年纪大的遇到晕车的，还不说什么，嘟哝说闲话的是那几位年轻人，自然受到了车上多数人的指责。"理解万岁！"我心里默默警告自己，尽力把目光投向窗外，看山野的自然风光。

一

陈耳镇位于县城北路，属于秦岭南麓大山深处的一个小镇。人口居住分散，村落相隔一二里地，山野植皮丰盈，树木葱茏，村落掩映其中，远望是看不见的，只有进入村庄，听见狗叫声，才晓得这里有人家。其实，因工作我每年要去乡下学校听课，对于这里的地理位置、风土人情还算有所了解，判断一个村庄的位置，除了明显标志比如炊烟袅袅、狗吠声声，季节性的标志要算桃花、杏花、桐花和梨花，山里人爱房前屋后种树，栽种的多是结果子的树木，不但观赏其花，还可食其果，或者核桃树、板栗树之类，人多的村落有高大的杨树直立，枝杈上架着一个或两个硕大的鸟巢，偶尔会看见鸟儿嘴里叼着茅草或树枝飞上鸟窝，一个春天的秘密悄然发生，不知不觉中孕育着无限的生机。山里人爱鸟，多数人家屋檐下都有燕窝，看谁家的燕窝垒得大垒得多，好像在村庄里就有威望有人缘，福星高照。此时，正是春天，花红柳绿，燕子归来，农家屋檐下又是一片欢乐的世界。"小燕子穿花衣，年年春天来这里……"这一令人欢快的曲调，曾经滋润过像我一样天真无邪的童年生活，纯真而美好！

想起小时候，父亲在自家的屋檐下钉木板的事。一对燕子的窝被冬日的北风吹落了，燕窝落在柴垛上，依然完好无损。我看着那网状的燕窝，好奇，竟想用手去动，刚伸出小手，父亲就挡住了我，说这是燕子的家，动不得。我看着父亲搭上木梯子，站在屋檐下给两根椽子之间钉上一块木板，恰好放进去吹落的燕窝，父亲看着我笑笑，我也乐了，高兴地蹦起来。第二年开春，一对燕子又从南方飞来，欢喜地在屋檐下飞来飞去，好像在感谢父亲，又好像在庆祝节日，让人看着心乐。每天放学归来，我的第一件事就看屋檐下的一对燕子，一趟趟飞进飞出，叼来小虫、小草粒之类的食物哺育窝里的小燕子……

一阵急刹车，惊醒了我的美好回味。原来车前的一辆摩托车差点撞着了班车，汽车司机刹车急速，才避免了一场事故。司机下车教训骑摩托车的小伙子，摩托车后的姑娘连连道歉。司机上车，车速缓慢地行进在窄窄的斑驳的水泥路上。一阵议论过后，车内又恢复了平静，只有晕车的人在不停地难受呻吟，听得人不舒服。

车在匀速行进，转过一个大湾，进入了深深的山沟。两边窄窄的，一条公路，一条叮咚作响的溪水，偶尔宽阔的地方有一席之地，小石块垒就的块块梯田，种植着庄稼。溪水边山花烂漫，枫红的、绿蓝的花儿盈盈地闪着晶莹的光泽，显得十分可爱。溪水清澈，或缓或急，顺势而行，老远听得水声，车到跟前呈现的是一飞流瀑布，水花四溅，煞是好看。不知是谁惊喜地喊了一声："啊！连翘花开啦！"车上的人不由自主地将头伸出窗外，看满山遍野的连翘花开——又说又笑，平静的车内热闹起来。

那一面面山坡，那山崖石埂处，一片片黄蓬蓬、金灿灿的连翘花，簇簇相拥，像一团团飘动的黄灿灿花云弥漫在山坡，让人肃然起敬。一阵山风悠悠地送来，车窗内散发着熏人欲醉的芳香，沁人心扉，清雅而凉爽……人们的话题离不开连翘花，你说他说，说的事儿很有趣，耐人寻味。

一位老大爷说，去年他家门前坡上满山的连翘花升后，吸引了不少时髦的驴友。一他们前来又是拍照又是合影，在他家一待就是多半天，问这问那，还给他照了一张站在老屋门前，身后是山坡和连翘花的合影相。翻开相机给他看，看着影像里乐得露出了牙齿的自己，乐得心花怒放。那天，老大爷高兴地给驴友们做了一顿地道的家常便饭，他们个个吃得香。这些驴友走后给老大爷悄悄留下了几十元钱，还是老伴后来发现的，说是要退还给人家娃们，却一直打听不到人家在哪里，一顿家常饭给啥钱？乡里人不习惯这一套。车里的人听着老大爷掏心窝子的话不由笑起来，一个后生在我的身边嘀咕："不收钱，傻帽。"说话声音很小，大多数人未听见，我看了他一眼，他低头不语。

一位中年妇女说，要说这连翘确实是山里人的命根子钱。山里人花钱靠的就是药材，年年花开，年年结下枝繁的连翘，增加了家庭收入。孩子上学、家里油盐酱醋的，花钱有了着落。她说，一年自己采摘连翘一项收入两三千元，加上挖药材、搭木耳架的收入，万元不成问题。听得中年妇女的一席话，车上的人连连称赞。让我想起了读高中的那几年，母亲在老家北山就是靠挖药材、采摘连翘供我读完学业的。每隔个把月的逢集日子母亲来到镇上中学，卖了药材给我留下吃饭钱，一个人悄悄离开学校。看着母亲移步走过学校门前的洛河独木桥，我的心里总是酸酸的……那年高考只差几分落榜，我无颜面对母亲，一个人偷偷地站在老屋的檐下落泪，母亲看到我泄气的样子，拉我回屋，数落我没出息，山里人种庄稼不照样生活一辈子，何必钻牛角……母亲的话总是那么朴实，让我琢磨，受用一辈子。

一位年轻人说，这几年连翘没成熟，连翘叶子就被人捋光了，还能结下连翘？是啊，随着经济利益的驱动，山外制造茶叶的客商，看上了山里的连翘叶，制作连翘茶，大量的连翘叶子被提前捋光了，破坏了连翘的正常生长，确实令人气愤。

班车快到镇上了，人们陆陆续续地下了车，到终点站只留下几个人。下车后，我去镇上中学。

二

第二天，上午办完琐事。吃过午饭，学校一位爱好文学的老师约我去镇上老街看看。从学校到镇上有半里余地，我们步行来到老街。一条东西走向的街道，三三两两的本地人在转悠。街面不宽，容得下一辆班车通过。有几座新修的两三层高的楼房，显得特别突兀。镇政府在街西边，两层楼房，四合小院，里面传来音乐的声音，听得是崔子格演唱的《老婆最大》，一声"老婆最大啊，老公最爱"传出来，声音在小街回荡。

不过几步路，就走到街中心。一家挂着"小镇药铺"的牌子好眼熟，木牌上黄色的楷体字笔画模糊，"药"字的草字头已经脱落，铺子关门，门窗紧闭，窗户、竹门帘灰尘积得很厚，好像多年未曾打扫。一问隔壁，果然不出所料，药房老陈过世多年，儿子在南京读大学毕业工作外地，常年不归。说到药铺陈医生，让我想起一件事来。那年高中毕业前一学期，我的视力下降，家里人迷信，相信一位装神弄鬼先生的说法，在堂屋烧香，房前屋后走动敲打，到头来还是没有什么作用，幸亏在外教书的邻家叔父得知，让我父亲寻医治疗。经人介绍，翻过北山的一座小山，穿越一条山沟，来到原陈耳公社街里求医，陈医生把脉诊断，看我的眼角发炎红肿，开了两副草药，外加消炎的西药、眼药水，给我父亲说，孩子吃药、上眼药水好了，赶快去西安检查、配镜，可能是近视所致。后来，在西安一所医院经检查确诊近视，只好在西北眼镜行矫正视力。站在眼前油漆斑驳的药铺房门前，我停住脚步静默几分钟，向过世的陈先生深深鞠躬。

行至街东头，同行的老师说有一处老院子有看头。我们走到东头，拐弯上坡，看到一座青砖修筑的门楼，虽说经年已久，但门楼上方雕刻的牌匾清晰可辨，"耕读传家"几个醒目的楷体字，黑底金字，让人想起曾经的风光。楼门虚掩，推开门进去，草木深深。上房五间，方格子门窗，四扇厚厚的大门上雕刻着花纹图案，好像是年画中的门神，一把人锁挂在大门上。从积尘的窗户看去，里边有几件旧时的家具，木板床和柜子，黑漆茶几和椅子。厦房左右各三间，用的是青砖青瓦，屋顶瓦沟间长满青苔，足见古旧沧桑的岁月。村人说，这家人老两口过世已经二十多年了，儿子在南方安家都不回来了，亲戚也不来往，邻居照看房屋。老两口解放前曾经是国民党重要官员，"陈将军"在解放前夕率部起义立了大功，解放后主动要求回归故里，安度晚年。两位老人去世后，县政府把这座小院列为文化遗产保护，所以至今依旧在风雨中飘摇。站在这被时代刷洗遗存的四合院，我的脑海里闪现的画面尽是电视剧中的战争镜头，一位从戎的将军弃暗投明，历经复杂多变的硝烟战火，冒着生命危险依然投奔解放区，受到人民政府的嘉奖。想不到在这秦岭大山深处有这么一位令人崇敬的将军，让人骄傲和自豪！

出了将军的四合院，我们轻轻虚掩了门。走完了老街，我看到的都是老人和孩子，怎么看不到青壮年人呢？随同的老师说，这里山大沟深，经济来源困难，村民生活艰苦，多数青壮年男女都出外打工了，留下看门的老人和孩子。我们一边说一边走，来到村头一家门前，楼门敞开着，一位老妇人躺在一张席子上，身边卧着一只猫，好像在舔老人的手臂。我们纳闷、猜想，是不是老人病了呢？无人照料。不由分说，我们踏步进门看个究竟？惊动了那只黑白色花纹的猫，随之跑向院墙那边，黑溜溜的眼睛瞪着我们。慌忙中老人艰难地起身，看着我们用疑惑的眼神盘问："你们镇上干部啊！又要收钱啦？我儿子还没有回来，我老婆子弄不来钱。"我们扶起老人坐下，说明了来意。老人放心地叹息，说："好人啦！"看着老人无事，我们要告别离开，老人却说："来了，陪我说说话。"有什么理由离开呢？我们坐下来听老人拉家常，讲家长里短。说话期间，那只猫不知何时悄然卧在老人的怀里，两只黑溜溜的眼睛转来转去，看我们也看老人。老人一边抚摸着猫，一边兴奋地给我们讲故事。

老妇人的老伴去世得早，留下了两个孩子，一家三口过着艰难的日子。老人忙时种地，闲时上山挖药材，采摘连翘，维持家庭生活。在老人的抚养下，两个聪明争气的孩子先后成了家，老大生下一儿，老二生下一女，看着别人家盖新房，翻新旧房，两个孩子一商量，怕连累老人，各自带着孩子出外打工去了。过年才返乡一次，一家人得以团圆。

老人说，她今年七十多岁了，走路腿脚不便，好在前年镇上给家家安上了自来水管，吃水方便，不用到河边去挑水，省去了许多。老人担心的是夜晚睡不着，老做梦，梦见年轻时的事儿，梦见出外打工的孩子和孙子。白天还好，有这只猫陪伴，自然不寂寞。花猫很懂事，善解人意。那次，老人感冒发烧，起床困难，家里无药可治。花猫不停地在院墙头叫唤，惊醒了隔壁的王大妈，不知老人家发生了什么事？搭上梯子翻过院墙，推开门看到老人躺在床上呻吟，叫来邻居推着架子车把老人拉到镇上唯一的一家药铺，及时治疗，才避免出事。说到这里，老人激动得满眼泪花，连连说："邻居好！邻居好！""我的花猫聪明啊！"老人说着摸摸花猫光滑的身子，花猫好像懂事地看着老人那双含着泪花的眼睛……

我抑制住自己，差点儿流出了眼泪，随同的老师拉着我的衣襟，示意我走。我们安慰老人几句，说是有事赶车，需要回家。离开小院的那一瞬间，我不由回头看看给我们摇手的老妇人，右手不停地摇晃，嘴里喃喃自语："好人啦！好人……"院墙里传来两声花猫叫声，给寂静的小院带来些许的生机。

三

从乡下归来，我的心情久久不能平静。连翘、女人、猫，这看似互不相干的事连锁在一起，让人思绪纷纷，浮想联翩。

记得看过本地一位有名望画家的一幅画，远景苍翠的青山，潺潺的溪流，近景满山遍野盛开的连翘花，一片金灿灿，右下边浓墨重彩画的是一棵苍劲横斜的古松，树下是亭台楼阁，一位古典的琴师披着长发，悠然弹奏着美妙的曲子，溪水欢腾，山林回应，对面溪流边两位青衣女子像似在河边嬉戏，又好像在窃窃私语……如此迷人的美景，超脱的仙境！

我读过丰子恺先生的《阿咪》，"阿咪者，小白猫也。""自从来了阿咪，家中忽然热闹了。"厨房里有保姆的骂声，一定是责备阿咪；来客中有陌生的笑声，一定是送信人或邮寄员在欣赏阿咪。"自从家里有了阿咪，这些客人亲昵多了。"来客因猫而家长里短，说笑自如，一片和谐。看来，丰先生爱阿咪，阿咪给丰先生的生活带来了乐趣。难怪丰老先生开篇写到："最近来了这阿咪，似觉非写不可了。"有阿咪在身边，"即使要事在身，也只得暂时撇开，与它应酬一下；即使有懊恼在心，也自会忘怀一切，笑逐颜开。"何乐而不为呢？

生活中或工作中，我们多么需要一些休息和调节，与小猫、小狗亲近，不失为一种"化岑寂为热闹，变枯燥为生趣，转懊恼为欢笑"（丰子恺语）的有效方式，尤其对于那些生活在艰难困苦中的老人妇女，让他们的生活不再孤单，不再寂寞。作为儿女应该多关照老人，常回家看看！

写到这里，窗外响起了淅淅沥沥的雨声，陕南的暑热已经过去，立秋早晚凉，中午汗湿裳。季节变化之快，让人往往感到只是回头一瞬间。我憧憬美好的生活和未来，但愿那些生活在底层的人们过得更好，"人间正道是沧桑"！

秋雨·竹丛·紫藤

这淅淅沥沥的秋雨，已经连续下了一周多了，不分昼夜。秋风伴随秋雨，阴雨连绵惹人厌。河水涨了，干河边的菜园毁了，眼看着成熟的玉米、西红柿、辣椒、莲花白……一夜间被水冲走了。上下班，走在坑洼不平的路上，过往的车辆颠簸着行进，一不小心溅起的水花打湿人的衣衫，难免会有尴尬的场面发生。行人小心翼翼绕过积水路面，心花得以绽放。

清晨，睡意蒙眬中听得雨声，打落在窗前的紫藤架上，发出滴滴答

答的声响。一个人睡得真安静，竟忘记了起床的时间。妻子六点多去仓颉园上班了，那儿的工作是没有星期天的。已是早晨八点半了，该起床了。平日早已在单位上班了，处理当日的工作事务。逢周末，没了时间概念，也自由多了。小狗在楼门下汪汪叫了，想必有人路过避雨或跺脚。小狗爱管闲事，时常总有路过的孩子或大人惹小狗叫嚷，自寻开心。

这一方寂静的小院，因小狗的到来而独有生机。家里人都喜欢小狗，时常外出忘不了给小狗买它喜好吃的东西，火腿肠、鸡腿、鹌鹑蛋之类。小狗成了家人快乐的玩伴，在外工作难免有不乐的烦心事儿，回家看到小狗在热情地接你，那些烦心事儿一股脑就自然消失了。即使一时难以平静，也随着小狗殷勤的举动，期盼的目光，让人渐渐适应，继而平静心情。许多记忆在这样的日子弥久常新，许多希望在这样的日子滋生萌发，许多岁月都是因有了心灵的慰藉而变得多姿多彩，充满着阳光。

秋雨如丝，如帘，看得见，摸得到，用心听，会听得出美妙的韵律。坐在南窗前，看窗外的紫藤架，假山旁的竹丛，滴答的雨声落在紫藤叶子和竹叶上，摇曳着，滴答着，好像听一首轻慢舒缓的曲子，安静的，纯净的，无有杂音。

这一架长势喜人的紫藤，缠来绕去，攀缘于上空搭好的废旧钢管间。从窗户顶端到门楼院墙那边自然形成一个长方形的空间，纵横交错，向四周延伸着嫩绿的藤蔓。两年前还是一棵小苗，如今已长成蓬勃的气势。还是前年春上我从乡下一所学校花园移栽的小苗，带着毛根和一些原土，栽种在樱花树旁，樱花开得烂漫的日子，紫藤藤蔓伸出了嫩红的尖尖儿，顺着樱花树身攀缘，不知不觉春去秋来，那缠满樱花树枝的紫藤蔓竟也冒出了树梢，朝着邻家的屋檐伸展，大有向往扩张之势。今春的一个星期天，我利用整日的时间为紫藤搭架，轻轻地从樱花树枝上分开缠绕的藤蔓，一根根移开树身，移到搭好的废旧钢管架子上。樱花树枝舒展开了，自由伸向天空。紫藤蔓也顺从地在架上攀缘。一株紫藤的根部生长出几株根茎来，滋生新的藤蔓枝叶，向上攀附发展空间，寻找阳光的空隙，条条紫藤蜿蜒，撒下一片绿荫。

那一丛青翠的竹子，也是同一年移栽的，乡下一所学校改建，茂盛的一片竹林就要毁了。春上下乡，正好遇着这事儿，想到自家院子假山后边留着的空地，也就挖了几根带着竹笋的竹子，移栽假山后，两年来冒出了许多竹笋，竹叶青青，煞是好看。这是一种悦人观赏的竹子，茎圆柱形，竹竿有节，节与节之间，颜色多有变化，每节竹竿四分之二部分为黄色，四分之一部分为绿色线条，上一节与下一节竹竿的颜色部位正好反向，确属奇观。那天，听学校老师说，在本地这种观景的竹子唯独这一片，还是老校长多年前从西安园圃里买回的，精心培育成林的，实为学校一道靓丽的风景。无奈，学校扩建，这片竹子也只好移栽校园一角。我喜爱这一丛来自乡野的竹子，它给我的小院增添了润眼的绿意。

下班归来，敞开院门，小狗去外边撒欢，嬉闹。我在小院里侍弄花草，给紫藤、竹子浇水，乐在其中。偶尔，你会听得路过行人的啧啧赞叹声："哟，你看那一丛摇曳的竹子，多好看。"有人探头或走进院子，与你说说话，赞美小院花草，询问架上那紫色的紫藤花，不知为何物？紫藤，在我老家北山随处可见，乡人称之为"蓬花蔓"，其花开时节，可摘"蓬花"做蒸菜吃。在城里，多数人未见过此种植物，尤其城市公园里栽种，视为珍品。

秋雨依然在下，人的思绪纷乱，想到眼前的景物，那些植物自然也与雨声融为一起了。

在生活中，寻常的花草树木显得多么重要啊，可却常常被我们有所忽略。假如生活中缺少了花花草草，我们的生活不知有多么暗淡，少有生机，少有活力。日子总在花草婆娑中度过，才有一份期望，才有蓬勃的精气神。难怪居于高楼大厦的城里人，总会在居住的一席之地，狭小的阳台，种植花草，疗养好心情。

午后的天空出现了亮光，少了雨雾，窗前的紫藤叶子亮绿起来，摇曳的竹叶泛着光泽。这样的秋雨天，心静好读书。读《朱自清散文集》，刚好读到《一封信》，朱自清先生在镇江时曾与紫藤为伴，他在信中这样向朋友描述紫藤："那花真好看：苍老虬劲的枝干，这么粗这么粗的枝干，宛转腾挪而上，谁知她的纤指会那样嫩，那样艳丽呢？那花真好看：一缕缕垂垂的细丝，将她们悬在那皴裂的臂上，临风婀娜，真像嘻嘻哈哈的小姑娘，真像凝妆的少妇，像两颊又像双臂，像胭脂又像粉……"这么高雅的魅力，才是紫藤花最美之所在。

紫藤窗前，听雨，读书，独享静谧的空间和时光。

一树桐花（组章）

　　站在我新居三楼看窗外的风景，最美的是邻居院中那一棵高大的桐树。这是一棵经年茂盛的桐树，直挺挺的，约有脸盆口那么粗，树叶硕大碧绿，高高的树冠超越了我的三层楼顶。粗壮的枝干与我的三层楼道相齐，青翠的树枝横跨于两家之间的领空。那棵树，正好对着我三楼的南窗书屋。

　　初春，桐树和杨树一样都是早发的树木。与其他树不同的是桐树先开花后发芽长叶子。它孕育了一个冬天的时日，在枯枝老干的内部凝聚着足够的力量，它好像在期待着什么？是花香四溢的春天，还是绿荫繁茂的夏天，甚至于来年的轮回……冬去春来，树枝上披挂的一串串土黄色的小球球，好像无数风铃一样随风摇曳，发出清灵的脆响。春暖花开，那精灵的小球球一个个变成了花蒂，变成了一朵朵花，在树的每个枝头长出一大串来，一个排着一个，紫粉色的喇叭花慢慢地随着时日展开、绽放……

　　每每坐在窗前读书，不经意间抬头，自然地看到窗外高大的桐树，树梢上挂着如洗的蓝天、飘悠的白云，满眼的悦目使人瞬间生出一种感动来。去年春天，我搬来这里定居，它就挺立在邻家的院子里。与邻家闲谈，得知这棵树是建房那年出苗长高的。原地曾有一棵挺大的桐树，修建房地基时砍伐了那棵树。谁知，房屋建成后却从留有院落的土地中长出几棵桐树苗来。邻家清楚，建房地基时曾挖掉了桐树根，怎么又长出来了呢？为此，邻家下决心挖去了丛生的幼苗。某日，邻家蹲在院中与孩子玩，无意间看到院墙角又冒出五寸多高的一棵桐树苗来。想到长在墙角，不妨碍人的视觉，既给院中增添一棵鲜活的绿色景致，又能给人的眼球带来滋润的光泽，何乐而不为呢？于是，它就长成了一棵巍然的大树。

我搬来小院的那天，阳光灿烂。亲朋好友相聚，一进院子就闻到一股清香味儿，不由异口同声："好温馨的小院哟！"你看他看，南边，一棵樱花树正烂漫着粉红色的朵朵花瓣，明媚润眼，时有蜜蜂往来飞舞；北边，邻家的一枝逸出的桐树斜伸过来，阳光掩映的花影中，是正在小院石桌旁喝茶的几位朋友。这个说："小院清净，樱花相伴。"那个说："桐花为邻，清香扑鼻！"几位舞文弄墨的朋友兴致极高，诗情澎湃，出口就是富有诗意的话题。一朵桐花落在小院石桌上，一位朋友虔诚地拾起，捧在鼻前闻闻，随之将喇叭形的桐树花置于玻璃窗沿，静观，拍照，刻意留下美好的印记。

桐花盛开，满树的花儿，一朵朵连成一串串，一串串连成一簇簇，一簇簇连成一团团，一团团连成一片片，一片片连成一堆堆，富有阵势，鲜亮得出奇。这样的日子，我都要踏步上到三楼，站在凉台上，静静地观看日日灿然的桐树花，那淡雅、撩人心脾的花香，使人眼前为之一亮，花气熏人，人也陶醉，自然消除了下班归来的疲劳和工作中的不悦。

春日，夜间散步在宁静的小院，仰头细看，那一簇簇的桐花在月色和院中灯光的映照下，就像一棵巨大的圣诞树，挂满了亮丽雪白的串串珍珠，清风送来，随风而动，发出"哗哗"的声音，动人心魄，使人生出些许缥缈的遐想。

利用假日，装修房子，我请来了两位铺地板的师傅。他们晨起早到，辛勤劳作，第一天下来就铺了两间房子的地板。我估算要不了几天，就能铺完地板。哪知，此后的日子，师傅两人相继铺得慢了下来。我不好意思催促，人家是按平方计算工钱，要不要赶时间，毕竟是人家自己的事。这样，不知不觉十多天过去了，我很纳闷。一天，一人搅拌灰沙，我无意看到他将一些飘落的桐树花搅拌进去。我觉得奇怪，问他。他笑笑说："多搅拌些桐花，让每块地板都放香！"我一听不悦，转而想想，小伙子虽说在开个玩笑，但话语里也潜在着一些哲理。于是，我也喜滋滋地帮他搅拌起灰沙来。那飘落的朵朵桐树花，任其自由飘落于灰沙中，将其一起搅拌。如此，心情自然，念想花香！这样，我总算明白了两位师傅干活慢下来的缘由了。

在那些温馨的日子里，村里的一位小女孩来我家院中玩。看到师傅将桐花搅拌于灰沙中，好奇地用手捧起一些灰沙闻闻："好香的味道哟！"说着递给正在忙碌的师傅："叔叔，你闻闻香不香？"师傅放下手中的瓦刀，闻了闻，摸摸小女孩的头，笑笑说："香，真香啊！"师傅操起瓦刀干活，小女孩高兴地喊："香哟，真香。"随之，轻盈地在院中跳起皮筋来。花香在院中弥漫，小女孩吮吸着清风中花的清凉和甘甜。玩累了，她坐在紫色的花瓣和灰沙铺成的凉台地板上，双手托着红润润的脸蛋，仰头看着满树紫色的花朵，好像觉得自己也变成了一朵紫色的花，轻轻地飘起，成为一簇簇花中的一朵。可爱的小女孩，在静静地做着紫色的梦……

这一幕瞬间的靓影，让我想起十多年前的这个季节。在我任教的洛河岸边的一所乡村小学，每年春花烂漫的日子，校园里到处充满着富有的清香味儿，飘逸着清幽的桐花香。学校房前屋后，走廊过道，种植着几十棵桐树。老校长每天在校园中转悠，摸摸这棵，看看那棵，好像照看自己孩子似的呵护着一棵棵树。一群可爱的孩子不忘老校长的教诲，天旱季节，时时不忘浇水，一棵棵长成了大树，绿荫蔽日。桐花飘飘然落在地上，热闹的孩子们这个捡起闻闻，那个捡起闻闻，脸蛋红扑扑的，笑得很甜美……

我调离学校的那年，上级拨款修建教学楼，老校长恋恋不舍地砍伐了那些桐树。我走时，老校长硬是给我送了一棵树，说是这些树与我也有些感情，做个书柜惦记着它。是啊，三年里在我的窗前，一棵棵挺拔的桐树为我遮风挡雨，为我带来入眠的花香，我怎么能轻易忘掉它呢？此后，我按照老校长的建议，请人给我做了个精美的书柜。一摞摞书籍站立在书柜中，让我不得有闲日。看书作文的时候，面对书柜，文思泉涌，仿佛在享受着人生的无边幸福。

春光如此美好！让我不得不记下另一处触动人心弦的场景。那年四月天，我与单位同事出差去渭南。秦岭这边公路修复停止通行，我们绕道蓝天过渭塬行程。班车颠簸在通往渭南的黄土塬上，车窗不敢打开，黄土扑面，热风闷得人难有好心情。班车上到了黄土塬上，暂缓平稳。车窗打开，同事惊呼起来，惹得一车笑声。"看呀！好美的桐花哟！"我睁开疲劳的睡眼，朝窗外望去，一时无语。目光所及，蓝天下一望无际的渭塬，好似一片桐花盛开的海洋！一棵棵桐树开满一大簇一大簇紫色的繁花，花儿将每一个大大小小、粗粗细细的枝条缀满，盛开的紫色桐花将整个黄土塬上遍地覆盖。繁花蔓延，花团锦簇，缕缕清香随风飘来，香溢扑鼻！整个行程中的渭塬，成了桐花飘香的溢满之地。此刻，惊喜和甜蜜突然充满心头，多年不见的桐花盛开的景象忽然出现在面前，我感激绕道渭塬的这趟行程，使我走进了桐花飘香的醉人仙境！我晓得，树是不解人语的，但它使我在花香的惊喜中唤醒懵懂的睡眼，在静默的无言中给予我无限的心灵慰藉。如此，我还有什么可说的呢？

或许与桐花有一种神秘的默契，我搬迁新居，又一次与邻家的桐树亲近，使我既看到了顶着寒风的桐树，又看到了开着紫色花朵的桐树，我觉得它像阳光一样的温暖，像阳光一样的坚强，像阳光一样照耀着我……

春光无限，一树桐花被阳光明丽着，花开花落，它孕育的是春的延续，夏的开始；它脱下花冠换上绿叶凉帽，默默地为人们遮阳避暑。于是，这个季节的小院里，三五朋友相聚在桐树树荫下聊天或下棋，听着"知了"的声音，那种感觉才是浓浓的夏天的味道……

一块青色捶布石

在乡间农村的院落里，有一种轻快、脆亮、鲜润、欢乐的声音，常常伴随着我那鲜活的童年。那是一组用劳动工具的击打而产生的乐音，这乐音就是老奶奶在院子里那块青石板上捶布的声音。

那时候，传统的农耕文化给故乡"男耕女织"习染上浓浓的色彩，织布成了故乡女人们的必修功课。自然，老奶奶也不例外。从河南那边买来棉花，秋去冬来之后，男人们因地里的庄稼活儿少了，便有了娱乐休闲的机会，而女人们则从此进入了紧张的繁忙期。纺织开始了，老奶奶那啰嗦的话儿也就多了。因为，我总是爱在老奶奶纺线、织布机子前后转悠，使得老奶奶有气又好笑……

纺线是老奶奶织布前做的第一道工序。纺线得搓捻子，将那经过弹棉花机弹得蓬松的棉花搓成一根根似空心油条样的东西，扎成一捆一捆堆在老奶奶自己的那个红箱子顶上，谁也别去动它。接着，老奶奶一个人盘腿坐在纺线车前，右手转动纺车手把，左手捏拿着棉花捻子，靠左右手的有机配合，在纺车锭子上拧出一根细细的白线来，仿佛只有开头没有结束。一个冬天老奶奶就是那样不分白天和深夜，只听得纺车嗡嗡地响，谁知那线儿扯得有多长。开始的时候，我还怀着好奇心听着那声音进入了甜甜的梦乡……时间一长，我最怕那种嗡嗡声的响起，儿时的"恶作剧"便也产生了。那天傍晚，我趁老奶奶吃饭的空儿，偷偷地扯断那根长长的细线。当老奶奶盘腿坐在纺车前，自言自语地说着："怎么了，刚才不是好好的么，怎么就断了，好糊涂。"说完话儿的片刻，那嗡嗡声又响起来。我又气又好笑地翻个身儿睡去……时间长了，老奶奶发现了我的"秘密"。自然，没少挨老奶奶的棒槌打，但那是吓唬小孩子的"爱"打，至今想来让人觉得好笑。

长长的冬天过去了，老奶奶那纺锭上卸下的线穗子又把箱子、架板上摆得满满当当。一有空闲的时间，老奶奶又忙活起来，手握一把工字形线拐，让那穗子上的线儿上拐、成束，接着浆洗后晾干，把所有浆过的线重新缠在一个个短竹筒上。遇着无风无雨的晴朗日子，还算宽敞的院落里便多了一道亮丽的风景。几十根线头儿同时掌握在老奶奶的手里，好像那一缕洁白若云的瀑布从老奶奶手中飘落……

这时，老奶奶脚步来回走动着，那套在地钉上的每一根线筒随之旋着发出悦耳的声音。这是老奶奶在做"经布"这道工艺。为了布面设计美观，"经线"时常配两种颜色，一是紫红，一是靛蓝，色线搭配，制成线条或格子，十分耐看。

老奶奶手中梳理好的经线滚子被架上织布机，那种单调乏味的织布机声音就开始了，踢哩跨啦声响起来，夜晚就别想睡早觉了。老奶奶独坐在一架织布机上，脚踏、手扳，一只木梭在经线空间中左右穿梭，经线与纬线相互交织，一声一声织出了布面，织出了图案。当织布机前的"经线"轮子转完了最后一圈，老奶奶胸腹前的布轴上卷成厚厚一卷。这时，只见老奶奶轻松地走下织布机，用一把大剪刀，噌噌噌几下就剪断了还织得紧紧的线头，哗啦啦那布轴转动起来，欢唱起来。老奶奶笑了，站在一旁的我也笑了……

此后的日子，当木棒槌响起来的时候，那静静地躺在院落里的一块青石板就派上了用场。那织好的生胚子布经过清水的浸泡和淘洗，被春日的太阳晒过、风儿吹过，水分蒸发了，灰尘洗净了，老奶奶便将稍显潮湿的布胚子折着，叠着，平稳地放在那块青色的捶布石上，用木棒槌拍打起来……小时候，我最爱帮老奶奶叠布胚子，因为我最爱听木棒槌拍打青石板发出清脆的声响，这声响是那样的均匀而轻快哟！这捶布声清脆中显得有力，响亮中沁出柔和。这时，院落里的一只老母鸡正在领着小鸡儿快乐地刨食，我在一旁好奇地听那一起一落、紧紧慢慢响起的声音，一切都显得如此的安恬而又和谐……

时常，那块青色的捶布石是我和老奶奶休闲的好去处。坐在青石板上，夏日的夜晚一片凉意。老奶奶的"古经"大多来自那儿，好像坐在青石板上老奶奶有说不完的话题，对我的启蒙教育至今记忆犹新……

从冬到春的漫长，白天夜晚的劳作，一道一道的琐碎和辛苦，都随着老奶奶那木棒槌儿的起落，与那声音融为一体，变成灿烂的阳光、变成有滋有味的幸福与欢乐！

是啊，那故乡的一块青色捶布石依旧躺在院落里，而我那慈祥的老奶奶已去，抹不去的是那一起一落的声音，它时常在我的耳旁响起……

周村的樱花

樱花开了的季节，我住进了周村——新的家园。

周村，位于城市的结合地带，距离闹市不足二里。这里，乡风淳朴，乡民勤劳。清晨，迎着晨曦的村民，"吱呀"一声打开了各自的家门，露出欢欣的笑脸。车轮声吱吱呀呀地响起来，搬运东西，锁紧大门，在晨雾的迷离和黎明的寂静中走出院落。一路的响动，一路的笑语，激活了一个鸟雀争鸣的乡村。

"他二婶，早起呀！""娃他爸，今天是个好日子！"……弯弯的河道隔不断乡音，推着三轮车的生意人一边赶路一边问好、祝福。这些做生意的村民，有本地的老住户，有安家的新住户，大多是租房的外来人，他们为了孩子能在城里读书，享受优质教育资源，舍弃心爱的小家，涌动在城市生活的路上。他们早起晚归，打捞着生活的渔网，过着艰难的日子。阳光射进低矮潮湿的屋檐下，淅淅沥沥的雨洒落在小巷黝黑发亮的青石板上，几个尖叫的孩子打闹着侧身穿过，折射出小巷深处的流年碎影……

这是一个樱花盛开的小院，我的心蜂飞蝶舞起来。精灵的蜜蜂不甘寂寞，在小院樱花树上嘤嘤地盘旋，那樱花被蜜蜂吻得雪里透红，红得灿烂，红得娇艳。惹得过路人都要青睐她一眼，以至于回头眺望。那清香扑鼻，那花色润眼，给人以精神的愉悦，心灵的升华。清晨早起，我迫不及待地呼吸窗外的新鲜空气，看湿润润的樱花睁开懵懂的睡眼，朝我微笑。我知道，樱花最知主人家的心思，那是主人家亲手呵护的两棵樱花树，一棵在院墙外，一棵在院墙内，透过不高的墙头互相暗送乡思。樱花知道，这家主人不久前另辟新居，偏偏丢下了她们。新主人的我因爱上樱花，而首选这家院落定居。因此，与樱花结缘而成全了一桩美事。

樱花花形美丽，树姿洒脱开展，盛开时如玉树琼花，堆云叠雪，甚是壮观。最早知道樱花名字的我还在读中学，"世纪老人"冰心先生的《樱花赞》是我最喜爱的作品，"这樱花，一堆堆，一层层，好像云海似的，在朝阳下绯红万顷，溢彩流光。"那时，读到这里心动神往，春天的樱花那样美丽，那样绚烂，那样美好！"我的心猛然地跳了一下，像点着的焰火一样，从心灵深处喷出了漫天灿烂的火花……"如今再读这样散发出芳香的文字，我愿意做这样的比喻——冰心老人正如那漫天美丽庄严的樱花，开在每个人心中的春天。

正是樱花盛开的季节，家居有樱花绽放的小院，人的心情自然与樱花亲近。樱花热烈、纯洁、高尚。有人视樱花为生命的象征，要像樱花一样灿烂。要知道，看惯了都市霓虹幻彩，看尽了春色烟花芳菲，最美的莫过于那樱花的洁白里有着如玉的质感和温润。粉红色的花朵粉里透白，白花的花蕊被桃红色包裹着，无论颜色的各异，它们都一样充满了生机。一树春风千万枝，片片樱花片片诗。"樱花红陌上，杨柳绿池边；燕子声声里，相思又一年。"樱花成为伟人周恩来 16 岁时对春天的第一印象。由樱花而感悟自然、思考人生、领悟社会，可见樱花给周恩来的印象和影响。

小院里，墙里墙外静静舒展绽放的樱花，细听她那温柔的声音里，潜在着柳絮池塘淡淡风……樱花总是那样，一身盈动，花期如昙化，却是用尽全力，把自己开放到最极致，她们迷了路人的眼，她们醉了路人的心。那樱花，花蕊柔韧，净白，在阳光下示人以笑意盈盈，一如那些高洁豁达的灵魂，令人敬而近之。那份芳香、那份美丽，那种赏花的感觉，则成为人心目中永恒的印记。

我因爱樱花而新居周村，周村将成为我的第二故乡。故乡对于一个人来说，或许就是一棵树、一片瓦、一条河、一个人……的念想，这种念想凝聚着一个游子的心，无论身在何处，都无法抹去那雕刻在心灵深处的印痕！

此刻，站在樱花树下，静静地偷听樱花和蜜蜂的絮语，那份恬淡，那份静谧，那份淡泊，那份悠然的意境，始终占据着我的心房。抬头看那一树晕红的花蕾，淡红的花瓣，粉红的花蕊，清澈透明的一朵两朵……满树烂漫，如云似霞。

山野的桃花

山野，空灵，幽幽，一树树桃花灿烂在村道、山坡上，炫目多彩，直逼得人眼难以睁开……

看山野桃花，舒展快乐心情。那时，我们几个星期天不回家的初出茅庐的青年，带着对教育事业真诚至爱的心情坚守在小镇学校里。我们节假日不休息，读书、备课，查看资料，精心设计下一个阶段的教学任务，使自己的教学达成至真至美。偶尔，我们去二十里开外的山里游玩，与乡民拉家常，听鸡鸣狗吠，看花开花落，体味乡民苦乐。节假日，星期天，我们自由的空间，拥有更多的快乐与激情。于是，放松自我，陶冶情操，去野外寻找愉悦的情趣。

我们约定去看山野桃花，是一个晴朗的星期天。一大早，出小镇静悄悄的校门，骑上自行车，穿过烟花弥漫的洛河岸雾，吆喝着一溜烟地前行，一个赶着一个朝山里的土路行进，尘土飞扬，道路狭窄，间或山坡山鸡窜出树林，鸟声啾啾。我们几个兴奋地丢下自行车，高呼着追赶、鸣叫，乐在其中。那时，我们都是二十挂零的小伙子，精力充沛，无所顾忌，上山下坡，来去敏捷，无所谓"苦累"二字。穿梭在山野小路、村道，那云霞似的花海，在我们的眼前展开；那缕缕淡雅的清香，在我们的心扉散漫。一条山路，一碧溪流，两岸桃花，青竹掩映的村庄，桃花烂漫，白的清纯，粉的柔媚，红的艳美，放眼望去，一株株桃树夹杂在山林溪旁、村道房前屋后，显得温馨而浪漫！一缕蓝天白云飘悠上空，沉醉山野，悠闲自在，席地而坐，树下绿草茵茵，身旁花香入鼻，溪流叮咚，声韵迭出……久久地在山野花海驻足，尽享花香的滋润。细看一朵朵桃花，花瓣单薄细小，淡雅而不娇艳，宛若山野清纯的少女，无需浓妆艳抹，就显得楚楚动人。你看，那嗡嗡嘤嘤的蜜蜂穿梭在花蕊中，便知其味了。山野桃花品种繁多，花色多样，幼苗青碧，花色鲜艳，即使经年老树也花繁枝茂，生机勃勃。

桃花清纯，乡民淳朴。我们游玩在山里，口渴了喝清泉水，饥饿了吃农家饭。乡民厚道好客，从来不收我们的饭钱，我们感激不尽，帮忙他们挑水、劈柴，与他们一起唠叨家长里短，其乐融融。乡民朴实，就连给孩子起名也带着山野花草的灵气。诸如桃花、山桃、小花、翠花、金花、银花……花花草草，维系着山野乡民的精气神。因而，山居人家，房前屋后必有桃树、杏树，院落种植花草，灿然其间。清晨，鸡叫了，狗吠几声，清静的空间灵动起来，仿佛开锣的鼓声响起，一幕幕拉开，雾气升腾，清空如洗，村道里走出扛着锄头的男女老少，说笑打闹着赶往田间；挎着背包的孩子赶牛羊上山，吆喝声响彻山空。红霞出来了，迟迟地不肯露面，羞答答地从山梁头探出，只要露出山头，一会儿工夫，便霞光四射，灿烂夺目。蜜蜂翩跹于桃花杏花枝头，鸡们在树下忙碌寻找食物，大狗小狗不耐烦地挣脱缰绳闹腾……

如今，桃花盛开的季节，我们如约去观赏桃花。"忽逢桃花林，夹岸数百步，中无杂树，芳草鲜美，落英缤纷。"那是 2007 年中国西安桃花节隆重开幕的日子，阳春三月，古城西安未央区万亩桃花园内分别设置了汉城、六村堡、草滩三大桃园观赏区，桃花节上举办"我与桃花共绽放——百万市民梦寻桃园"照片温馨展示、"观桃花，迎奥运——浐霸足球队桃园联欢"、"回坊小吃展示"、"农家美食大品尝"等活动。同时，穿插陕北民歌演唱、中老年时装秀、小提琴、古筝器乐演奏、拍桃花摄影大赛、"桃花园的故事"散文大赛才艺展示等活动。万亩桃林，气象万千，一片连着一片，粉色如云，红色如霞，实在壮观！"忽然一夜春风来，西安万亩桃花开。"千树绽放，争奇斗艳，吸引了众多市民前来观花、赏花。人们在繁忙的工作之余搀扶父母、携妻带子或聚集好友，来到万亩桃花园里踏青赏花，放飞心情，或在桃花园里义结金兰、喜结连理、一见如故、久别重逢……桃花园里发生了许多美好的故事，留下了许多珍贵难忘的记忆。古城西安的桃花节年年盛况空前，"万亩桃园灼春融，寄语未央花样红"。欣欣然，一部《新桃花源记》。

然而，一年一度的桃花盛会总让人深感失落，失落的是那种山野的宁静氛围，那种自然的美，美的自然！人造万亩桃园给身居水泥墙里的古城市民带来愉悦，无可非议！但是，我们生活的空间需要更多的自然美，需要那种清纯的山野的桃花，净化我们的心灵，美化我们的生活！

爬山虎与蔷薇花

那天，我怀着忧伤的心情砍掉了院墙外的爬山虎和蔷薇花。此刻，敲击键盘的心情像针扎一样的痛。

六年前，单位的同事告知我城郊有处院子出售，我听了心动。那天下班，我和同事一路去城郊看房。时值春末夏初，远远望见一簇簇粉红色的蔷薇花娇艳在院墙头，它的周边是绿绿的爬山虎，让人惊喜！我静静地在看那院墙头的爬山虎和蔷薇花，竟也忘记了我们来这儿的目的。同事看我痴情的样子，提醒我进屋看房。女主人在家，正在水池边洗衣服，看我和同事进院子放下手中的活，跟我们聊起话来，得知我们来看房的，既热情又无奈地说些售房的闲话，言语中流露出举棋不定难以割舍之情。我理解房主的心情，毕竟生活了十多年的院落，要马上离开真的不易。房主带我们看了三层楼的房间结构及院内设施，我心里感觉还算满意。临走，我留下了电话，询问了房屋出售价，出了花香四溢的小院子。女主人送我们至门前桥头，招手道别。

此后几天里，我满脑子里浮现的是院墙上围拢着的绿绿的爬山虎，夹杂着粉红色的蔷薇花，让人念想起城郊那座小院。蔷薇花是一种比较普遍的植物，花色多，品种也多，外观漂亮。从观赏性看，蔷薇花是一种蔓藤爬篱笆的花朵，特别引人喜爱。爬山虎的名字，读小学课文《那片绿绿的爬山虎》就记住了，这是作家肖复兴在1992年为了纪念叶圣陶先生写的回忆文章。你看，"刚进里院，一墙绿葱葱的爬山虎扑入眼帘。夏日的燥热仿佛一下子减少了许多，阳光都变成绿色的，像温柔的小精灵一样在上面跳跃着，闪烁着迷离的光点。""落日的余晖染红窗棂，院里那一墙的爬山虎，绿得沉郁，如同一片浓浓的湖水，映在客厅的玻璃窗上，不停地摇曳着，显得虎虎有生气。"文中所写美的景致，让人难以忘怀。

大约一月后，经中介人为买卖双方说合签约，我买下了拥有爬山虎和蔷薇花的城郊小院。第二年春天，按照合约主人搬家，我开始收拾旧房子，换门窗、铺地板，粉刷室内外墙壁，前前后后两月有余才完工。当我搬进焕然一新的小院，心情无比舒畅，让人有了家的感觉。小院内的樱花树、龙槐树、葡萄架、鱼池等保留原有风格，增加了一个假山、一丛竹子和一架紫藤。从石料厂买来青色的圆形石桌石凳，置于绿荫浓郁的葡萄架下。闲暇，坐在石凳上或品茶或看报纸，或把书放在面前的石桌上翻读，阳光漏过葡萄架的空隙洒落下来，将斑驳的影儿投映在翻开的书页上，清丽的文字像蝌蚪一样有了生命般的跳跃……

这是一个温馨祥和的小院，春赏绿满枝头，夏观鱼跃荷香，秋来沐风听雨，冬日踏雪赏梅，远离闹市喧嚣，早起听鸟唱，晚间闻虫鸣，独享一方宁静。偶尔，或走出院门与村民闲聊，或户外散步遛狗，但见绿树环绕着村庄，村外远处是迤逦延伸的青山，不由让人想起了孟浩然的《过故人庄》，"绿树村边合，青山郭外斜。"幽居于城郊，借清风朗月，观云卷云舒，拥落雨同眠，诗意的栖居，禅意的生活。

从城里漫步城郊黄沙路，踏着接地气的黄土泥沙，让人有了一种回归故里的亲切感。骄阳似火的夏日，飞扬的尘土在空气中弥漫；阴雨连绵的秋日，泥泞的路上行走颇有情趣。这段路不足几里地，却成了被遗忘的角落。我住进城郊的几年间，城建部门多次道路测量，当地的人大代表多次提案，期盼修路的呼声日益强烈，干河路修路工程提上了城建规划的议事日程。去年冬日，我下班回家路过城郊路口，看见一群人在观看一面竖起的广告牌，醒目的规划图让围观的人群激扬点赞，干河路纳入扶贫工程。我看着规划图想着好事儿，修路必定有了着落，宽敞的道路在心里亮丽起来，坑坑洼洼的路面一去不复返了。想到这里，我的脚下生风走路轻飘飘的，不知不觉到家了，进门就被小狗咬着裤脚拽进了屋里，妻子见我笑嘻嘻的样子，质疑的眼神看我，告知她修路的好事，她说："看把你乐的，我早知道了。"原来妻子已知晓，我还蒙在鼓里。

春雪消融，机器轰鸣，干河路动工修路。从春到夏，施工队各路人一鼓作气，河东人行道修堤埝，河西车行道修河岸水泥墙，戴着安全帽的施工人员在道路上穿梭，每日都在喧嚣声里生活。挖掘机扬起高高的臂膀，青纱帐密集而葱茏的道路旁，新砌的河岸水泥墙笔直地展开。碧翠的青纱帐，灰色的水泥墙，流动的光影，斑斓的色彩，让人心境舒朗。

看着施工队逼近我的院墙根，心中有喜有忧。喜的是门前铺设污水管道，路基拓宽，方便行走；忧的是平整路基院墙外的花木受损，几十年的绿荫与花香瞬间消失，让人伤心。爬山虎与蔷薇花紧贴院墙根，且贴在墙面向上疯长，看起来并不影响什么？我虽据理力争仍无济于事，还是要砍掉的。

我曾试图挖土移栽失败，已有小碗粗的爬山虎根深叶茂，根系在泥土中扎得很深。事已至此，要砍就砍吧，蔷薇花倒下了，爬山虎脱离了墙壁，"那些叶子绿得那么翠绿，不留一点空隙"。看着散落一地的爬山虎，身旁的一位老者说："真可惜！绿绿的院墙不见了；粉红色的花儿没有了。"我默然，无语。

其实，那爬山虎总是那么绿着，在我心中永远绿着；那蔷薇花总是那么盛开着，在我心中永远灿烂着。

牵牛花与木槿花

漫步乡间，看着那些夏天开花的植物，也常常让人睹物思情。那些尘封的往事在心里纷飞就像牵牛花那样在心头缠绕，记忆深处的花朵就像木槿花那样竞相绽放……

牵牛花是一种极常见的野花儿。但凡野草地里、乡间小径旁、门前篱笆墙头，到处都有牵牛花茁壮生长、浪漫开放的地方。那年月，大片的田地集体化耕作，每家只留几分自留地种植蔬菜。我北山老家屋前是一块自留地，母亲把它分作两半，一半种植辣椒、茄子、黄瓜、西红柿；另一半种植白菜和萝卜。为防止小鸡们钻进菜地啄食，母亲从山上砍来荆条编织篱笆墙，围成一块长方形的菜地。别看那小小的一块菜地，却丰富了我们的日常生活。它不仅是母亲侍弄蔬菜的小乐园，也是我隐藏秘密的精神娱乐所。

约有三尺多高的篱笆墙，被母亲交差编织成菱形的图案，牵牛花藤蔓缠绕其间，好像布满了彩色的蝴蝶，远看翩翩起舞，近观粉红色的花儿迷人。牵牛花给篱笆墙以鲜活的生机。它那柔软的蔓与纤细的绿叶直往篱笆墙上生长，篱笆墙上缠绕着成片的牵牛花，那菱形的篱笆空间点缀着姹紫嫣红的花朵儿，远望就像一幅勃勃生机的图画。

　　清晨，路过自家的篱笆墙，我总要看一眼那绿叶中带着露珠的牵牛花，欣欣然去上学。放学回家，总爱在篱笆墙边静待花开，看小小的蜜蜂在牵牛花蕊间盘旋飞舞，那童年的心思像被朵朵的牵牛花儿牵着。透过篱笆墙，窥见那黄瓜花开，一个个小黄瓜慢慢长大，嘴馋了趁着母亲不在家，偷偷越过预留的篱笆栅栏，美味地解一回馋。当然，会被母亲发现的，装出从未干过坏事的样子。母亲说："黄瓜还小，嫩嫩的小黄瓜未成熟，摘早了可惜。"我知道母亲的心思，可总也控制不住自己，看见细细的小黄瓜就想吃。有次，母亲从生产队收工回家，发现才长出不几天的小黄瓜不见了，误以为是妹妹在家偷吃责备了她一顿。未知底细的妹妹只有哭着，无法辩解。小时候的恶作剧让母亲责备了妹妹，至今思来让人心里惭愧啊！

　　说到篱笆墙，想起那个电视剧兴起的年代，为了看一部剧，全村几十个人拉开队长家的篱笆墙，围着村里仅有的一台黑白电视机旁看得津津有味，夜深不知归。电视剧《篱笆·女人和狗》热播，其主题歌家喻户晓，至今传唱不衰。耳边似乎传来那熟悉的歌声，"星星还是那个星星，月亮还是那个月亮，山也还是那座山哟，梁也还是那道梁……只有那篱笆墙影子咋那么长，在那墙上边爬满了爬满了豆角秧。"那时，模仿电视剧主题歌的北山年轻人一出门就唱起来传开了，村里村外歌声荡漾，移情于爬满了牵牛花的篱笆墙……

　　其实，那个青涩年代，我北山的乡村人从来没有人离开那片贫瘠的土地，而是千方百计地克服困难，增强信心，渡过难关。山里的野菜野果，是大自然赐给人们的绿色食物。勤劳的山里人在房前屋后，地头的土塄上种植各种花木果树，观花食果，其乐融融。其中，木槿花便是我北山人喜好栽培的树种，它是既能观花又能食果的一种食用花卉，早在《诗经》中就有记载，木槿花味甘性凉，食之可清热利湿凉血，排毒养颜。

老家门前土埝旁，父亲栽种的两株木槿花长势茂盛，年年夏天花开时节，一株花开紫红色，一株花开粉红色，花开花谢，延续到早秋时。花盛开时，吸引了很多的蜜蜂前来采花，"嗡嗡嗡"地在花蕊间钻进钻出，与花儿密语。偶尔，飞来一只两只彩色的蝴蝶，在花儿周围蹁跹。不经意间飞来了红蜻蜓，加入到赏花的行列。那时，我读小学课外无作业，总爱和村里的小伙伴们一起在木槿花树下玩耍，观看两株树异样颜色的木槿花竞相开放，猜想蜜蜂、蝴蝶、红蜻蜓不时光顾木槿花的秘密，我们几个小伙伴猜想的说法各种各样，弄不懂我们就把猜想告知老师来解答，让我们对大自然隐藏的秘密有了浓厚的兴趣。那时我们年幼爱问为什么？课堂上让老师多有不悦。有时候，我独自一人去门前土埝看花，看呆了竟不知身在何方？往往是母亲喊我吃饭的呼叫声唤醒了我。我们常在木槿花树下玩，难免踩着了地边的庄稼，少不了大人们的一顿训斥。骂就骂吧，我们心里乐着呢。

立秋过后，暑热余温犹存。餐桌上，少不了清凉的食品进补，木槿花蕾确是口感柔滑的美食。其花味甘性凉，既能润燥，也除湿热。木槿花盛开的晨曦，母亲早起就去门前土埝旁，摘取硕大的带着晶莹露珠的木槿花，用泉水冲洗，分开花瓣，与昨晚备好的面酵揉和面粉蒸馍，面粉是黄玉米粉，搅和新鲜的木槿花做成香喷喷的糕糕馍，味美可口，食之滑爽。

说来也巧，我从小就爱吃木槿花糕糕馍，似乎与木槿花有种默契的缘分。单位同事李书勤老师喜养花，前年春上从网上购买了十多株梅花树苗，送我一株盆栽。夏末秋初，花木生根，我的盆栽树苗长势良好，一抹青绿。冬去春来，李老师分送同事盆栽的十多株树苗相继枯干，无法成活。唯有我盆栽的一株树苗，绿意盈盈而令众多同事点赞。

又到夏末秋初，我盆栽的树苗长出了几个花蕾，让人惊喜！一天早晨，我的办公室窗外传来一位女同事的嬉笑声："李老师买的梅花开了！"我快步走出室外，观看我的"梅花"。仔细分辨，哪里是梅花？分明是我小时候看到母亲摘的木槿花，再细看枝叶，与我老家门前土埝旁的木槿花树一模一样啊！网上销售树苗有假，令人失信。可是，歪打正着，让我拥有了一株枝叶繁茂的木槿花。

今年春上，在同事的建议下我将盆栽木槿花移栽城郊小院，让木槿花吸地气，饮清露自然生长。诚然，木槿花开在乡野间，与篱笆墙缠绕的牵牛花为伍，点缀着乡间的清纯与美丽。"此地有崇山峻岭，茂林修竹；又有清流激湍，映带左右。"岂不美哉。

核桃

核桃，外形似桃，食用其核仁，故名。家乡商洛地处秦岭山区，以盛产核桃驰名全国，素有"核桃之乡"的美称。"商洛核桃"，以"个大、皮薄、仁饱、质优"而著称，是商洛出口创汇增收的拳头产品。核桃仁以口感油香味浓、色泽白黄如玉、营养价值高，很受国内外市场的欢迎，年产量居全国第一，已成为全国名副其实的核桃生产基地。

家乡商洛地处豫、鄂、陕三省交界处，群山交错，是个"八山一水一分田"的地方。山多而不巉峻危耸，水丰而无激浪湍流。气候温和，四季分明，冬无严寒，夏无酷热，光照充足，雨量适中，土地肥沃，亚热带与暖温带气候相兼并存，南北方植物同生共济。因而，这里的气候、雨水、土壤最适宜于核桃的生长，有得天独厚的自然条件；这里的核桃树分布很广，无论深山、峡谷、丘陵、平川，到处都有枝繁叶茂的核桃树。有民谣为证，"核桃坡，核桃沟，核桃砭，核桃路，漫山遍野核桃树，核桃累累碰人头"。

春夏之际，当你走进商洛一眼看到的绿色风景，莫过于绿荫覆盖的一棵棵核桃树。这个季节，漫步山野，随处可见，一棵棵核桃树遍布山洼坡地，一串串又大又圆的核桃青果挂满枝头，有的树枝被压得趴在地面，有的树枝垂挂于河沿……"六月六核桃灌小油"，"七月七核桃灌大油"。按照乡民的习惯，到了农历六月六，核桃青果仁刚刚灌满浓浆，稍微能吃了，就有馋嘴的孩子尝试滋味；过了农历七月七日，核桃仁渐渐饱满，可以放开嘴去品尝。这个季节，农家孩子人人都有一个小秘密。身上藏有形似镰刀的核桃刀，用来挖美味的核桃仁吃。有条件的孩子去铁匠铺子打个精美的核桃刀，无条件的孩子用废旧的长钉子或者铁丝自己在青石板上锤打一个，核桃刀后把有穿细绳的空隙，一般是女孩子用的红头绳，挂在胸前隐蔽的衣领内，有的孩子甚至藏有两把以上的核桃刀，以备急用。孩提时，家乡的一切属于集体所有制，自然核桃树都由生产队管理。核桃成熟季节，队长专门安排人看管，却堵不住馋嘴的毛孩子。我们村的几个小伙伴常常联合起来与看管人捉迷藏，一人在路边看风，一人爬上树枝，一人树下等候，树上的孩子摘下核桃，由树下的孩子捡拾，装满一书包的核桃够几个孩子吃上一阵子。玉米地里或者山坡树荫下，都是我们孩子挖青皮核桃解嘴馋的地方。七月十五过后，核桃青果最好吃，树上摘核桃，山上吃野果，快乐的暑假不知不觉过去了。开学了，山里孩子很聪明，早早洗净双手，用肥皂水或皂荚水清洗多遍，以逃避学校老师检查。当然，不免留下一点痕迹——嘴角或指甲盖染得黑黄。

八月十五前后，核桃成熟了，山村热闹了，家家户户，男男女女，一起上阵，树上用杆子在上面打，树下地面上捡拾，边捡边吃，有说有笑，草笼满了，装袋子，一车车往回运送。责任田到户后，各家各户有了自己的核桃树，精心抚育，满枝结果。树下有了孩子欢乐的笑语，不小心青皮核桃打在脑门上或身上，哇哇地哭叫，大人急忙给孩子嘴里送上油油的核桃仁，孩子努努嘴笑了……

据史料记载，商洛核桃栽培已有数千年历史。西汉张骞从西域带回植于京都长安，然而"龙凤之地"不适核桃生长发育，便被发配到贫瘠的商洛山中。岂料，核桃却因祸得福，寻到了安家落户、发家兴族的宝地，从而繁衍成为一个旺族。其分布之广，株数之多，产量之巨，品质之优，品种、品系之丰富，甲于全省，冠于全国。据查阅《洛南县志》记载，早在1000多年前的汉代，就为当地百姓辛勤种植。唐代已是"果之甚者，莫如核桃"。北宋《本草衍义》中记有："核桃风发，陕、洛之间甚多"。《直隶商州志》也有"商洛果之最甚者，无如核桃"的记述。洛南县古城镇姜河村就有一棵生长了500多年的大核桃树，树冠占地一亩零六厘，胸径达1.78米，最高年产500余公斤，是全国少有的"核桃树王"，至今果繁叶茂。

家乡核桃虽历史悠久，但得以真正发展还是在新中国建立后的1958年，毛泽东主席发出"商洛每户种一升核桃"的号召后，家乡人大力发展核桃生产。全国16省市代表云集商洛山中，在丹凤县召开全国核桃生产现场会；1974年全国11省市又在洛南县召开了核桃生产现场会，大大鼓舞了商洛人民营造核桃林的勇气和信心。年年栽培，岁岁抚育，已成为全国有名的核桃出口生产基地，年出口200多万公斤以上。除供应国内各地外，远销日本、法国及意大利等国和港澳地区，颇有声誉。

核桃，已成为商洛对外交流的一张名片。2009年第二届中国核桃大会暨首届商洛核桃节新闻发布会的召开，为商洛核桃的发展推波助澜。家乡人对核桃有着特殊而深厚的情结，山民勤劳纯朴，靠山养山，植树为乐，视核桃如宝，无比珍重。核桃仁是很好的滋补品，古人誉称核桃为"万岁子""长寿果"，现代人称之为保健和美容食品。我想，随着核桃产业的发展，加工生产核桃软糖、核桃露、核桃粉、琥珀核桃仁、核桃油……让核桃造福家乡，日子会更加甜蜜。

杏树

　　杏树，是我国北方农村主要栽培的果树品种之一。以果实早熟、色泽鲜艳、果肉多汁、风味甜美、酸甜适口为特色，杏果实营养丰富，深受人们的喜爱。

　　有资料记载，杏子中含有丰富的维生素 A，在水果中仅次于芒果，位居第二。维生素 A 有修复上皮细胞及防癌作用已为大家共识，而杏子中含有的大量维生素 B_{17}，目前被认为是最有前途的抗癌药之一，此外，杏中含有的扁桃甙也有抗癌活性。读南北朝《齐民要术》，其中就有"杏酥粥"食疗的记载，清代《养身随笔》中也有"杏仁去皮尖，水研滤汁，煮粥，微加冰糖"的记录，随着杏子防癌抗癌作用的发现，使其身价倍增。

　　杏，是家乡水果中的佳品，既可鲜食，又可干食。鲜食果汁酸甜，口感滑爽。亦可深加工成杏干、杏脯、杏酱罐头。甜杏仁可食，其味香甜可口，苦杏仁可入药，有镇咳祛痰作用。所以，常食一些杏仁、杏干、杏仁粥等，对健康大有裨益。

　　在家乡无论平地山坡，房前屋后，都有适宜栽植杏树的地方。得力于这样优越的条件，人们利用杏特有的营养价值做醋食用，深受乡民的喜好，有很大的市场潜力。用杏做出的醋颜色赭红，香味扑鼻，具有常食补胃，强身健骨诸功效。我爱食用家乡的杏醋，不仅为它的味醇香浓，更为做杏醋的乡村的那种氛围而陶醉。常去乡下，看到乡村屋檐下，一树灿烂的杏花，一位素朴的农家少妇，一处温馨的农家小院，蜜蜂嘤嘤，蝴蝶舞蹈……不由眼前一亮，"满阶芳草绿，一片杏花香"。

　　"梅子金黄杏子肥"的初夏时节，行走在乡村街市上，惹人眼熟的莫过于黄澄澄的杏子，不由人蹲下身来盘问价钱，挑选金黄的杏子一饱口福。看着手中的黄杏，特别怀念小时家乡学校背后的那棵杏树，到了杏子半熟不熟的季节，馋嘴的我们下课后偷偷地爬在树丫丫上，撩起衣襟，把摘下的杏子随意拭两下，然后就把一整个的杏囫囵吞进口中，只一咬，就直酸得我们闭上眼睛，好半天都不敢睁开来，但仍旧咧着嘴巴吸溜吸溜吃个不停。那又酸又甜的滋味，甭提有多美了。

在家乡，杏子成熟季节，山坡上已是鸟语花香、蜂飞蝶舞。挎着篮子的乡村男女上山了，黄灿灿一山洼，一树树果实耀眼枝头，一个个黄澄澄的，珠圆玉润，煞是招人。于是，我们像馋猫似的爬上树梢架在枝丫上，腿脚着实，嘴不停地大吃特吃。吃得差不多了，爬在树枝上的男孩才想起树下的女孩子，抖动树枝，哗啦一下，杏子落地，女孩叽喳喝彩！吃饱吃足了，装满篮子，甚至化肥袋子，背回家后用水洗净，稍微晾晒，然后取出杏核，以备做醋的原料。

杏醋做法和柿子醋（也是家乡人喜爱的一种醋）做法差不多，把成熟的杏子取出核，放进瓷瓮用木棍捣，捣烂后盖严。待3个月后杏就变酸，这时取出和干净的麸皮拌在一起，捂上两天后倒在白布包里压实过滤，使其醋水就从布包里流了出来。过出的醋盛到坛里或者缸里，按50公斤醋加50克酒精的比例搅匀（白酒500克），然后盖严，放的时间越长，酸味越浓，而且不白花。家乡人说，这种杏醋可放到来年春上杏花烂漫之时，其味越醇越香。家乡人待客随和，上乘的杏醋吃得客人满口说好，念叨不停……

说到杏醋，我想起从网上看到根据同名小说改编的《酸杏醋花》剧本故事，说是改革开放的劲风吹到杏花村，吹得人心躁动难安。杏花村的人们解决吃饱难题后，有了追求致富的愿望。可是山陡路窄，山里的杏子运不出去，婆娘们只好送别亲人出外打工，历经酸甜苦辣的主人公红妹，因家中无钱供她复读高考，一气之下南飞了。谁也没有想到，飘飞的她竟给这个穷家寄回八千元巨款……红妹嫁给港商老头帮助村上修起路，丰收的酸杏再也不用担心运不出去了。红妹嫁给老头气死爹娘，红哥既仇妹子又恨钱，从此低沉起来。随着时间的流逝，他在乡亲们的关爱下慢慢从悲痛之中走出，开始养羊、守山种杏。同时，在政府的关怀下红哥被派出学习，开发建厂，注册一个酸杏开发公司。从此，杏花村加快致富的步伐……

"人生开门七件事，柴米油盐酱醋茶。"可见，醋是人们日常生活所必需的七样东西之一。宋人吴自牧的《梦粱录·鲞铺》有"盖人家每日不可阙者，柴米油盐酱醋茶"；元人武汉臣的《玉壶春》第一折说"早晨起来七件事，柴米油盐酱醋茶"；歌手王力宏《柴米油盐酱醋茶》的歌曲很流行，"柴米油盐酱醋茶，一点一滴都是幸福在发芽，月儿弯弯爱的傻，有了你什么都不差"。因为，这就是生活，一点一滴都是幸福在发芽！

草帽

夏日，闲暇无事，坐在小院树荫下翻检整理旧物，一本发黄的老版本新华字典藏在其中，那是我上小学三年级时父亲从一百多里的古城新华书店购买的。几十年了我用过多部字典，工作搬迁十多处，很多东西都丢弃了，唯独这本小32开本的新华字典一直带在身边，偶尔遇见翻阅，别有滋味在心头。这本字典编排别致，耐人品读。一字一画，既识字又识图，给人视角上的美感，易于记住汉字，以及相关字义与物品。这不，翻到"草"字，下有"草帽"一词，草帽一般是指用水草、麦秸、竹篾或棕绳等物编织的帽子，帽檐比较宽。可用来遮雨遮阳，并且休息时将衣物放于帽中，以防沾尘土。

说到字典里的"草帽"，自然想起家乡人戴的草帽，那是用麦秸原料做的草帽。草帽在乡下最常见不过了，田间地头常有农民头戴草帽在劳动。我的出生地在北山里，对于草帽有着一种特殊的感情。小时候常学着大人的样子将草帽扣在头上，似乎有一种很神秘的感觉，那崭新的草帽散发着一股麦草的清香，站在阳光下看天空，暖暖的很惬意。如今，每回一次乡里，去田地戴一顶新草帽在头上，那种久违的温馨便也缓缓地涌上了心头……

夏日的风里，头戴黄亮黄亮的草帽，一飘，一闪，很有点儿诗意。高中毕业那年，高考落榜，闷在家中不出门，父母也无奈。正值暑假，窗外的知了在不停地嘶叫，我心烦很少走出门外，知了却在院墙边一棵高高的白杨树梢上鸣叫，正好在我睡觉的窗外。连续几天的闷热，听知了的嘶叫，让我失眠。这个夏天格外燥热，好像有意跟我过不去。生气之余，我捡起石子向杨树梢抛去，总是差那么一点点，够不着知了嘶叫的地方，知了很得意，起劲地嘶叫，我一个人在树下发呆。这时，听见一声熟悉的笑声，回头看见叔父朝我走来。叔父手里拿着一顶雪亮的新草帽，就势戴在我的头顶，让我到麦场去帮他做事。

夏日的麦场，火热的场面，简直把我看呆了。那麦田里，那村路口，那麦场上，到处都是草帽飘飘的迷人风光，如同电影里看到的公社社员抢收麦子的火热劳动场面。叔父在安排社员有秩序地把麦子运到场上，我帮叔父记账。那时，公社体制下的生产队集体，大家一起劳动，听从生产队长安排活路。叔父是队长，操劳着全队百十口人的劳动与生活。从这天起，我就被叔父派去干农活了，工分每天八分，这是男人工分的起点，要熬到十分封顶，需要几年工夫。妇女最高八分，起点六分。农忙时间，工分有奖励。比如，积肥割草，一百斤记二分。因而，有人早起到队长事先安排的坡地，等人到齐，自己赶割一捆草，收工背上到队里过秤记账，既为队里积了肥，又多挣点工分。还有人会做连枷、草帽，凭手艺挣工分，生产队也论个数给以奖励。

我们村的锁娃叔，就是个多面手。他会做犁耙、连枷等多种农耕器具，还会编不同形状的草帽。农耕器具原料随时可备随时可做，尤其利用农闲时间精工细作。用麦秸编草帽可不同了，原料来源季节性强。每年麦收后，锁娃叔都要收集很多麦秸，然后挑选一下，把粗细差不多的分别捆扎成把，码放整齐，存放在通风干燥处，待到农闲时节，再用麦秸编草帽。锁娃叔说，编草帽最好的麦秸是靠近麦穗的这一段，它比较长，也比较细，用它编成的草帽最好看！锁娃叔编草帽很讲究用料的湿度，编前先用水泡一下，麦秸就会变得柔软好用。编成半成品之后，锁娃叔就会用线把半成品一圈圈地缝成一个草帽。成品的草帽被送到生产队公房，记账记工分，分配给每家农户。除了做好普通的草帽外，锁娃叔还可以根据别人的爱好与要求做不同形状的草帽，如礼帽式、斗笠式的草帽；有宽沿的、窄沿的草帽；有小顶的、大顶的草帽。编好的草帽要用硬的东西在上面滚压，使其平整美观。锁娃叔常用的是一块椭圆形的洛河石，石上有纹理图案。常年使用，磨得光滑透亮。这样，一顶草帽经过编七股辫、打螺形底、正反结（套结）、用线缝制帽沿圈边，做成需要五、六道工序。我知道，锁娃叔编的草帽全部送到了队里。那些别人要求编的不同形状的草帽送给自家的亲戚或邻居。我在乡村那半年劳动期间，曾得到锁娃叔做的一顶满意的礼帽式草帽。那个年代，家乡人虽然贫穷，生活难以温饱。可是，有锁娃叔这样的手艺人编制草帽，送给下地干活的乡亲们使用，默默传递着浓浓的乡情和友情。这看似不起眼的麦秸，曾让我们的生活充满了无穷的乐趣！

草帽，沿用了数百年，直到现在，在广大的乡村田园，它仍然是农民日常生活不可或缺的组成部分。草帽代表着农村辛勤劳动的广大农民，歌手阿强唱的《草帽歌》（日本电影《人证》插曲）曾风靡一时，堪称经典。歌词中叙述妈妈曾送我一顶草帽，很久以前失落了，"妈妈只有那草帽／是我珍爱的无价之宝／就像是你给我的生命／失去了找不到"。我以为这首唱给母亲的《草帽歌》堪称精品。它用歌声轻轻地抒发对妈妈的爱和感激之情。这首歌同我们这代人能产生共鸣，让人难以忘怀年少的印痕与经历……

草帽，看似平凡的物件，无不投射出庄稼人辛勤劳作的影像。从我记事起，我的父亲、母亲、亲戚与邻居，他们就是戴着一顶草帽躬耕在希望的田野上，顶过多少个火红的日头，淋过多少个迷茫的雨天，一顶草帽虽然遮挡不住全身，只能遮住头顶，可他们依然性情爽朗，胸怀开阔。他们对这个世界的认识虽然肤浅，没有哲学家那样深奥的思考，日出而作，日入而息，按节令耕种收打，按国法守望家园，过着平平静静的生活。一顶草帽，无形就是他们世代相传的符号。

每当我行走在雨中的乡村，无意间看到头戴草帽的农民，冒雨在田间躬身劳作，灰蒙蒙的天空作背景的水墨画似的田野里，有他们忙碌的身影。这一瞬间，我不由得想起梵高《麦田里戴草帽的年轻农妇》。画面上是一个年轻的女孩，身穿浅色长外衣和黄色草帽，坐在绿色的麦地上。画中有一种强烈的神秘色彩，自然似乎是一种新生力。也是在这一瞬间，又让我想到了曾读过杰罗姆·大卫·塞林格的《麦田里的守望者》，心中那种五味杂陈的感受，那种感觉很难用单纯的语言简单说清楚。书中的霍尔顿说他最想的就是在小溪边盖一幢木屋，远离尘世地生活，"就连冬天的柴火都是自己砍的"。而现实中的乡村，我看到的却是老弱病残妇女儿童的群体，青壮年男女常年在外打工，乡村人口向城市流动大势所趋，远离喧嚣，能够不被名利诱惑的人实在太少了。谁是一片空荡荡的麦田里的那个孤独的守望者？静悄悄的乡村田野，留守的不过是麦田里的那个稻草人，尽管它戴着草帽，穿着衣服，有着可以吓唬人的表象。可是，即使麻雀飞到它的帽子上，它也不能说话，不能移动，只不过是个偶像罢了。

想起我在高中毕业后务农的那段时光，为了吓唬鸟雀以免啄食地里的庄稼，队长叔让我抱着一摞草帽，负责给田野里的那些稻草人戴草帽，弄得我好笑，常常是戴好了这个，那个又被风吹落了，这样跟着风儿不停地追逐起草帽来。折腾来折腾去，总算用细绳系好了草帽，却累得人气喘吁吁。其实那是风儿在作怪，我却无端地怨起草帽来，自己生闷气，埋怨队长叔派我的活路。如今想来，这也许是农民的智慧吧。一个个稻草人守护在田间，在风中手舞足蹈，确实吓唬了那些胆小的鸟雀。

夏天过去了，草帽似乎不再频繁地亮相，只是偶然地出现在人群中。

这时，精明的农民把它挂在通风的墙上保养。看似有些寂寞的草帽悬在那儿，却独自散发着幽幽的草香。

行走在城市里，我很少戴过那种草帽，但丝毫不影响我对草帽的深深恋情。夏日去乡间，遇上一四七、二五八或三六九集日，我都喜欢到集市上转悠，不在于买东西，意在看卖草帽的摊点。站在一摞摞高高的草帽前，我的心似乎接近了地气，接通了地脉。草帽拿在手中，左看右看，都不像从前手艺人编的草帽，那是那种用草帽机做的，挤压平整，看似美观，却少了些许乡土的气息，是一台台缺乏灵动的机器的产物。我很纳闷，卖草帽的师傅笑笑："你不是来买草帽的，看啥？"是的，我不是来买草帽的，我是来寻根的，寻找那一丝悠悠的草帽情结。

而今，在城里草帽已走进大商厦，身价陡增。逛街时，头戴草帽的女孩已成为城市的一道别致风景。各种各样形状、颜色、质地的草帽，有纤维的，有草编的，有藤编的，看得人眼花缭乱。

很想念那些在乡间的日子，戴着草帽耕种在田间地头歇息喜乐的场景，那一串温馨而快乐的笑声……

季节里的声音（外五章）

一个季节一种声音，一种声音伴随着一个季节的始末。

季节里的声音总是在你不经意间出现，猛然回首看那个季节的风景，才知岁月的变迁，空气的流动。其实，岁月在我们不知不觉中流逝，空气总会每时每刻与我们亲近。季节里的我们不知不觉跟着岁月走动，穿梭于大街小巷，奔波于山川河流，耳边鸣笛的各种声音总会在我们头脑里不断地检索，留下我们暂时需要的那种声音。我们穿梭在大街上，一辆汽车在我们眼前穿过，那种刺耳的鸣叫唤醒我们的大脑，控制我们的视角；我们游走在静谧的山林，一声清脆的鸟鸣，总让人顿足眺望，快速扫描鸟鸣的方位。这种能动的反应源自人的本能，或欣喜若狂，或静观默想，或不由自己，皆出自于本能的必然结果。季节里的声音与大自然脉搏的跳动有关，我们不必惊讶，不必多虑，顺其自然。

这些年，我因工作的变动居住在城里，季节里的声音越来越模糊起来。偶尔，出差去外地或乡下，才感知季节的变化。每日从四面夹击的居住楼出来，走过车流的街道，倾听喧哗的人声，又走进高楼里的办公室，打开电脑，起草文件，修改、打印，提交、审阅，打印、交差。抽空喝上一杯飘逸的清茶，浏览一张墨香的报纸，码字的声音刚从耳边消失，窗外的叫卖声又传来，抬头看墙上的时钟，下班的时间到了，楼道里走动声不间断地响起，穿高跟皮鞋的声音有节奏地占据着下班的有限时空。锁门、打的，看车窗外的流动裙子，舒展的心情飘逸起来。生活在城里，我无法感知季节的变化，想象季节的声音。或许隐藏在事物的深处，我无法说清楚，只是模糊有所感觉。

于是，我喜欢外出散步，换一种环境，到大自然中走走，呼吸新鲜空气，唤醒懵懂的头脑。春天，冰冻的积雪融化，时时发出簌簌的声响；燕子飞来，檐下筑巢，呢喃细语；农夫春耕吆喝耕牛，鞭子扬起，空中脆响，泥浪翻滚，地气蒸腾；山林那边，一群鸟儿飞来飞去，演奏春耕曲。夏天，荷花舒展，青蛙呱呱；村道树荫，蝉鸣声声；麦子拔节，暑气蒸腾。秋天，秋虫唧唧，思绪飘荡。"嚯嚯"的是蝈蝈双翅的悠悠颤音；"喷喷"的是蚱蜢两腿抖哆嗦的齐鸣；"嗡嗡"的是纺织娘在催促懒婆娘赶紧织布做过冬的衣裳。田野里，大豆干瘪了，玉米林爆响了，秋收橘黄的阳光。冬天，温一壶热酒，听噼噼啪啪的火苗声，听窗外北风呼啸、雪花飞舞……感知季节里的声音，"春听鸟声，夏听蝉声，秋听虫声，冬听雪声，白昼听棋声，月下听箫声，山中听松风声，水际听唉乃声，方不虚此生耳。"实乃人生之大美也。

然而，居于城里听季节里的声音，只能从古诗词里去寻找。夜晚，一盏明灯，展开发黄的旧书，默读，细品。春到，"春眠不觉晓，处处闻啼鸟。"春夜逢喜雨，"随风潜入夜，润物细无声。"春夜静山空，"月出惊山鸟，时鸣春涧中。"夏至，"垂緌饮清露，流响出疏桐。"——蝉声远传，悦耳动听。"屐气为楼阁，蛙声作管弦。"——蛙鸣奏乐，听取蛙声一片。"泉眼无声惜细流，树阴照水爱晴柔。"秋到，一帘秋雨，"高楼目尽欲黄昏，梧桐叶上萧萧雨。"望叶落，"袅袅兮秋风，洞庭波兮木叶下。"听秋声，"未觉池塘春草梦，阶前梧叶已秋声。"知秋味，"蟋蟀独知秋令早，芭蕉正得雨声多。"冬临，"寒风摧树木，严霜结庭兰。"看雪花，"忽如一夜春风来，千树万树梨花开。"听雪声，"夜深知雪重，时闻折竹声。"夜深深，听风听雪入梦来……

晨起，高楼下传来汽车的鸣笛声，寂静了一个黑夜的城市又拉开了喧闹的序幕。原来，梦中诵读的古诗词，模拟季节的声音源于自然，又高于自然，被文人墨客定格在那个时空里，我们只有依靠想象，模糊感受季节的声音。可是,季节的声音归于自然,自然的声音总归自然的造化,再绝妙的词汇也难以模拟真实的季节的声音。况且,季节在变化,空气在流动,岁月在流逝,只有深入自然的季节中才能感知它博大的真谛。

因此,在人的潜意识里,只有不断地适应环境,亲近自然,才能感知自然脉搏的跳动。接近自然,忽略掉了许多烦恼,原来生活远没有想象的那样苦。所以,我们需要感知,感知窗外的季节风雨,感知身边的人情世故;感知山花,感知风月,感知季节,聆听自然的声音。

故乡的三月

故乡的春意,在人不经意间的眼前就展现了出来。

清晨,去泉边挑水,小路旁的田埂上湿润润地冒着地气,晶莹的嫩黄色的草芽儿逗人可爱,以至于不忍踩踏。挑担在双肩不停换位,但怕一脚不小心踩在嫩芽上。七拐八拐的小路,需要停歇一两次,不为别的,只为赏心悦目。抬头望望,一道红霞披上了杨树梢,就连树杈间的三个鸟巢镀金似的耀眼。小河边柳林里叽叽喳喳,一群鸟儿闹腾。偶尔,有鸟儿飞过挑水人的头顶,一闪两闪,肩膀上的扁担吱咛声响,水花一路洒。挑水人相遇取笑逗乐,边走边说,挑担在肩,轻盈自如。不觉就到岔路口,各自笑笑回家。山泉清冽甘美,滋养故乡人。无论哪个村庄,都有一眼两眼泉水。因而,晨起挑水实为我故乡村庄的一道风景。

在我故乡,冬眠的草木好梦初醒,出芽,生叶,嫩绿鹅黄,妩媚得像初熟的少女,胆怯地左顾右盼,偷望挑水人的脚。故乡人爱草,一辈子与草为伴。春草萌生,季节更替,孕育着故乡人的梦想和希望。

故乡的三月,是最美的一首田园诗。

溪边田埂,沟渠坡畔,房前屋后,桃花杏花灿然,浓淡得宜,醉心润眼。不久，油菜花左边一片，右边一片，铺满金黄。轻柔的春风里夹杂着油菜花的香气，燕子归来的歌声……

故乡人大多都有自家的院落。院里种植花木果树，饲养鸡鸭鹅小狗。一声鸡鸣，一声狗吠，呈现出一派生机，营造出一片活力。立春前后，青壮年男女走出温馨的小院外出打工。留守的家人手把锄头，去田间忙活春耕的那些事儿。施肥、点种、锄草，播种一个美好的希望，期盼一个丰收的好年景。

春暖总会给人带来希翼和欢悦。乡村大道上，奔驰的摩托车留下一阵男女的欢声笑语；拉运农家肥的农用车发出突突的声响，划破寂静的山庄。架子车、农用车穿梭在村道里，家家门前欢声笑语，人们不慌不忙，运作自如。这个时令，欣赏山野的村庄，田间地头，好美的一幅山村春耕图，不用涂抹，不用渲染，堪称经典的杰作。置身这样的诗情画意中，不由人振臂高呼，手舞足蹈！

镇上的干部已下到村里，帮助村干部出谋划策，购买春耕肥料。互助合作社的兴起，解决了农村留守家庭的实际困难，促使困难家庭度过春耕难关。镇干部与村民交朋友，拉家常，深入田间闹春耕。脱下工作服，赤臂到暖洋洋的太阳下做农活。走走看看，随意听到的是他们暖心的话语。

"娃他大，出外打工几时走的？最近来电话了没有？"镇干部一边关心的问话，一边打土坷垃。

"正月初七走的。昨晚电话说加夜班啦。"妇女一边搭话，一边抬头朝村道路口望了一眼。

"出外打工很艰辛，在家留守更辛苦。上有老下有小，前前后后多操劳。"镇干部说。

"多谢村镇干部关心，辛苦也值得。"妇女边说边忙手中的活。

春暖，田野里有很多的野菜。家有小孩的妇女带一把小锄，一只小竹篮子，蹲在盛开油菜花的行行田里。妇女一边细心地挑拣草间的荠菜、马兰头菜，一边轻松地哼着歌儿。为的是怕肩上的小孩子睡着了，哪知，哼着歌儿就像催眠一样，孩子睡得更香了。油菜花金黄地铺满田野，肩背小孩的妇女蠕动在黄色的菜花中。美丽的蝴蝶在金黄色的舞台上跳着柔和而优美的舞姿。它们一会儿在空中飞舞，一会儿静静地停留在油菜花上……

这样暖和的天气，正是故乡"三月三，上兑山"的庙会日子。几天前，就有人陆续上山，经营鞭炮香裱的人更是瞄准这个商机，小吃摊点也不例外，风风火火热闹了几天。出租车、私家车穿梭在盘山公路上，步行的人们更是半夜行程赶个早到。声势浩大的兑山庙会场面，说是人山人海毫不过分。为了保证庙会期间安全，有关部门年年周详安排。

这是故乡春天的一件大乐事，大家高高兴兴，放鞭炮，烧香许愿。那些打扮得齐齐整整的男女老少，虔诚地跪拜，点起香火，低头默念。或许一个冬天积淀的念想就会在那一刻得以释放，或许一个许久的期盼就会在那一刻得以实现。在这里，无论贫富贵贱，人的心境平等，清净无尘。人人怀着一个梦想上山，带着一份祝愿下山，投入新的一天的生活中去。

因为大自然的慷慨，这时节田间春耕虽忙，人们还是挤出时间赶趟庙会，自觉舒心。在我故乡，家乡人一生勤劳，难得有过清闲的日子，无论苦到什么地步，就是在那个"以菜代粮"年的春荒季节，也能找到与命运抗争的方式，获得精神上的愉悦，战胜一个个困难。如今不再会重演那个饥荒的年代，年年出台的中央"一号"文件对农民的优惠政策犹如好戏连台，使得农民心花怒放，精神振奋。

在三月里，故乡的喜事特别多。龙腾虎跃，生机无限。该萌生的一如既往蓬蓬勃勃，望窗外轻扬的新绿，看檐下筑巢的春燕，心情释然——春天来啦，仿佛可以听见孕育希望的春之声。

无意间再看时，窗外已是别一样的风景。洋溢着阳光的满树滴翠的杨柳，婆娑于枝头的杨絮，迎风而舞发出扑簌簌的声响。

春雨，银线般的雨丝密密斜织，刷新着冬天残余的痕迹。屋檐落下滴滴答答的雨声，伴随着农人劳累后甜美的轻鼾声，一起在夜间合奏。静美的花儿，一朵朵在梦里盛开，在雨中绽放。

哦，春之声，和着轰鸣的撞击声，和着嘤嗡的窃语声，和着温柔的风雨声，和着杨柳的吐芽声，在故乡的原野上随季节次第绽放——桃红柳绿，麦秀莺啼；荷香果甜，蝉嘶蛙鸣。

听雨

那年月，在我北山贫瘠的岁月里，没有电视可看，人们的日常生活非常单调。庄稼人日日耕作在田地里，唯有下雨的当儿可以清闲几天，坐在炕头上听雨，享受一下难得的清闲和温馨。

春雨到来，淅淅沥沥，庄稼人的眉头舒展了，心里乐开了花。"春雨贵似油"，难得的好雨。干枯的冬季过去了，明媚的春天到来了，小麦需要滋润，土壤需要疏松，小草需要养分，空气需要湿润。这时节，蒙蒙细雨下起来，扛着锄头进村的农人，或披着衣服蒙头看地，或戴着草帽仰头看天，皆笑嘻嘻地推开院门，边放锄头边自言自语："好雨，好雨！"说着话儿随手取来毛巾擦满脸的雨水，身心不觉轻松起来。男人大多架起二郎腿坐在炕沿吸烟，吧嗒吧嗒地吸溜着，眼睛瞅着窗外；女人则洗手和面，趁着这闲暇时间擀面条或包饺子，饺子馅有的是年前就晒干的萝卜丝，正好用着吃个鲜。春雨蒙蒙，居家的大人心里乐滋滋，小孩子更是快乐，看不见大人们平日里愁着眉的脸面，或写字或玩耍，自由自在。听雨的日子，也给我北山里孩子带来了乐趣。

春雨过后，小麦迅速成长成熟，玉米疯长起来，形成绿色阵势，铺排开来，占领着季节里的一道长河。

　　当人们还沉浸在绿色梦想中，夏雨突如其来，或连绵不断，或倾盆大雨，听雨的日子渐渐浮现出丝丝忧愁来。夏雨多变，要么下个十天半月，让人忧愁生厌；要么前半天大雨瓢泼，后半天晴空红日，让人琢磨不透。连绵的雨在檐下淅淅沥沥地下个不停，待在家的庄稼人只好屋里转悠。男人只顾吸烟吐烟圈，看天听雨烦了骂女人这个不对，那个不是；女人不吭声，只顾干手中的活儿。山里女人总有干不完的活，清早就起床扫地、做饭，忙活一个白天，晚上还要加班，料理家里繁琐的事儿。女人知道男人心里烦呢，几十天雨下得人坐立不安，地里的玉米倒下了，怎么不烦呢？女人理解男人，雨住了气就消了。檐下的雨下着下着，屋外的院子积满了水，流不出去，男人挽起裤腿，披着蓑衣拿着锄头在檐下挖开水沟，水流开了。疏通了院子里的积水，男人身上湿透了，女人给男人换衣服，脱下湿衣服火炕头烤着，男人笑了，卷个纸烟吸着，很舒服！身旁的孩子试探着开口了，"肚子饿了？想吃饭呢。"男人接过女人手中的衣服自个儿烤着，女人去做饭，窗外的雨仍旧下着，孩子在檐下玩耍起柳条做的水轮转……

　　暴雨倾盆而来，很快就会遮住眼前的一切事物，山上山下一片白花花的雨雾，伴随着电闪雷鸣，让人惊恐不安，让人兴奋异常。暴雨到来之时，北山庄稼人大多还在田地里。一声闷雷响，很快的一团黑云扯过头顶，眼前附近的村子看不见了，有人高喊着："白雨来了！"闻此呼声，田地里的人慌忙逃跑。人们未来得及跑回村子，暴雨就到了，只好就近避雨，雨点打落在地上，地上泛起了土泡儿。避雨的人家就热闹了，屋里坐满了人，檐下站满了人，无论男女，你挤着我，我挤着你，说笑打闹，无所顾忌。干渴的屋檐上已吊起了急落的水柱，地下也顷刻间积起了水洼，流动起来。这时，避雨的男女一边听雨一边说笑话，谁家的女娃有出息，嫁给了山外边，谁家的男孩长得帅，把山外的女子引进山了。爱打扑克牌的年轻人就地铺排，玩得热火朝天。好玩的小伙子拿个脸盆接起檐下的雨，听那叮当叮当响的乐声，和着风声、雨声、雷声一起，充满着兴奋和喜悦。

暴雨说下就下，说停就停。檐下的雨线止住了，屋里屋外的男女哗啦一下就走开了，主人好意留客吃饭，劝也劝不住，热闹着扛起农具匆忙回家。夏夜里，躺在炕上睡觉的北山人听着屋外涝池里传来"呱儿——呱儿——"的青蛙叫声，忘记了疲劳和困苦，香甜地酣睡……

秋雨连绵的日子，庄稼已收获归仓，未来得及收获的零星庄稼，比如黄豆，躺在打谷场上甚或发芽。这时节，庄稼人难有静下心来听雨的闲心，那些玉米棒子要收拾架在楼上（北山人家家都有荆条编做的屋顶棚，透风，自然风干玉米颗粒），大豆小豆需要通风晾晒。人们忙活起来，煤油灯下熬至深夜，拖着疲惫的身子躺下睡觉，男人呼噜，女人也呼噜，在风声、雨声、秋虫的伴奏声中睡一个踏实觉。

雨歇，风住，天晴。抬头看秋日的天空，格外的高远，湛蓝湛蓝的，无一丝纤尘。

串门

在我北山的乡下，乡人最快乐的时光是邻里间串门子。平日里庄稼人忙碌，无暇串门，相互见面最多打声招呼，各自务做庄稼活。正月天正好是个闲暇时间，走东家串西家，拜亲访友，活跃身心，放松疲惫的思想，增强邻里感情。

从村子里走出来的上了岁数的男人们大多嘴边叼支"土喇叭"冒着烟圈儿，双手背着走路，东张西望，很是逍遥。因纸卷的土烟吃着过瘾，北山人习以为常。年轻的小伙子不来这一套，嘴上叼的上档次的香烟，吐着烟圈圈儿说话。年轻的女人们聚在一起说笑话，前倾后仰的乐此不疲；上了年纪的女人大多腋窝里藏只鞋底，一边说话一边手里忙着扎花儿。走村进户，农家的院落大大方方，哪家的门都是敞开着的，你只管进门，热情的主人让你就坐，想站也站不得，坐下想聊就聊，茶水喝着，柿饼、核桃、爆米花端上来了，吃喝聊天，悠哉乐哉！

这就是我北山的乡下，正月天最亮丽的一道风景线。

我北山的村庄，大多是自然形成的。一个村庄多则二三十户，少则七八户，相邻村庄远者七八里，近者也在二三里路程。村庄因地势而建，或大或小，自然默契。一户人家一个院落，一般相互挨得很近，大多有土墙或篱笆小院，那其实是一道虚拟的遮拦。即使有土院墙的人家，有门楼可进出，还要在后院墙开个小门，以便于邻里日后串门。

在乡村，大人爱串门，小孩子更爱串门。大人串门拉家常，小孩子串门玩耍。记得小时候，我常去隔壁的狗蛋家玩耍，他家与我家隔着一道土墙，从前门进要走一段路，不高的院墙旁有棵树，我图方便总是爬树翻墙而过。为了串门方便，我和狗蛋"合谋"吹口哨报消息，他便将家里的木梯子放在院墙边，我顺利通过院墙。时间长了留下攀越的痕迹，大人们也不在乎，只要孩子玩的乐意。平时只要一有机会，不是我从树这边爬过去，就是狗蛋从梯子那边爬过来……夏日里，狗蛋家的丝瓜藤爬到院墙顶串入我家这边，长大了的丝瓜十分好看，母亲总是乐呵呵地将成熟的丝瓜送过去，常常是又拿了回来，这样香喷喷的丝瓜炒菜，一饱我的口福。有时闲暇两家大人站在院墙边说说农事，拉拉家常，既方便又惬意。

乡村里，邻里间串门没有别的意思，图的就是个热闹而已。大人如此，小孩也如此。坐在一块儿，开心时哈哈大笑，经常笑得眼泪汪汪；苦闷时，你一句他一句掏心窝子的话说出来心里就舒坦了，帮你解忧，排除苦愁。若是邻里间有了磕磕碰碰，产生了一时的矛盾，需要串门来化解。进门说声对不起，一边道歉一边递烟，话匣子拉开了，好茶端上来了，一笑了之。乡人常说："好邻居是串出来的，好日子是盼出来的。"这话听着顺耳，品着有味！

　　乡人串门最好的时光是下雨天，雨线檐下吊着，屋里笑声张扬着，无拘无束。出门打把雨伞，深一脚浅一脚地踩在泥路上，望着天，看着地，走进邻居院里石板上留下泥巴，脚上踩着水花，屋檐下一方小桌，几张草纸，卷着上好的旱烟叶儿吧嗒吧嗒吸起来，自在悠然……说前朝后代，议乡间趣事，说着乐着笑着，不觉午饭端上来了，吃就吃吧，邻里乡亲，不讲那么多客套话，图的是那份好心情，那种屋檐下独有的风景！

　　串门最有趣的事，要数哪家来了贵客。一大早，"树上喜鹊叫，村里客人到"，这是常有的事。每当这时，村里人就琢磨着哪家要来客人了，不出所料日当中午，村中哪家门前停着几把自行车，爱串门的乡人，这个端着饭碗踱过来瞟一眼，那个抱着小孩晃进门串说几句。原来哪家儿子领回姑娘，乐得乡人合不拢嘴……刚一出门就叽叽喳喳地品头论足，这个说："像是个城里姑娘吧！"那个说："说话也好听，怪机灵的。"还有的说："这娃从小看不怎么着，长大出息了，领回来个好媳妇……"这些话题够乡人说上一阵子的，尤其是串门的话题。

　　串门是我北山农家的习俗，也是人与人交往的一种方式。看似平淡无奇，随心所欲，却营造着一种淳朴而温馨的乡土情缘。远离老家北山十多年，在城里生活的有限空间，工作繁忙，居于家属楼道里，出门锁门，进门关门，很少来往走动。于是，夜深人静，只有站在阳台上独揽迷茫的星空遥望，怀想北山老家人与人互不设防的岁月，心头一阵欣喜、热狂。哦！"串门"——乡村遗风，源远流长。

碾场

　　在我北山人眼里，"碾场"是一年夏收中最热闹的场面。

　　丰收的麦子黄了，地头边、场院里到处都是欢声的笑语。山里人勤快，麦芒露头的当儿，早早地准备着麦收的事儿，场院里磨镰刀、缠扫帚、钉木锨，地头边清理杂草，整理碾麦的场地。在乡下，自从实行包产到户后，每户农家几乎都有自己碾麦的场子，或大或小椭圆形的场地，事先都整理得平平整整、干净卫生，看上去给人舒服美满的感觉。场地是固定的地方，一年四季就收麦收秋用得上，其余都闲置在那里，做着无忧无虑的梦……

那年头，我上初中的时候，已能帮家里干活儿。收麦前后学校放假，我帮父母做些自己力所能及的事。清除"场"上茂盛的青草，我乐意干那活儿，总是带着好奇的乐趣，因为那场地草丛中有蚂蚱、蟋蟀好玩，或许有鸟窝藏在里面，能得到几颗灰白的鸟蛋。用一把铁锨铲地上的杂草，有时也很费力气，杂草长得丰盛，不是一下子能铲得掉的，需要用力去铲除，往往一个上午或下午才能完成。有时，贪玩过度影响时间，常受父母亲的数落，但心里是快乐的，总比学校里老师让人一个词语写三遍五遍强得多，那枯燥的词语总是在人眼前晃来晃去，越是急着写越是出错……放假了，轻松了，玩得有趣、快乐。场地上的草清除净了，青草气、泥土味儿扑鼻而来，场地一片疏松，高低不平，需要"过场"了。"过场"是我北山人说的土语，就是碾压整平场地的意思。"过场"前要做好一些准备，父亲从山坡割来带着绿叶的树枝捆扎一起，绑扎在碌碡后边的"拨架"上，用来拖拉抹平场面。"过场"开始，我踩在捆扎的树枝上，一手拽着套在碌碡"拨架"上的绳索，一手扬着牛鞭儿在空中不时放个脆响，父亲拉着牛绳转圈圈，一圈一圈地"过场"。牛拉碌碡转圈儿，我随着圈儿平衡身姿，顺势转圈踩踏。沉重的碌碡压平场地，柔软的树枝抹平地面，如此反复，场地平整得光滑而耀眼。场地平整好了，牛儿喘着粗气，继而舒缓地仰头对着山坡"哞哞"几声，像似振作精神似的张扬着气势。这时，我也疲惫地坐在场地边，一边擦着满脸的汗水，一边回味似的看着摇尾巴吃青草的两头黄牛……

"算黄算割"开镰了，麦子上场了，该碾场了。那时我北山的家乡还没有脱粒机，丰收的麦子全靠人赶着牛，牛拖着碌碡，对"场"反复进行碾、压，剥脱下清新的麦粒。这活儿大都趁着好天气进行，甚至有必要从傍晚开始，一直持续到次日天明，因为北山人会算计，打下来的麦子第二天要赶太阳晒呢。于是，将从田地里割来的麦子一捆捆地拆开，摊放在场上，用家乡人的话就是"摊场"。摊场就是用木杈将麦子抖散、铺匀，趁着日头晾晒。火辣辣的太阳当空照着，麦子被晒得火爆脆响……这时，杨树下摇着尾巴摔打苍蝇的牛派上了用场，拉牛的人戴着草帽，扬着轻软的柳条儿，一边摔打着牛身上的苍蝇、牛虻，一边吆喝牛拖拉着碌碡转圈圈，碌碡后边的"拨架"发出"吱呀、吱嘎"的声音，蝉鸣在杨柳树上也叫得欢，炒热的空气里弥漫着麦草的清香味儿……牛歇息的时候，坐在杨柳树下乘凉的人们开始"翻场"了。主人家的父母亲上阵，邻家的叔叔、阿姨们过来帮忙。乡里人遇着农忙活儿，相互帮忙是常有的事。各自拿着木杈、扫帚的，说说笑笑进场，用木杈将压平的麦子揭起、抖散、找平，完毕，再交给牛拉碌碡继续碾、压。为了提高碾压时效，牛拉碌碡后边常带上耱（一种用荆条编的长方形农具），一人踩在上面左右踩踏，两手拉紧绑在耱上的绳索，手眼身心整个儿随着牛拉碌碡转圈踩踏。出于好奇，我常溜到场上来"过把瘾"：先是看大人怎样踩耱，看好后亲自去踩，心里想着把"场"当作软绵的地毯，跟在牛拉碌碡后面踩踏、玩耍，其乐无穷。不过，令人讨厌的事也常发生，牛碾场常会拉屎，一拉就是一大摊，一不小心，会弄得人满脸都是。一溜风吹来，炒热的空气湿润了，很美、很爽，让人不由哼上几句山歌儿，激起一阵欢笑。碾场的任务接近尾声了，丰收的颗粒也揭晓了。此时，牛拉碌碡碾场已大功告成，牛儿摇着尾巴摔打着牛虻离去，人们又一次汇聚场地，叉的叉，抖的抖，扫的扫，忙得不亦乐乎。清润润的麦粒铺满场地，等待着人们清扫归拢。如果天气好，又有风，立马就扬场。扬过的麦粒，堆成小山似的，太阳一照，璀璨夺目！

碾场是最富乡土韵味最具乡村情怀的事。"叭"的一声响鞭，清亮的吆喝牛声传来——"起嘚——走啦！"说时迟，那时快，拉牛的起步，碌碡吱呀吱嘎声响动，碾场开始了，人们沉浸在热火朝天的忙碌中，一种温馨和幸福便也溢满心头……

赶集

赶集是乡人生活中一件愉悦的事情。相邻的集市按日期的"三六九、一四七、二五八"模式固定了集日。家乡的小镇集市上，叫卖声、欢笑声，和着从高音喇叭里飞出来的流行歌曲声音，回旋在乡村的每一个旮旯。

赶集是乡亲们交流思想的最好时机。乡亲们一路上说着聊着，走着看着，山上的花儿开了，路旁的山果子熟了，顺手摘一个放在嘴里甜滋滋的，爽口；河里鱼跃，山上鸟叫，活跃着乡亲们的心思，滋润着乡亲们的眼球。

我很喜欢和乡亲们一同去赶集，听他们叙说乡里的逸闻趣事，感受乡亲们过日子的酸甜苦辣，耳边听着，心里想着，感叹的、赞美的、默想的，皆在这一路同行中生发滋长，给我的人生以深远的启迪……这样的日子，不知不觉就在眼皮下溜过，那集镇上的热闹场景就展现在眼前……

春暖花开，夏初秋末，初冬腊月，是赶集最热闹的时节。集市上或采购置办、兜售变卖；或走亲访友、观山看水；更有做媒提亲、牵线引见者。远处走来几个欢快雀跃的年轻人，媒妁之人暗地里指指戳戳，指指中间壮实白净的后生，又点点花枝招展的姑娘，家住哪庄，父母亲干啥，家底如何等等，无不带着浓浓的愉悦，舒展着美好的心情。

过去在乡下教书的日子，我常去赶集，古城集镇是"二五八"集，那里有家"古城书店"。我每次去都有新收获：学生需要的课外书、作业本、铅笔，老贾的《爱的踪迹》、《商州》，碧野的《情满青山》等文学书，都是我在乡间赶集的收获，至今珍藏在我的书房中，常读常品。

离我们村最近的灵泉是"一四七"集镇，居住在洛河北山的乡亲们，不分男女老少，谈笑风生地结伴而行，与其他从四面八方来赶集的人们，一起汇聚在集日的热流中。小镇的街面很窄，裁缝铺、理发店、服装店占多数，这些店铺平日生意清淡，赶集时人来人往，生意一下子兴隆起来；饭店、小吃摊、茶水摊是人多的去处；河滩那边是牲畜市场，买卖牲口的人暗地里划算着价钱，即便买卖方是相识相知的，也要经过几个回合的讨价还价；最聒噪的要数粮摊、菜摊、瓜果摊；最诱人的是绿豆、黄豆、红豆和黑豆，看上去五色斑斓。

集市最火爆的季节当数腊月，腊月二十三后天天都有集。打醋装酱油、割肉切豆腐，酒不能少，老陕的太白酒、西凤酒，甚至还有叫不出名字的自酿酒，嗅着那浓烈的曲香味，有种莫名的惬意。年画和对联是万万不能少的，对联摊前里三层外三层，被围得磕头碰脑，卖字人正笔走龙蛇，现写现卖，叫好声越响，卖字人写得越是起劲。

上世纪八十年代以前，四十里的集镇不通车，极少数人有自行车，能骑着自行车去赶集的，也多是些后生。后生骑着自行车在乡村土路上的潇洒，惹人羡慕。近些年，坐公共汽车、骑摩托车去赶集的人多了，自行车不再打眼了。富裕起来的乡亲，慢慢地学着城里人过日子，隔三差五地进城看看。看惯了城里人的生活，也学着在自家门前砌花园，搭花架，过去灰头灰脸的农家小院，如今变得四季常绿，鸟语花香。然而，哪怕在城里逛得再多，哪怕家里没有急需物，逢集口还是着急去赶集，且有愈演愈浓之势。

时令三秋

一

长夏过去，秋风起兮，空气中弥漫着秋的气息。时序到了秋季，正如清代纳兰性德《与顾梁汾书》云："天清气朗，时值三秋。"

不觉间，忽而立秋，但酷暑的热气还在空中弥漫，演变着不同时段的气温变化。

早起，有点凉意，穿着短袖似乎觉得不适，但不是那种使人伸手就觉得寒气袭身，温温的凉爽，适宜于出门散步。

沿城郊路行走，草花茵茵，亮丽着昨夜飘洒暗香的甘露，树木轻盈，翠绿欲滴，滋润人眼。城郊路不算宽敞，却也行走方便。田间小路两侧是高高的玉米地，玉米秆子上的玉米包裹严实，只露出点老气的红缨子，看着也可爱。鼓鼓的玉米棒子，一个一个坚守在阵列中，铺排着可观阵势的青纱帐，在阳光照耀下格外鲜艳。此时，让我想起郭小川的诗《甘蔗林与青纱帐》来，"北方的青纱帐啊，你为什么那样遥远，又为什么这样亲近？我们的青纱帐哟，跟甘蔗林一样地布满浓阴，那随风摆动的长叶啊，也一样地鸣奏嘹亮的琴音……"

走着走着，头顶的阳光蒸腾着热气，不知不觉太阳升得老高了，田野里，山巅上，到处隐逸着升腾的白雾，不过，慢慢地就散了，不留一点痕迹。白雾过后，晴空如洗。天空出奇的瓦蓝，山巅出奇的清晰，田野出奇的澄清，给人美的视觉。村道上走来一位老太婆和一位老头儿，双双结伴沿河岸漫步，看看这边，望望那边，嘴里不停地念叨着什么？当我走近两位老人，看着他们红光满脸的样子，我估摸着约有六七十岁了吧！我上前向老人问话，"早上好！高寿？"老头儿伸出五指比划，才知老头儿八十五，老太婆八十三，真的看不出来，如此年纪步履轻盈，谈笑自如。城郊空气清新，无污染，河岸杨柳青青，河水清澈见底，水草、游鱼，时闻叮咚之声，有乐韵相伴，鸟声相伴，难怪两位老人如此痴情于河岸散步。回望老人走出的村庄，一片青青的田野背后排列着造型结构一样的二层楼房，屋后绿树，屋前青竹掩映，墙上贴着彩色瓷片，闪烁着五彩的亮光……

炊烟袅袅，村庄上空又是诱人的一幅画。这弥漫着香味的炊烟，从一家家的屋顶袅袅升起，相互勾连，不知不觉汇聚在一起，好像聚拢一块儿商量什么似的，一时不肯散开，又好像告知各自主人今日的午饭花样，红豆稀饭，炒豆角洋芋……许久，才慢慢地收拢，隐逸。

午饭后，空气热度上升，一阵强似一阵，愈演愈烈。"秋老虎"发威，闷热、高温，民间有谚语："立秋反比大暑热，中午前后似烤火。"午后炎热，闭门午睡，家养的小狗也入眠，鼾声四起。蝉翼的翅膀似乎还在窗外舞动，但睡意蒙眬中知觉不怎么灵敏。窗户紧闭，热气在窗外盛行，室内气温算得上适中，梦境中乱想，不知所云。几个钟头过去，睡梦苏醒。开门方便，不敢睁开眼，刺眼的阳光照耀在院中，小狗也伸着舌头，散着热气。已近"处暑"了，中午的阳光直射大地，令人畏惧。小狗不时地吐舌头，寻找荫凉的地方。几只麻雀躲藏在院墙头花枝间叽叽喳喳商量着什么？扑棱闹腾。阳光变换着色彩，飘逸着追赶我们的身影，绿荫树梢斜射下来的阳光，放射出七彩的光芒，闪烁于林荫道上。

河岸边，杨树林顶着正午的烈日，挺拔地直立在晴空如洗的蓝天下。那是 排排白杨树，它们高大的身影倒映在初秋荡漾的洛河水纹中，好似一幅泼洒的水墨动态图，柔美而灵性！这是北方极普通的一种树，"那是力争上游的一种树，笔直的干，笔直的枝。它的干呢，通常是丈把高，像是加以人工似的，一丈以内，绝无旁枝；它所有的丫枝呢，一律向上，而且紧紧靠拢，也像是加以人工似的，成为一束，绝无横斜逸出；它的宽大的叶子也是片片向上，几乎没有斜生的，更不用说倒垂了；它的皮，光滑而有银色的晕圈，微微泛出淡青色。这是虽在北方的风雪的压迫下却保持着倔强挺立的一种树！哪怕只有碗来粗细罢，它却努力向上发展，高到丈许，二丈，参天耸立，不折不挠，对抗着西北风。"读初中，茅盾的《白杨礼赞》语文老师示范读的有声有色，我们沉浸在那种白杨树不可抗争"力量"的想象中，从未想象过它倒映水中的柔美样子。人到中年，忽然觉得有所悟，看到白杨树倒映水中柔美的姿态，竟不知所以然？白杨树直立在河岸边，水中的影子返照在正午的阳光下，随着河水荡漾的水波而动，使人的想象力进入另一种境界，所谓美的"婆娑"或"横斜逸出"，算得上"树中的好女子"；岸边的白杨树，则依然"伟岸，正直"，它不愧是"树中的伟丈夫"哟！

白杨树后，班车、小车穿梭在弯弯的河堤公路上，远远地看上去似一群蚂蚁搬家，时隐时现，源源不断。私家车蜂拥而起，给小小的山城带来隐患。

晚霞迷人，热浪悄然退去。随意的庄稼人，三五人席地而坐，一起海阔聊天。村道路上，一群狗在撒欢。沉寂多年的石碾盘上坐着几位年轻后生打扑克牌。通村水泥路旁，一行垂柳迎风起舞，有对年轻人在树下轻声细语。长长的柳丝，依依袅袅，丝丝缕缕，轻柔的柳丝儿拂过年轻人的眉梢，晚霞映衬，愈发俊美。柳树荫下，一群孩子在玩耍，抓知了、逮蚂蚱。看着孩子们嬉戏，我就想起了自己家乡的柳树，不像这城郊路旁的柳树，一个个齐刷刷的像巨大的绿伞，没有人刻意去裁剪柳条为其造型，柳条儿自然下垂，垂向小河边，微风吹，柳条儿飘，风中曼舞。那时的我们欢喜地在小河边比赛抛石子击水波，数水面上的波纹扩散范围大小，河岸边的鸭子嘎嘎叫了，晚霞隐退，我们甩着衬衣唱着歌儿回家……

立秋了，暑去凉来，一叶知秋，禾谷成熟。谚语云："立了秋，把扇丢。""早上立了秋，晚上凉嗖嗖。"久违的凉风从此日起，终于又可以给人以清爽的感觉了……

二

时至处暑，虽然白天天气仍然炎热，但早晚已有凉意，秋燥也逐渐明显。戴着草帽的庄稼人不停地在田间走动，摸摸地里的玉米棒子，包裹好被乌鸦啄食的玉米，扶起雨后倒伏在地的玉米秆子。午后地里的热气蒸腾，玉米叶子发出一种无名的噪音，空气沉闷、燥热。沿河两岸，大片葱郁的玉米林在阳光的沐浴中孕育着成熟。地里的虫鸣，也在为成熟的庄稼演唱，高音低音合鸣，轻重缓急都有，搭配得极富有韵致。不知疲倦的虫鸣，莫不是在告诉人们，秋天的旷野，等待人们的将是成熟与收获啊！

白露前后，气温开始下降，天气转凉，晨曦的草木上晶莹着露水珠儿。这个节气的乡间，最热闹的事要数打核桃。"白露到，竹竿摇，满地金，扁担挑"，说的是核桃成熟收获的黄金季节。白露到，核桃熟。家乡的漫山遍野，房前屋后都能看见核桃树的影子，这时节，青色的核桃缀满枝头，迎风摇曳，好像在向人们微笑。在我北山老家，打核桃的前一天，家里大人都忙着做准备。从屋檐架下取出一年都没用了的核桃杆（松木杆子），擦洗干净，备好草笼和绳子。打核桃的日子里，村人早起，大人小孩全家上，来到自家核桃树下，大人坐在树下稍作休息，孩子急着搜寻落在地上熟透了的核桃，捡拾起来砸开果皮，露出白白嫩嫩的瓤子，轻轻剥掉敷在上面薄如蝉翼的一层内衣，嘴里咀嚼，摇着头看着大人炫耀。大人休息好了，男人脱掉鞋子，一脚踏地，一脚猛地向上一蹬，两手紧紧抱住粗壮的核桃树，身子使劲向上蹿，像敏捷的猴子一样哧溜哧溜地爬上了树，看好牢靠的枝干踏实站稳。此时，树下的女人把打核桃杆子递上去，男人就开始打核桃了。一阵噼里啪啦声响过，树上的青皮核桃如雨般落下一地。核桃叶密集，层层叠叠，挡住了打核桃男人的视线，只好透过一抹阳光照过来的缝隙查看，打掉那些藏在树叶间的几个核桃，就算完事，招呼树下的人，丢下杆子，缓缓地从树上下来。这时，树下拾核桃的妇女和小孩就忙活起来了，提着篮子，低头弯腰，找遍树下每一处角落。在树下拾核桃必须耐心等待，树上打完后方能开始。往往孩子心急好奇，不等打结束，"嘭"的一声，核桃打在脑袋上，哇哇叫了，疼痛极了。打核桃的日子，大人小孩的手被染得黑糊糊的，甚至衣服上都是，难以洗掉。打完一树核桃，大人小孩都很累了，可内心掩饰不住丰收的喜悦。

其实，如今不到白露，提前打核桃的大有人在，赶个早，城里的生意贩子收购，卖个好价钱。生意人看准城里人品尝鲜核桃的商机，却破坏了核桃成熟的时机。市场上销售的核桃看似新鲜，却有仁无油，味觉差远。精明的家乡人等待核桃成熟了，打回的核桃堆在院子的空地上，盖上茅草，几天后才退掉青皮。农家院里，大人们一边退"青皮"，一边说着秋天的事儿，满腹的情趣撒落，笑声荡漾在乡村的上空，飘散得很远……

白露过后，悦耳的虫鸣声带来别样的秋天。知了、蟋蟀、纺织娘们一起加入秋天的盛会，合奏一曲曲别样的秋音秋韵。秋高气爽，天气依然骄阳，兴奋不已的知了抓紧最后的时光尽情欢歌，它们喜欢群居、群迁，栖息在高大的树冠上，从这棵树飞到那棵树，参与"大合唱"。和知了的群体行动不同，蟋蟀乐于独立生活。秋日的夜晚，乡间潮润的自然环境，适于藏身的草丛、砖石缝隙和沟渠边，城市公园的草坪或者小区的绿地，只要稍作留意都能听到蟋蟀的歌唱，一阵接着一阵，甚至彻夜鸣叫不止，直到天亮。纺织娘不喜欢强烈的光线，白天栖息在凉爽阴暗的灌木丛或者林荫下的草丛中，黄昏降临后就开始"纺纱织布"了，先是发出"轧织、轧织"的前奏，之后便是"织、织、织"的主旋律，就好像纺车在转动。静心听来，不同品种的纺织娘也会发出不同的声响，叫声此起彼伏，就好像在赛歌一样。聆听虫鸣，与大自然接近，伴着夜晚微凉的秋风，如纱似水的月光，使人心旷神怡，自然陶醉。

"一场秋雨一场凉"。夜里醒来，听得窗外淅沥的秋雨声，落在我家院里的花圃上，那种感觉好像在听一首优美的曲子，让人深深陶醉！丝丝凉意从窗户缝隙袭来，使人深感秋天到来的快意。窗外漆黑，让人想象得出雨珠儿在夜空中怎样兴奋地舞蹈。在这样的一个雨夜忽而醒来，似乎不觉得再有睡意，远离了现实的烦躁，一个人静静地思索，或品味夜雨，或翻开一页新书，凝望、沉思，或者什么都不想……在这样的夜晚，有雨声和书籍相陪是很快乐的事。后半夜，窗外的雨声似乎小了，听得花叶滴滴答答的柔声……黑夜似乎有着奇特的诱惑力，常常在不经意间拽住了我的心，读书或写作常常在夜里完成。因而，在我的心灵深处，总渴望那种充满宁静的乡居生活，远离城市的浮躁与尘嚣。自从迁居城郊以来，这种愿望尤其强烈。今夜的秋雨，淅沥在我居住的乡村，清爽之气慢慢舒展开来，让人倍感神清气爽。我静静地伏在窗前，静听秋雨。我喜欢这样初凉的夜晚，喜欢看大地融于宁静，默默体味秋雨的味道……

三

中秋节前后，秋意已浓，乡村里呈现出一幅幅丰盈喜悦的图画。

秋风吹拂了山坡，吹拂了田野，也吹拂了农家人的笑脸。农家院里，房前屋后，黄澄澄的柿子，红通通的苹果，散发着诱人的清香。田野上，沉甸甸的稻子压弯了腰，随风飘荡，形成金色的波纹。青纱帐里，玉米的叶片密密层层的，随风摇动着优美舞姿，飘逸的玉米缨子在秋风中点头微笑，好像在等待农民收获。

玉米成熟了，叶子慢慢发黄卷曲，直立的玉米秆子上结着粗壮的玉米棒，铺排着整齐的阵势，显得很得意。走近一片玉米地，看见一株株一人多高的玉米棒子露出金黄的牙齿，农人兴奋地挥舞起镰刀，一手扶着玉米秆子，一手拿着镰刀躬身割玉米秸秆，"咔嚓、咔嚓"声响过，玉米秸秆倒下了，一堆堆聚拢在一起，搬玉米的农人一手拿起玉米秆子，一手剥掉一层层玉米苞叶，黄澄澄的玉米棒子裸露出来，个个颗粒饱满。光滑的玉米棒拿在手中，有种很充实的感觉，一股清新的味道扑鼻而来。地头边，玉米棒子堆在一起，黄澄澄的就像黄金一样。看着一堆堆小山似的玉米，农民的心里别提有多高兴了。啊，田野，荡漾着欢声笑语，满载丰收的农用拖拉机在田间的大道上"嘟嘟"地行驶着……这个季节，农家小院最美的风景是挂满了一串串绑在一起的玉米棒子，屋檐下、树枝间、墙头上，还有房顶上到处都是黄澄澄、沉甸甸的一片……

收获季节一直延续多半个月，甚至更长的时间。秋收不像夏收那样风风火火，但也清闲不得，趁着天晴日头红抓紧收获。要不，一场连绵的秋雨过后，庄稼地里狼藉一片，减少了好收成。于是，秋收季节的农家人，早起晚睡，白天收获玉米，夜晚忙着串绑玉米架在屋檐下晾晒。忙前忙后，睡觉总在十一二点后。虽则忙碌，但看着丰收的玉米堆，农民的心里灿烂着花儿。

月满中秋，皎月当空。居于城里的人，走出林立的高楼大厦，跨过车水马龙，赶着去风景点赏月，人来人往，热闹非凡！乡村的中秋夜是美丽的，温馨的。当火红的晚霞渐渐隐退，生命和自然融为一体，落日的美让人心旷神怡，如痴如醉！直到最后一丝余晖散尽，田野里生出一丝缥缈的青雾，空气凉凉的，潮潮的。劳作了一天的人们踏着暮色回家。夜空深蓝，已有几颗星星在眨眼，目送农人暮归，等待月亮出来。灯光下，中秋晚餐很丰盛，一家人围桌而坐，高兴地吃着说着，沉浸在幸福、温馨的氛围中，不觉月光洒满院落，窗棂、床铺也被月光安详地吻着……走出室内，看圆圆的月亮已经爬上树梢，月光清晰而静谧！美丽的乡村月夜，月亮清澈纯美，不含任何杂质。这时节，走出门去，漫步在乡村水泥路上，一边赏着月夜的清辉，一边回味逝去的岁月。"露从今夜白，月是故乡明。"月亮悬挂在头顶，明月如镜，月色撒在地上，多美的乡村月夜哟，一片宁静！

乡村的中秋节，朴实、纯真，散发着泥土的芬芳。每到中秋节，家乡人提早制作欢度节日的月饼，由芝麻、花生仁、青红丝拌成的红糖馅包进揉好的白面中，大小两层，扎着美丽花纹的圆形图案，一个个放在锅中蒸熟，飘着香味的月饼端上了饭桌，一家人欢喜地品尝着。

想起那年月，村庄西头那棵蓊蓊郁郁的桂花树下，聚集着一群男女孩子，桂花清香四溢，沁人心脾，给乡村的中秋节增添了浓浓郁郁的喜庆氛围。村里心灵手巧的大娘正在那儿比试着什么？我走上前去，看到大娘拿着自己亲手制作的月饼分给邻居孩子品尝，难怪大娘门前的桂花树下传来阵阵的说笑声。不用说，大娘自然给我一块尝鲜，我舍不得吃完，只是咬了一小口，欢喜地向大娘点头微笑，然后高举着向自己的家里跑去。当我回头望着大娘的那一瞬间，落日的余晖洒满大娘的全身，也洒满了那棵桂花树，如梦如幻。孩提时这样的一幅乡村图画永远定格在我的心中，那个饥饿年代的乡村，能够吃到中秋月饼是一年中最幸福的时刻，让人无限念想。

中秋节过后，乡村的秋意更浓了，地里的庄稼大多收完了。满山遍野群鸟飞翔，果子缀枝，黄一片紫一片，惹人嘴馋。山里的五味子、野葡萄、栗子……随意采摘、品尝。走在密林里，霞光透过树梢泼洒在林荫羊肠小道上，光彩斑驳，不时有山鸡、野兔出没，又惊又喜，其乐无穷。山头这边有声音，那边有声音，那是采摘连翘药材的山里人，在哪儿呼唤同伴呢！鸟雀扑棱，山林躁动，活脱出山林的无限生机……

这时节，赶早的农民开始犁地种麦了，犁铧在耕牛的拉动下犁地，在刚腾出的地面上划出一条条均匀的深沟，从地的这头划到地的那头，土壤在犁铧划过时翻滚着，拉出一条条土浪。清新的泥土气息，让人倍感亲切。现时，虽然机械耕作普遍应用，但家乡的农民还是舍不得丢弃那些犁铧，依然养着耕牛，延续古老的耕作方式。我不知道是家乡人跟不上时代的步伐，还是怀古心思沉重？我总忘不了小时候，父亲在地头吆喝牛拉犁犁地，我常跟在后面，光着脚丫子在松软的泥土上奔跑，深一脚浅一脚的前行。最喜欢踩在木耙上把犁好的土地荡平这活儿，牛牵着木耙在土地上来回盘腾，不紧不慢地行进，真有土浪里荡舟之感。快乐的童年就这样随着季节的变化一晃而过，留在了记忆深处。

秋风吹，黄叶落。深秋时节，天气逐渐转凉，绿叶逐渐变成黄色，黄色叶子变成红色，山里红色的叶子跳到了我们身边。走近秦岭南麓，如同进入一个梦境里，满山红叶，层林尽染，河流飘着雾气，远山云雾缭绕，空谷幽静，白云深处藏人家……古诗里描绘的美景在这里随处可见，身临仙境的美妙意境让人流连忘返。

四

寒露到来，秋意浓重。

黄昏的乡村巷道，风吹落叶飞。有些许叶子，自青翠的树枝上挣脱开来，旋舞着空中飞扬，有一片落叶轻盈飘过我的身旁，伸手接住这小小的落叶凝视，叶子的脉络间已有些许黄意。叶落归根，似乎天经地义，无需置疑？但是，每每看到这秋凉落叶的一幕，人们总是不由为之而动！或伤感，或吝惜，或惆怅？其实，落叶不是无情物，化作春泥更护树。一片片落叶，它们要给予母体一丝温暖，一点呵护。它们要回报大树母亲对它们的养育之恩。它们要历经凌厉的寒冬，化作一寸泥，让母体在来年能够枝繁叶茂。这样，它们的生命才得以延续，才能孕育出一个繁花似锦、绚丽灿烂的春天！

真的，我以为伴随寒露而至的秋意，总是有着令人炫目的字眼。不是吗？翻开词典——秋风萧索；秋雨淅沥；秋霜宁静；秋月清澈；秋山璀璨；秋林斑斓；秋水澄明；秋雾弥漫；秋菊流芳；秋阳温暖；秋思绵绵……

秋风秋雨秋意寒，送情送暖送祝福。

在这寂静的寒露前的深夜，风儿从我新居的窗前路过，呢喃着醉语，奔向霜冷露寒的暮秋。寒露过后，天气由凉变寒，一片北方深秋景象。

寒露时节，在我乡下北山农村，虽然天气渐寒，但农民却清闲不得，天天忙碌。抢抓机遇，播种冬小麦；收割大豆，抓紧打场，大豆入仓。即使如此，偶尔听得打场上的歌声，"九月里九重阳，秋呀秋收忙，谷子呀那个糜子呀，铺呀铺上场，红个丹丹的太阳啊，暖呀暖洋洋，满场的那个新糜子啊，喷呀喷鼻香。新糜子场上铺啊，铺呀铺成行，快铺好那个来打场啊，来呀来打场。你看那谷穗啊，多呀多么长，比起了那个往年来啊，实呀实在强。"打场，多么动人的场景呀！男女老少，说说笑笑，丰收的喜悦，让农民眉开眼笑，情不自禁，美妙的歌声随风荡漾。

寒露过后是霜降。早晨，田野上铺盖了一层晶莹的白霜，那霜白的田畦间，萝卜、白菜叶子在霜下睡意懵懂，地头边遗留的玉米秆子在晨曦的冷风中摇曳……太阳慢慢升起，白霜顿时消失。山坡草地、田间路旁，那一丛丛、一片片娇嫩的野菊花傲然挺立，鲜艳夺目。在这深秋的乡村，一簇簇灿烂的野菊花，这样的绚丽，这样的张扬，静静地开在这不被人注意的路边、崖边、壕沟……我不仅为之惊讶！在这百花凋谢的山野金秋，独有野菊花傲然开放，让人赏心悦目，"此花开尽更无花"。这不起眼的野菊花，虽说难登城市里的菊花大展，但花期长，时时装点着山野的一片静谧，去乡间走动，我偏爱欣赏野菊，不仅因它美丽临风，更有一种坚韧脱俗在里面。因为，这一束束野菊花，傲霜怒放，千姿百态，红的娇艳似火，黄的灿烂似金，白的秀雅似雪，粉的清秀而飘逸似云，墨的紫里透红妖艳似玛瑙……朵朵花儿摇曳于秋风中，这时节，乡村人把红红的柿子放进房檐笆片上，让其自然风吹冷冻，年前取下，柿子软软的，轻轻吃上一口，甜丝丝、凉晶晶的味道，真爽口哟！

这样的日子，农家院里热闹非凡，小孩子在人们眼前来往，相互逗乐；中老年人尤其活跃，玩扑克牌、搓麻将，笑声连连……地里的庄稼收获已近尾声，忙碌的人们可以清闲一时，在这传统的节日里度过美好的时光。时值重阳节，城乡社区开展形式多样的活动，组织中老年人登山赏菊，健身强体，愉悦身心。

金秋时节，艳阳高照，空气清新，最适宜畅游乡村，观赏随处绽放的野菊花。城里的驴友们更是成群结队往山野里跑，挎着各式各样的相机摄影，把山野风光美好心情一并收进镜头，蓝天、白云、红叶、花香、情趣、秋韵，深深吸引着前来观赏的游客络绎不绝。在山里做客农家乐，品尝野味的秋实，观赏厚重的秋色，闻花香，听鸟鸣，令人陶醉不已。

五

立冬了，气温逐渐下降，但不会感到寒冷。晴朗无风之时，我所居住的山城风和日丽，菊花飘香。这时，走在大街小巷里的人，悠哉清爽，脚步轻轻的，常常哼起无名的歌曲。那些穿着时尚的青春女孩，穿着独具个性的休闲装，显示出无比的阳光、青春与活力。进城打工的乡下人，一大早起来，匆匆穿过街道，朝着前方，迈着行进的脚步，从不左顾右盼，虽然城市华丽，但与他们似乎无缘。他们知道，一日勤苦，家里的孩子需要温饱，老屋泥墙斑驳、墙基倾斜，需要重新修建。于是，这群人整日行进在城市旮旯里，眼睛盯着水泥路，风风火火，出入城里，形影不离。运货、修路、清理下水道、高楼刷漆……到处活跃他们的身影。城市因打工族群体的出现，越发显得活跃而富有生机。

北风呼啸的日子，天气阴沉，街上枯叶遍地，人们缩着脖子行走匆忙，很少有人东张西望看风景。只是，那些穿着标志服的清洁工，依然风里忙碌，清扫街道落叶，以及风中舞动的彩色塑料袋。车辆匆匆穿越道路，风中刺耳的鸣叫，震得周边窗户玻璃脆响。坐在办公室，外面的风声很紧，看报纸的心情也不自然。接打电话，好像听不清楚对方的话语，胡乱答复。风在窗外呼呼，漫天弥漫着灰尘，夹杂着纸片，空中飞舞。下班，缩着脖子回家，不敢多看一眼视线外的风物。做饭、吃饭，说着天气变化的气话，睡在床上看电视，似乎忘记了窗外的呼啸声，跟着电视里的人物行走，不觉时间已晚，入睡，说梦话……

隔了一夜，北风呼啸声停止，屋外一片干净，天空瓦蓝。早起的人们，挺直身子赶路，只是有点轻微的寒气。八九点钟过后，太阳照耀着大地，一片暖洋洋。无事的城里人，多数是退休职员，又在梧桐树下悠闲地搓麻将，围观着不语。街巷口小卖部有人出入，门前几个孩子玩三角面包，输赢喝彩。正午，街市上人流增多，来来往往，走走停停，看热闹，逛街。

时逢"小阳春"天气，是立冬后的美好时光。欧阳修诗句"十月小春梅蕊绽，红炉画阁新装遍"说的是这个时候。此时，单位安排下乡工作，何乐而不为。乡间的田野，一片裸露，微风中飘摇着遗漏的玉米秸秆，似乎在哪里独唱情歌。原野空旷，一切展现于视野中，蔚蓝的天空，苍翠的青山，红叶尽染，耳边溪水潺潺，暖风拂面，如入仙境。走进风景中的村庄，树木、草垛和砖瓦房，鸡鸭鹅随处可见，狗吠声，鸟雀鸣，农家屋檐下色彩斑斓，黄色的玉米棒，红色的辣椒，白色瓷片墙壁，相映成趣。耐看好看看不够，好心情在野外生发。难怪去了乡下，乐而忘忧，浑身焕发着激情，上班蛮有精神，好像经历了一次心灵的洗礼。

虽说立冬了，满眼里还是深秋的景致。随处可见的是落叶，随意捡拾起来，看那叶脉里依然有残留的生机，纹理斑斓，给人的是忧伤与无奈。一片叶子，生命如此美好，也难免逃离正常的新陈代谢。世间万物也如树叶一样，新陈代谢是自然规律，没有新陈代谢就没有生命。走在大街小巷，黄叶炫彩，缤纷剔透，初冬的景色依然美丽，惹人醉哟！这个初冬，景色依然灿烂。山城馒头山仓颉园的几棵银杏树叶，历经秋日的抚摸已是片片金黄色了，在初冬的微风中飒飒抖动着。来园里休闲的人们更是喜爱观赏，照相留影。微风习习，金黄色的银杏叶随风摇曳，树下铺上了金色的地毯，好奇的孩子坐在地上贪玩。

立冬，天气变得寒冷干燥，对于城市人而言，热热火火地吃羊肉泡馍了。山城正宗羊肉泡馍有几家，生意火爆。一大早开门，便有客人双手哈口热气掀开门帘，进门坐下来吆喝服务员"来一碗"，热腾腾的一大碗，吃得客人直冒汗，舒舒服服，出了门放开嗓门吼秦腔，"他大舅他二舅都是他舅，高桌子低板凳都是木头；金疙瘩银疙瘩还嫌不够，天在上地在下你娃要牛……"吼出的秦腔字正腔圆，神情专注，吸引了不少人的眼球。

立冬，虽说清闲，但对于乡下的农民来说，"麦子过冬壅遍灰，赛过冷天盖棉被"，勤快人给冬小麦撒些草木灰或粉碎秸秆覆盖，以增温保墒，确保冬小麦安全越冬。田野里，不时有人在忙碌，捆绑、聚拢玉米秸秆。主人家的狗尾随其后，从这边跑到那边，从那边又跑到这边，尾巴欢快地摇着。晚霞映照在田间，空旷寂静。耐得寂寞的农民，依旧"日出而作，日入而息"。冬日，是农民储备精气神的大好季节。男人们，多做力气活，修补农具，翻耕冬闲田，春耕早准备。女人们，多做家务活，尤其是清扫地窖，储藏冬菜。在我老家北山，人们喜好种植大白菜、萝卜，作为老家乡人的看家菜，家家户户都得储存。

冬闲，农家宽敞院落，大白菜、萝卜安详地在朝阳的地方晾晒数日，再整齐地码放在院里的菜窖里，储藏过冬。除了蔬菜，还有红薯、冬瓜，放在地窖里保鲜儿，大多能放到第二年开春儿，而且吃法也多，色鲜味美。此外就是土豆了，它比大白菜、萝卜、冬瓜更好吃一些，家乡地产的土豆最好吃，也容易储存。还有细心的人家在秋季蒸熟些豆角风干用绳子穿起来，挂在窗檐下。吃的时候用开水浸泡一下，立马就有了清香味儿，那可算是冬天里的鲜活菜了。

穿越岁月的河流

万川归之，不知何时止而不盈；尾闾泄之，不知何时已而不虚。

——庄子《秋水》

一

我是在听见第一声鸟叫的乡村出生的，是悦耳的鸟鸣使我停止了哭啼，获得了心灵的一时慰藉。听母亲说，我一生下来常常哭啼不停，惹得大人心烦。老屋山墙那边摇曳的竹丛里，偶尔的一声鸟叫，让我停止了烦人的哭叫，学会侧耳倾听一种天籁的声音。于是，家里的人出门干活了，丢下我一人爬在窗格子上看窗外的天空，鸟鸣自然成了我寻找开心的源泉。窗外的一棵树，院子里的一丛花，还有蠕动的小鸡们，甚至偶然飞过视野的蝴蝶、蜻蜓，幼稚的我好奇兴奋，手足舞蹈……那老屋的窗格子上，烙印了一个孩童渴望看到窗外世界的秘密。

从咿呀学语开始，一个受过鸟鸣熏陶的乡村孩子，不难理解"鸟语花香"之意。那种天然的环境造就了乡村孩子的纯朴气质，即使后来深受高等教育的耳闻目染，骨子里仍旧有着乡土气息。外面的世界再大，夜里梦见的还是山里的一片蓝天，白云几朵，悠悠地飘逸……那对故土的眷恋，丝丝缕缕的记忆，犹如一道清清的小溪荡涤心灵的尘埃，唯美的梦境是那样的温馨，甜蜜，幸福。

我因工作的关系，离开故土也有三十多年了，梦里常呓语的是故乡的人和事。一年之中偶尔也回一趟故乡，那只是短暂的停歇。老屋虽则

127

墙壁斑驳，屋顶漏雨，躺在土炕上一觉睡到天明，梦里也香甜。

最让人念想的是故乡的那条洛河。那养育着故乡人的母亲河，清凌凌的水花，白花花的石头，绿草丛中穿越的鱼虾……

站在静悄悄的洛河边，秋日的阳光温柔多情。微风吹拂的河面，波光粼粼，让人爱恋。河面宽阔，弯弯曲曲的河流围绕着炊烟袅袅的村庄，挺拔的白杨树直立房前屋后，翠绿的青竹迎风摇曳，一群鸭子发出嘎嘎的叫声，打破了一时的静谧。对岸，田野里的庄稼已收割了，大地裸露出本来的面目，遗弃的玉米叶子在风中飘摇，村庄隐秘在树荫竹林中。间或，村庄上空回旋着几声车辆的鸣叫，穿过河面的声音传递到我的耳膜，听得清清楚楚。我印象中村庄的模样已被高楼覆盖，看得见高出树荫背后的楼房，白色的瓷片在秋日的阳光下泛着闪烁的亮色；看得见村道西边停着一辆乳白色的小车，偶然间按一下喇叭，或催促出外的行人上车，或在提醒收拾东西，暗示准备行程。不得而知的胡思乱想，让我的思绪进入一个美好的想象空间。

我是在一个星期天的午后来到洛河边的，喧嚣的城市噪音使人喘不过气来，寻找怡人的空间，把心交给自然，放松疲惫的身心，坐在洛河边无所事事地自由畅想，确是理想的心灵释放之地。这一片远离红尘的净土，清澈见底的水，无污染的空气，河两岸是茂盛的青草和庄稼，飞翔着麻雀和水鸟。一片红，一片绿，一片黄，一片紫，一片白，色彩斑斓，装点着河岸的田野和村庄。沿河岸边有条公路，依山势走向顺河流蜿蜒，偶尔有鸣号的班车从河湾那边出来，像似钻山洞一样的穿越而来，时隐时现，转弯鸣号，不觉已从身边穿过。那一刻，你才感觉到山野是多么的寂静，一声鸣号穿越了静美的时空，麻雀惊飞，山鸡惊飞，那一阵过后又恢复了原始的平静。河水依旧缓缓地流淌，时光依旧悄悄地流泻……

偎依在母亲河身边，我像一个顽皮的孩子，或索性躺在沙滩上静静地仰望蓝天看云卷云舒，或悠然走在大大小小的洛河顽石中寻觅遗漏的奇石，或兴奋得像小时候一样将一块块椭圆的石片抛向河水面数那荡漾的圆形波纹，或什么也不做一个人默默地躺在石滩上侧耳静听母亲河脉搏的跳动……无所事事的一个下午，我远离了喧嚣的水泥包装的时尚城市，在乡村洛河畔这样度过了一段美好的时光。我挚爱家乡的母亲河——洛河，曾为她用我稚拙的文字写下了一篇篇颂歌，像《秋日洛河畔》《洛河石》《洛河秀色》《洛河源的绿》等篇，表达了一个游子对母亲河的深深眷恋。风雨人生路，心系母亲河。

二

一九七七年那个艳阳的初春，我是在当地人手拉着手走过通往洛河对岸的一座独木桥，去洛河边的灵口中学报到上学。第一次过桥，眼前晃悠，只见桥板在朝着河流的反向移动，总想赶着桥板去踩，牵着我手的当地人不时叮咛，告诉我眼睛朝河对岸看，脚踏稳，心平静，跟着他走。过了桥，出了一身冷汗，一颗悬着的心总算放下了。桥中央河槽深深，墨绿的河水看不见底，望着河水胆战心惊，但怕一步踩空掉进河里。那时年幼，也忘记了询问当地好心人的名字，只记得那一张和蔼可亲的笑脸，总是唠叨着怎样过桥的话题……

那年，我读完所在公社里的初中，被推荐上了距离家乡四十里的高中就读。这座长桥，我来往走过了两年半的时光。桥上的每块木板和相隔木板之间的木桩，我记得清楚，不知数过多少遍，那块木板有处裂缝，用铁丝拧着固定；那块木板质软，踩上去摇晃。这座桥由十八块长丈余的硬杂木搭成，一块木板一尺宽左右，单架固定在桥墩上，接头处有粗壮的木桩扎在河床深处，还算结实稳当。看当地人过桥，蛮有兴致，肩膀上扛着一袋子化肥，轻手轻脚地踩过，桥面晃悠，行人不慌不忙，前后两人谝闲说话，悠闲地移步过桥，看得人眼馋，仿佛在看一幅动态的水墨画，一种缥缈的视觉感，似云似雾又似烟……

我是每个星期天回一趟家，走过那座洛河独木桥。星期六下午两点放学，雀跃似的出了学校大门，我和同路的同学一路小跑着走完四十里路程，回到北山的家往往天黑。香甜地睡好一晚上，第二天带上一星期所需的干粮和酸菜，又漫步在去学校的路上。

所谓的"干粮"只是母亲夜里赶着蒸的馒头（家乡人叫"蒸馍"），一个挎包只能装十余个，多装不下，得计划着吃。一天两个馒头，加上一日两顿饭（玉米粥）。酸菜装在深红色的玻璃瓶中，满瓶的酸菜总吃不到周末。那个粗大的瓶子是从公社卫生院医生那儿要来的，母亲费了不少口舌。酸菜大多在周四前吃完，余下的只好调上少许的盐和辣椒，母亲做好的辣椒装在小瓶子里，备在酸菜吃完后食用。多数时间吃冷馍，学校食堂一星期有两次蒸笼热馍，一个班级一层蒸笼热馍，给自己的馍做上记号，否则会丢失的，那是一天的口粮啊！同学中往往会出现尴尬的场面，去得迟了不知谁错拿了热馍，只好泪水往心里流。值得念叨的是我的同学张连有，他的家住在学校附近的洛河畔，那时常将我的冷馍带回家给我热馍，让我吃上了没有发霉的热馍，尤其是夏天。如今，我的同学张连有大学毕业远在河南三门峡市工作，几十年了未曾见面很是想念，不知还记得那年那月那时读高中，我们同学快乐相聚的那段纯真美好时光？道声感谢！是你双手给我送来泛着热气的热馍。日子一晃而过，我们的额头多了一道道岁月的印痕，恰同学少年，意气风发，笑说天下事。

那时读高中，记忆犹新的是一九七七年学校地震预测站，周老师发明了一种形似张衡地震仪的测量仪器，曾受到县以上部门专家的鉴定。学校号召爱好地震预测的同学加入组织，由周老师带领一班人，利用课余时间研究地震预测，定时检测记录，定期向县级地震预测部门报告预测情况，在全县产生了良好的影响。那年月，听说地震的事搞得同学们人心惶惶，夜不能眠。同学们大多穿着衣服睡觉，听到特别鸣号，夜半惊起，纷纷跑出宿舍，聚在学校操场等待老师传达消息，再返回宿舍睡觉。一次，一位夜半上厕所的同学莽撞摸黑行走，不小心撞到了事先放置在宿舍墙角桌子上的预警瓶子，瓶子掉在地上发出"哐当"的响声，"地震啦！地震啦！"不知谁发出第一声惊叫，全校宿舍乱作一团，同学们争着涌出宿舍门，来不及的就跳出了窗户。有位男生跳窗脚崴，好多天由同学搀扶上课。一时的闹剧，引起了校长的深思熟虑，一年后"学校地震预测站"悄然停止。

往事不堪回首，记忆翻开了新的一页。虽说学校进行地震预警引发了闹剧，但周老师发明的地震测量仪器，确实花费了心血，激发了同学探索科学的欲望和创造的萌芽，其精神难能可贵。

三

我的出生地北山有条龙河，在县级地图上形似一条小虫子，它从秦岭山麓的深处缓缓地流淌出来，穿过山重水复、柳暗花明的乡村，出了龙河口流入洛河。洛河就是由无数条像我家乡龙河一样的小溪流汇集而成的，才显得丰满而宽阔，波澜起汹涌之势。

我读高中的那年月，来往途中行走在龙河边的山路上。那是一条简易的沙石山路，宽窄丈余，路上看得见的车辆除了少有的拖拉机，就是运输货物的毛驴架子车。我们同路中唯有姓王的同学有一辆飞鸽牌自行车，常常从我们身边飞驰而过，让人既羡慕又妒忌。自行车后架上坐着一位女同学，毕业后那位女生自然成了姓王同学的对象。我们几位同学背着沉沉的挎包，走一段路程，歇息一会儿，说说笑笑行进在弯弯的山路上。这条四十多里的山路，途中要经过十多次过河，走一弯过一趟河，踩着河中的列石（露出水面的大石块）过河，脚步要踏实站稳，继而迅速跳过，否则滑入河水中，尤其寒冷的冬日，列石上结冰，过河最让人操心。如今想来，也令人心寒。那时，我们几位同学一路有说有笑，从来没有人叫过苦，相互鼓励，相互帮助，亲如兄妹。

那年教育学制改革，由春季招生改为秋季入学，我们只读两年半高中毕业。适逢高考制度恢复第三年，我们参加了一九七九年七月的高考，几位同班同学考上商洛师范学校，从此改变了人生的轨迹。我的高考成绩只差几分而落榜，心事沉沉地回到家乡北山，在乡村农科站学习了一个多月，给玉米授粉，进行科学种田试验。九月初，我所在的灵口区教育组招考代课教师，我如愿当上了一名乡村民办教师。

初为人师，我的第一堂课是在原公社教干殷老师手把手示范下完成的。报到学校的当晚，殷老师教我如何备课，设计好教案。第二天清早，用同一节教案，他上一节示范课，让我坐在教室听课。然后，我再模仿他上课的套路上一节课，课后他点评我的不足之处，并加以鼓励教正。两个周过后，殷老师多次听课、点评、指导，夸我进步快。一个学期末，公社里召开全体教师教学观摩研讨会，我和另外一名老师上示范课，会后老师们多有溢美之词，让我信心倍增。

教学中，我尝试县教研室介绍的邱学华数学"尝试教学法"，进行正反比例同步对比教学的改革尝试，公社组织数学老师听课评课，认为：将正反比例放在一起同步教学，对比明显，既节省了单位时间效率，又提高了教学效果。我将这一尝试撰写成文章《我教"正反比例"的几点做法》投稿商洛《教学研究》杂志，1984年第3期杂志发表了我的文章，同时收到责任编辑王祥博老师发自肺腑之言的勉励信函，聘请我为《教学研究》杂志特约作者。王老师的信写得热情洋溢，字里行间流露出一个长辈对后生的殷切期望之情。从此，我爱上了教学研究，业余也不忘习作诗文，给报刊投稿。

1985年11月那个难忘的日子，我在全县教育工作会上做经验介绍，以《我是怎样进行小学教学研究的》为题做了发言。会上县教研室主任任彦民做了点评与鼓励，并给与会同志介绍了我当年发表在《陕西教育》第11期杂志上的研究文章。这次会后坚定了我走教学研究之路的信心和勇气，在那个信息闭塞、交通不便的乡村，我自费订阅报刊，购置书籍，夜深人静之时，一盏油灯下读书、写文章。一篇篇文章从偏僻的小山村飞出去，在省内外杂志发表，如山西《小学语文教学》，江西《小学教学研究》，省内《陕西教育》《渭南教育》等。

1987年我结束了长达八年的民办教师生涯，考入商洛师范学校深造，两年后毕业返回乡村从教，确定了我毕生从事教育教学工作的人生不悔之路。因为，我爱这份工作，我爱山村那群纯朴天真的孩子，在我的多篇散文习作中留下了他们的笑容，记录了他们的有趣故事。生活在他们中间，我的生活充满着阳光的味道，弥漫着山野花儿的芬芳。

从乡村小学调进了县教研室，教学研究丰富了我的人生之路，也提升了我的人生价值。我有了更多的时间和精力从事我所热爱的教研事业，学习理论，丰富自我，下乡听课指导，开展教研活动，撰写调研文章，出版教研专著，脚踏实地地定位自己的人生目标，在社会与生活中实现自己的价值，不断拓展人生的轨迹，绽放属于自己的璀璨光芒。

如果说人生是一条漫漫的长河，在岁月这条长河中，我愿像一朵朵浪花一样一路高歌，追逐着自己的梦想，留住人生最美好的记忆⋯

四

洛河，古称洛水，亦作雒水，是黄河三门峡以下最大支流。它发源于陕西省洛南县洛源镇的秦岭山脉，东流入河南境，经卢氏县、洛宁县、宜阳县、洛阳市，到偃师县杨村附近纳依河后称伊洛河，到巩义市洛口以北入黄河，全长500多公里。洛水入黄河，读中学地理老师循循善诱的讲解，让我们好生奇思幻想：黄河到底是个什么样子？我盼望着早日看到黄河，揭开它蒙在我脑海中的那层神秘面纱。机会到来得很迟，九十年代末的一个周末，我和几位老师去潼关县风陵渡看黄河，让我亲眼感受到了黄河的博大与宽厚，留下了美好的印象。

正值仲夏季节，空气炒热，一路蝉鸣。我们的车辆行进在洛潼公路上，我第一次走这条路有种特别的新鲜感。坐在车上一路看景，随行的几位老师谈笑风生，我则心不在焉。除了路上的风景，我想象着自己心中黄河的模样，过了潼关老县城，不知不觉就来到了风陵渡，黄河就在我们眼前，"黄河古渡"醒目的红色大字，显得苍劲有力。此地是山西、陕西、河南三省的交界地，据史载明清时在此设巡检司和船政司，管理防守和运输事宜。地处"鸡鸣一声听三省"的渡口，历史上一直以摆船渡河，来连接陕豫二省。而今，一座铁路大桥将南同蒲路和陇海路连接在一起，把黄河天堑变为通途了。

面对风陵渡，我一时无语。传说这里是女娲的陵墓，自古是黄河上游最大的渡口。此时，我站在渡口岸这边，向对岸极目眺望，蒙蒙的薄雾，茵茵的萋草，看不清其本来面目，只好凭自己的想象遥想当年的盛况了。我们坐游艇去对岸亲自看看，也算慕名而来不虚此行了。游艇飞速行进在黄河上逆流而上，溅起无数黄色的小浪花，耳边传来马达发出"隆隆"的响声，同伴的呼喊声荡漾在黄河上空，天蓝，水黄，飞荡着满载笑声的游艇，在黄河水中飞驰了几个圈儿，游艇靠岸，我们回到岸边静观黄河。水面宽阔，烟波浩渺，充满诗情画意，不由让人想起"黄河之水天上来"，两岸茂盛大片的茵茵绿草，与壮阔雄浑的黄河之水形成鲜明的对照。黄河之水的浑黄和厚重，着实让人大开了眼界。此时此刻，让人浮想联翩，奔流的黄河之水，是我们中华民族的血液，是奔流在每个中国人身体里的根。因为，我们拥有了这强大的"根"，才使中华民族崛起于世界之林，繁荣富强，生生不息。

返回的途中，我满脑子浮现的是拥抱黄河风陵渡的画面，黄河影像定格在我的心中。从西潼峪深处上秦岭，弯弯的盘山公路在我们身后拉长，越接近秦岭头空气愈来愈稀薄，而巍峨的秦岭轮廓愈来愈清晰，高大险峻的山崖，苍翠茂密的森林，扑鼻的草木清香，诱人魂魄的野花馨香，悦耳动听的鸟鸣，一齐向你扑来……天慢慢地黑下来了，车开到了秦岭头。司机招呼大家下车休息，我们紧悬着的心才放了下来。下车后站稳脚跟的那一刻，只听得见秦岭山中松涛阵阵，鸟语声声，我们的心都被震撼了，聆听森林，欣闻鸟鸣。一声悠长的鸣啭，富于穿透力的韵律在森林中远播；一声短促的锐叫，高亢嘹亮的曲调在山谷中久久回荡……它们以生命的张力，让人感受到一种震天撼地的声响，那是一曲大自然无声的交响乐章。

第二次看黄河，是在二〇〇六年夏天，单位组织去红色胜地延安接受革命传统教育活动。途径铜川、洛川、宜川，到达延安，返回路过宜川去看黄河壶口，又一次使人感受到黄河博大的胸怀、汹涌的气势。返回家中，我连夜草写《壶口听瀑》，记下出自我心胸积压许久的文字：

站在壶口观瀑，我的心境一片明朗，雄浑的黄河在这里表现得淋漓尽致，千万年修炼的河床呈层层石灰岩状，那层层经水花咬了的河床岩层呈现出不同的纹理，层层地排列着阵势，让人自然联想到这里曾经是海底世界留下的奇观。近观壶口瀑布，但见那宽阔的河面上游滚滚奔来的黄河水，至壶口河床深谷顷刻下落，穿岩石碰击飞溅万丈浪花，甚是奇观！雾气弥漫，顺谷地而来，令人琢磨不透。那水击的涛声不绝于耳，声势浩大。紧贴着河床岩石而下，站在深谷下面向上观壶口瀑布，则别有洞天。那升腾的雾气更浓更烈了，使人难以睁开期盼的双眼，那飞溅的水花倏然钻进人的心扉，似乎让人感觉到黄河母亲脉搏的跳动，那么的均匀，富有节奏！这时的我，已不再是眼观壶口瀑布，而是在壶口听瀑，像小时偎依在母亲的怀抱一样，撒娇地听母亲河对儿子的温柔对话，那是很久以前，母亲河是那样清凌凌的、碧绿绿的，鱼虾嬉戏，岸扶垂柳，轻舟荡过，余音缭绕……也是很久以前，母亲河历经多次人为的破坏，虽然留下了满腹浑黄的印记，但母亲河仍以博大的胸怀接纳了她的儿女，始终如一地朝着理想的大海挺进……

在壶口听瀑，我听出了中华民族母亲河的阵痛之心，也听出了中华民族母亲河的宽容之情。

两次看黄河，让我生发了对"黄河入海流"的向往之情。黄河入海口在哪里？滔滔东流不复回。

五

七九年参加高考，我报考文科。地理老师教我们编"顺口溜"强化知识，我把黄河的知识编写成口诀："黄河全长5464公里，发源青海巴颜喀拉山，流经青四甘宁内山陕，过河进山入渤海终点。"顺口易记，至今不忘。

黄河，一条举世闻名的大河。它历尽艰难险阻蜿蜒转折九个省的地域，越平川，过峡谷，挟裹黄土高原上的泥沙，奔腾不息，一泻千里，直奔大海而去……黄河入海流，犹如千军万马在呼啸奔腾，它是那样浑厚，那样有力，那样震撼人心啊！每每想起在黄河壶口看波涛、听吼声的情景，仿佛耳边传来那强大的声响，一种无形的精神力量在鼓动我、激荡我。这种一直在我心中孕育的精神力量，就像我直观面对滔滔不尽、奔腾向前的黄河，那气势，是不到大海永不罢休的。

我聆听《黄河大合唱》声中的黄河，我诵读李太白诗中的黄河，我虔诚地在壶口掬一捧黄河水，面向东方，向往大海。曾在一度时间，我搜寻身边所有关于"黄河"与"大海"的文章与资料，读"黄河丛书"之《黄河恋》《黄河吟》《黄河览胜》等书，读刘白羽《黄河之水天上来》，九曲十八弯的黄河，永远是奔腾呼啸的激流啊！四十年前"从风陵渡口眺望黄河，滚滚狂涛冲着巨浪冰排，万雷轰鸣，天崩地裂，一泻而下，是那何等惊心动魄的气概呀！"读赵熙《海悟》，随着作者去领略渤海湾的温存和静谧，"海浪不大，海水浸凉，海风还有点儿寒沁。""海的早晨尤为平静。退潮过后的海滩，湿漉漉的。一道一道、一缕一缕留在滩地的海水，像静静的河溪，在清淡的晨光中泛着青黛的、灰蓝的、银亮的、绯红的光带。这水、沙之间，构成了一幅水印画。"画面宁静、温柔，平静的海湾让人留恋、思念。读京夫《海贝》，"海滩没有沙岸，布满了卵石。我像一个搜索狡兔的猎人，在卵石中间觅寻海贝"。海滩上那么多的彩贝吸引了初临海边的人，大人们在海滩上拣拾心爱的海贝，欢欣雀跃的情态如同孩子。这样的文章读得多了，满脑子里都是海湾，沙滩，海贝……一个迷人的地方，让人深思梦想啊！

二〇〇七年夏天我出差美丽的烟台，看到了蓝色的大海，看到了我日思夜想的黄河入海口——渤海湾黄河三角洲，那一刻，面对大海，不由让人情不自禁地感到大海的胸怀是多么的壮阔哟！使人精神抖擞，士气昂扬。

那是一望无垠的大海，看不到边的尽头有几艘船只在缓缓移动，天蓝、海蓝，海天相接，难以分辨清楚。眼前的海水波及到我脚下的沙滩，一浪过后又涌来一浪，溅湿了我的裤脚，一种清爽的感觉。我全身心地眺望无边的大海，默默惊叹海的博大。大海，是你给了我不尽的遐思和向往；是你，让我日思梦想了十多个春夏秋冬岁岁年年。面对大海，我静默半晌，慢慢蹲下身来放松自己，双手捧起一掬海水用舌尖尝尝，淡淡的咸味。此刻，风扬起，空气中也夹杂着一种淡淡的咸味，这是我第一次亲自体验海水的味道。读初中时，听老师讲海水有咸味还持怀疑态度，以为老师在讲天方夜谭，家乡水的味道不是甜的吗？老师讲大海是由像家乡的龙河一样的溪流汇聚而成的，那么海水怎么会是咸的呢？三十多年前对老师所讲问题的疑问，今天才得以解惑。

面对恢宏、壮阔的大海，我突然想起了家乡的龙河、洛河，奔流到海不复回的黄河，它们为了一个共同的目标，汇入容纳百川的大海。大海以永不止歇的热情欢呼着，奔腾着，你看，汹涌的海浪，蔚蓝的世界，海上帆船点点，海鸥展翅飞翔，海风迎面吹来，真是一种美的享受。

面对大海，我真正理解了海员的心胸是博大宽广的。与大海朝夕相处，热爱大海的海员历经无数风雨，望峰息心，自然心胸开阔，淡泊名利。长期的海上生活，培养了他们一种坚忍不拔的意志，磨砺了他们一种勇往直前的精神，迎风浪，鼓勇气，狭路相逢勇者胜。

面对大海，我的心与大海息息相通，心情豁然开朗起来，精神振奋，充满激情。面对大海如同面对人生，有温和平静，也有风起云涌。也许我们的一生会遇到无数的艰难险阻，但我们应有战胜大海的勇气，征服巨浪，征服困难，征服自己，挑战自我，勇往直前，争做一个时代的弄潮健儿。

面对大海，感悟生活，回味人生，向往和憧憬未来，迎接朝阳，让生活多姿多彩！

六

从海边归来，我没有拣拾那多彩的海贝，虽然它晶莹得像珍珠一样可爱。我要拣拾的是在海水中浸泡了不知千年万年的一块椭圆形的石头，黄褐色的浸着咸味儿的石头。我很幸运地发现了这块藏在海边岩石下的一块石头，它好像有意在等待着我的到来。要不，当我离开大海的那一瞬间，它怎么就出现在我躬身掬水的眼前，让我把它带回我的陕南山城，置于我书房中的博古架上，占有醒目的一席之地。光滑润泽，黄色的椭圆形，我为它命名"海之魂"。

每每闲暇之余，我静观"海之魂"，好像又一次看到了浩瀚的大海，那滚滚而来，一浪高过一浪的海潮，潮起潮落，洗净风尘，迎来一片宁静、清澈的蓝。

我常想，人生不就像一条浩荡奔大海的长河吗？曲曲折折，蜿蜒流淌，既有波澜，也有险滩，瞬息万变，峰回路转，浩荡连绵，奔波在岁月的河流里，不历经风雨，哪能见彩虹？

读小学课本，我知道了"滴水穿石"的故事。一滴一滴的水不停地滴到石头上，最后把石头滴穿了。看似简单的一个故事，却蕴含着丰富的哲理。"滴水穿石"给予我们的启示：目标专一而不三心二意，持之以恒而不半途而废，这样就能战胜生活中的一切困难！就一定能够实现我们美好的梦想。"滴水穿石"是一种精神，古今中外的名人成功事例充分说明了这个道理。李时珍、爱迪生、齐白石等都是靠着这种滴水穿石的精神才"滴穿"一块块"顽石"，最终取得成功的。其实，"滴水穿石"的精神也揭示了"宝剑锋自磨砺出，梅花香自苦寒来"的道理。

读初中课本，我晓得了"三顾茅庐"的故事。说到《三国演义》，"三顾茅庐"的故事家喻户晓。在刘备真心诚意地邀请下，诸葛亮欣然出山帮助刘备开拓了一片江山。刘备以诚待人、以仁待人，屈尊求贤，礼遇下士，恭敬拜访，求得贤才；诸葛亮被刘备的真诚所感动，一生追随刘备，担负重任，竭忠尽智，至死不渝，真正做到了"鞠躬尽瘁，死而后已"。可见，真诚是人与人之间沟通的最好桥梁；真诚是成就一番大事业的最大智慧。生活中，朋友之间真诚相待，才能倾心交流，成为贴心知己。只要真诚地对待生活中的每一件事，就能迎来最后的成功。用真诚构筑一片真挚友谊的蓝天，用真诚书写一个和谐美好的人生！

读高中课本，我明白了"麦哲伦环球航行探险"的故事。1519 年 9 月 20 日麦哲伦率领航海探险船队首次环球航行成功，以无可辩驳的事实证明了大地球形说的正确：地球是圆的，世界海洋是一个整体。麦哲伦以顽强的意志、勇往直前的精神指挥了首次环球航行，克服艰难险阻，用勇气和意志弄懂了地球的形状。他的成功给我们以有益的启示：麦哲伦环球航行的探险精神，既是人对自然的探索，又是人对自我的挑战，一个民族任何时候都需要有不断开拓创新的精神，自强不息、顽强拼搏才能在世界永远立于不败之地！青年人要有探险精神，需要有一种勇于开拓进取的精神，挑战自然和挑战自我。在社会生活中，我们每个人都应具备麦哲伦这种遇到困难挫折迎难而上的精神，因为这种精神，传承的是中华民族的浩然正气！因为这种精神，让我们的生活迎来阳光灿烂的曙光！

面对人生，我们应以大海般的胸怀热爱人生，热爱生活；面对生活，我们既要有"滴水穿石"的精神，又要有"三顾茅庐"的真诚，振奋麦哲伦勇于探险的精神，挑战自我，磨砺人生！让生命之舟扬帆远航，放飞梦想，穿越在岁月的河流里，就像走在一条曲曲折折的花径途中，"山重水复疑无路，柳暗花明又一村"，别样的人生，别样的风景！

池塘，一片芦苇的呻吟

这一方自然的池塘，存在于城郊地带一个村落与另一村落的地界之间。池塘面积不大，方圆不过一亩半。池塘的周围是一片肥沃的土地，生长着四季的庄稼、蔬菜、瓜果。春种秋收，夏播冬藏，土地从来不闲着，池塘从来不闲着。四季池塘的美与颜色的变化，蕴藏着润眼的生机景象。

我是无意间发现这方池塘的。几年前的一个春日，我从钢筋水泥高楼夹击着的城里搬迁到城郊居住，小院有株樱花树，花开烂漫，温馨宜人。家养的小狗刚过满月，机灵可爱，逗人欢喜。这只小狗，是妻子从打工的印刷厂老板家养的一窝小狗中领回来的。妻子喜爱这只深棕色的小狼狗，起名"莹莹"。春去夏来，草木旺盛。田野庄稼疯长，密密匝匝的玉米林撑起一片"青纱帐"，蔚然气象。小狗伴随着夏天的到来，长大了，见识了外面的世界，与院墙外的那些狗们有了直接的接触，混得熟悉了。夏热，空气沉闷。出门游逛的小狗迟迟不归，急煞人也！我穿过一片青翠的玉米林，去寻找不归的小狗。

离我居住地二里开外的村落地界，竟然有这么一方震慑心灵的池塘！池塘边细密的芦苇亲密地挤在一起，细长的叶子，翠色欲滴，池水也是绿莹莹的诱人。小狗就在芦苇丛边喝水，小心翼翼，两只前爪撑着池塘边的芦苇，摇着尾巴不停地在喝水。看见我到来的那一刻，小狗狂奔我的脚下，其他的几只狗远离了池塘。小狗在我身边喘气，吐着润红的舌头。我静静地蹲下身来，生怕惊扰了这一方宁静的池塘。这一方清凌凌的池塘，周边生长着一丛丛茂盛的芦苇，手指粗的芦苇秆呈现青绿色，一片片苇叶在微风中摇曳。池塘清亮，有鱼虾游荡，自然自在。池塘四周是玉米林，长得多半人高了，正好遮挡住了外面的视野。池塘远处，有噪音的蝉鸣在叫，一阵接着一阵。

午后的太阳炎热，偶尔的几片云朵遮住了烈日，地面移动着阴影。我从池塘里看到云朵的影子，天蓝云淡，浮云飘悠。太阳在池塘中慢慢西斜，虽则火热的日头，此时我却感觉不到。池塘边有微风在动，池塘里的太阳光不刺眼，好像一幅小学生学画的太阳图画，是一幅不规则的图画。一不小心，几条小鱼抖动了池塘中的画面，那一轮火红的太阳随之抖动歪斜。看着看着，一溜黑云过来了，全遮住了太阳。潜意识告诉我，"夏日的天孩子的脸"说变就变。黑云越来越多，几乎看不到池塘中的影像。池塘边转悠的小狗已等待得不耐烦了，"汪汪"叫了几声，吓得池塘中的鱼虾躲进了水草里。眼看要下雨了，小狗在我前边穿梭，我紧跟着小狗，又穿过一片玉米林，返回。

无意间发现的这方池塘，就成了我闲暇游玩的好去处。小狗常去，寻找也方便。一方小小的池塘，竟给我的生活带来了无穷的慰藉和满足。

夏日的池塘，午夜时分，蛙鸣声声入耳来。一场夏雨过后，池塘积满了污水，也挤满了蛙鸣。

夏夜闷热，难以入眠。出门散步，不远，绕过一片青纱帐，顺着一条踏出的小路行走，听得见玉米叶子白日卷曲后午夜慢慢舒展的声响，偶尔不在意也会划伤皮肤，滋啦啦地痛。走近池塘，老远听见蛙声一片，此起彼伏，很是惊喜。那阵势愈接近愈强烈，好像有位娴熟的指挥家在引领，曲调激昂浑厚，节奏强烈。忽然，戛然而止，一片静谧。原来我的脚步声，随着蛙声踏出了韵律。异样的声响，引起了蛙的警觉。蛙鸣静止，我心沸腾。呼吸感觉急促，不得不蹲下身来，静坐池塘边。看池塘上空的一轮半月，想象月宫的事儿。片刻寂静，又听蛙鸣。先一声蛙鸣试探，接着又是一声蛙鸣，于是乎，瞬间响起了合唱队，歌声嘹亮，整齐如一，无与伦比……

在这一方池塘的夏夜，我独享一场音乐会，一次难得的专场演出。这样的时光，是不能带来小狗的，它会搅乱美妙的场景，使人扫兴而归。一次小狗尾随于我，正当蛙鸣之时，小狗"汪汪"，蛙鸣顿绝。

蛙鸣是乡村夏夜的唯一标志。远处的一两声蛙鸣，打破了乡村的宁静。在乡村，生下来的娃娃最初接触的声音除了鸡鸣狗吠，就是鸟叫蛙鸣。从小耳闻目染，山里的孩子机灵聪慧，嗓门大声音响。尤其是女孩子，笑起来咯咯不停，说话声音脆响。夏夜，乡村的蛙鸣随处可以听见，近似天籁般的声音。哪里有蛙鸣，哪里就有人家村落。村民在蛙鸣中酣睡，梦语香甜……居于高楼林立的城市，难有喘息的机会，哪里还能听到蛙鸣？不说也罢。

秋日，池塘边多有色彩。蚂蚱在池塘边舞蹈，蚯蚓在池泥里伸缩，蝴蝶在池塘草花上翩跹，水鸟在塘苇中穿梭，还有我的小狗"莹莹"在池塘边嗅嗅，池塘给人以无边的遐想……这是午后，斜阳映照，光影斑驳。池塘中的影像，有太阳、云朵、水鸟、小狗，扑棱棱的水鸟穿过池塘水面，波光粼粼，池塘中的所有影像歪曲失真，多姿多态。只是一会儿的工夫，水面平静，复归原有的镜像。

站在池塘边，任秋风吹拂我的衣衫，任池水过滤我疲惫的心绪。水鸟扶摇于芦苇丛中，挺拔的芦苇枝叶发黄，茎秆坚硬。一阵秋风掠过，苇花飘飞，白絮绵绵，拂过我的额头，酥酥的有点麻木，不由心颤。听见山坡那边的山鸡鸣叫，小狗直奔山坡而去。秋阳下的池塘，光彩夺目。秋风中的玉米叶子飒飒声响，成熟的玉米个个颗粒饱满，撑开苞叶露出了笑脸。藤蔓上的串串大豆不时发出响声，黄叶遍地。该是收割的季节了，池塘将有机会露脸。

秋收过后，田野赤裸，池塘凸显，一丛丛芦苇直立在池塘边，随风飘摇，独占一方风景。

秋风萧索，寒冬来临。冰冻的池塘，残余的芦苇枯枝露出尖尖角儿，被冰凌缠裹。斜阳的余晖下闪烁刺眼的亮光。结冰的池塘，看不见春夏秋季的影像了。一方池塘，洁白无瑕。我在池塘边转悠，无所收获。小狗在池塘边嗅嗅，用红润的舌头舔结冰的芦苇冰棍，嗅觉冬天隐藏的那些它猜不透的秘密。

雪落池塘，只看见一片低洼。很少有人踩过，雪落得很厚。找不见池塘的边沿，唯一标识的是一棵挺拔的杨树。夏日，我和小狗曾在树阴下歇息。我背靠杨树看书，读《瓦尔登湖》，眼前的池水就好像一方静静的湖水，宁静且悦目。微风拂面而来，书读困了，似乎在睡梦中笑出声来，小狗"汪汪"，梦醒。

烟霞中的池塘固然可爱，落雪中的池塘孕育着生机。寒冬终将过去，暖春随风而来。冰雪融化，池塘裸露。从南方归来的燕子，轻快地掠过池塘上空，落入百姓院中，檐下筑巢。

春风中的池塘，一片烟柳气象。芦苇露出嫩绿的尖尖，一日一个样子，蓬勃生长。池塘里的水清湛透亮，小狗也去池塘边探春，免不了喝口池塘里的水，美滋滋地摇头，晃动卷曲的尾巴……

去年开春，无事，我又去了池塘。那里围着一堆人，好像是看热闹。远远的我猜想，是不是小孩子或大人不小心掉进了池塘水中，不知怎样？胡乱地想着已走近了人群，原来是一把巨大的铁手在填充池塘。挖掘机在池塘上空来回旋转，我的心在澎湃在激荡，好像痉挛似的身不由己。我差点儿喊出声来，"啊"的一声叹息，周围的几个人转过身来，看看我无语，翻白眼，弄得我难堪。理智控制住了我的情绪，也没有做出傻事来。

我看见冬日残余的一片片芦苇倒下，似乎听得见一片片芦苇在痛苦地颤抖，发出凄楚的呻吟；我看见池塘中的鱼虾从水面溢出来，一些好奇的孩子在那里用手抓鱼。我从地上捡起一个塑料袋子，不顾旁人见笑，像那几个孩子一样抓来条条活蹦乱跳的小鱼，放进塑料袋子中。此时，挖掘机铁手已伸向我和几个孩子身边，城管人员大声嚷嚷离开。无奈，还有不少小鱼和小虾掩埋在铁手倒下的泥沙中了，只有惋惜、长叹！一位熟悉的朋友看着我好笑，拧开他手中的一瓶矿泉水倒进我的塑料袋中。小鱼在有限的空间里游荡开来，我对朋友点头、笑笑，轻轻地将袋子撑开，透透空气。由于激动，竟忘记了小狗的尾随。回头看时，小狗竟在池塘边的那棵未放倒的杨树根嗅来嗅去，是在嗅自己留下的味觉记号，还是寻找失去的那种美好的感觉？或许都是，或许都不是？小狗自己晓得。我呼唤小狗"莹莹"，一些人在看我。小狗尾随着我走，我顾不得这些了，什么脸面、个人形象，统统丢之脑后。匆匆进了我的小院，将袋子中的小鱼放进院里宽敞的鱼池中，让它们和十几条金鱼一起生活，也算是对自我心灵的一时安慰。一周多天我的心情不好，总是烦躁，不由自己。我知道自己心痛在哪里，但我无能为力。那一方可爱的池塘，竟然在我的眼前悄然消失了。

从春到夏，我没有去过填平了的池塘那地方，我怕回味那些逝去的日子。记得法国思想家帕斯卡尔说过，"人只不过是一根芦苇，是自然界最脆弱的东西；但他是一根会思想的芦苇。"芦苇是平凡的、脆弱的，它缺少智慧与灵性，自然生长，随风飘摇。但会思想的芦苇正说明了人具有主观能动性，人有自己的主见、思想，人是最有智慧的生灵。面对自然界的芦苇被践踏和毁灭，人这根会思想的芦苇又做何解释呢？人在大自然面前是多么的渺小！

又是秋阳的午后，我出门散步，遛狗。顺河边路行走，一不小心，小狗远离了我，村前村后找不见。我想，小狗是不是去了那里？本不想去的地方还得去。一年后的今天，开发商将池塘填平后盖成了商品房，楼前是休闲小广场，城郊附近的人午后常来游玩，观夜景。

小狗果然在那里，顺着场地转圈圈。嗅嗅这里，嗅嗅那里。已填平的原池塘的西边修成了假山，池中有水，红色的小鱼在游。坐在假山旁的大人们在说笑，小孩子在假山旁追逐玩耍。小狗看见了我，一抬头扑进我的怀里，眼里却含着泪花。我抚摸小狗的头部，也坐在假山旁的石凳上，小狗卧在我的双腿上，静静地望着眼前的高楼、假山，怔怔地发呆，到底在想什么？我猜不透。

也许，小狗忘不了清湛的池塘水中波动的影像——太阳、云朵和飞鸟，还有倒影的芦苇和它自己……

也是这样的秋天，红彤彤的太阳照耀在池塘上空，芦苇随风飘荡。

爬满青藤的阳台

　　我所住的家属楼对面有家邻居，前两年在原有两层楼上又加修一层盖上了瓦屋顶，这样邻居的屋顶正好对着我那五层楼的阳台。邻居屋檐与我的阳台仅隔五尺盈余的空间，遮挡了我的半边阳台，也影响了我望远的视线，一时使人深感不悦。事已如此，还是邻居。

　　阳春三月天，我照旧站在阳台上望天空，给我心爱的几盆花草浇水。不经意间透过半边空出的阳台朝邻居山墙那边望去，令人欣喜的是一株绿盈盈的爬山虎顺着邻居的山墙往上长着，那嫩黄色的叶尖在阳光的照耀下愈显得清亮而富有生机！我望着那繁密的枝叶，那勃发着生命活力的绿色，感觉到一种喜悦！我忘记了以往困倦的时候站在阳台上许多不快的记忆。

　　闲暇时间，我快活地站在阳台上看那爬山虎。这样，过了一个月、两个月，我看着它不断地朝山墙顶端攀缘，那种留恋于爬山虎绿色的欲望油然而生！于是，我开始了解有关爬山虎的知识，这种落叶藤本植物，叶子互生，叶柄细长，花浅绿色。结浆果，球形。茎上有卷须，能附着在岩石或墙壁上。我惊异于爬山虎的伟大，同时我也想象出爬山运动员攀登陡峭山崖的艰辛，这种不畏艰难向上攀登的精神，不也同这爬山虎的攀缘生长有着异曲同工之美吗？不过，人在自然中生长，人有思想精神力量的支配而勇往直前，那爬山虎是不是也有思想意识呢？！

　　我天天站在阳台上望着爬山虎的生长。看它怎样伸开柔软的卷须，攀住山墙上的水泥墙壁；看它怎样舒展开那嫩叶儿，由嫩黄变青，渐渐

146

变成秋末的黄叶，我盼着它快点往上长，长得茂绿。下雨的时候，我望着那淅沥的雨声打落在叶脉上，也打动在我的心上，风吹过的那一瞬间，那枝叶婆娑的摆舞，亦是让人心动。严冬来临，雪花飘舞，北风吹过，爬山虎的叶子随风飘落，但它那攀附在山墙上水泥缝隙间的藤枝依旧，任寒风飕飕，任雪花纷纷……

　　冬去春来，一年时间过去了，那山墙上一茎枯枝又冒出了嫩芽儿，绿的枝条绿的枝叶依旧伸长，依旧攀缘，依旧舒展，并且比去年长得更快。我好奇地发现爬山虎翻过山墙顶，顺着邻居瓦屋顶朝着我的阳台方向攀缘生长。于是，我忽生一种私念，用一竹竿搭桥，让竹竿的一头对着邻居瓦屋上爬山虎嫩芽尖，仅五尺盈余之隔，便让绿色和阳台接近，也和我接近。我要借这竹竿装饰我阳台的绿意，美化我阳台的自然景观。

　　这样，过了个把月我发现那爬山虎的嫩芽儿顺着竹竿生长过来了，我为之快乐，也将这一奇迹告诉给家人，告诉给我的朋友，让他们也站在阳台前观赏绿色，分享快乐！

　　又过了几个月，那爬山虎绿的枝条已伸到我的阳台上，攀缘在我阳台的花架上，绿色映在我的窗前。我每天都要近观那嫩芽儿，甚至于一枝细叶，一茎卷须，我都对它倍加爱抚，倾注着善意。阳光斜射过我那爬满青藤的阳台，也照在爬山虎那清亮的绿叶上。我望着这窗前的绿影，它给我以超越任何的喜悦，促我以丰富的生命力的想象。于是，伏案书屋中潜心读古人的书读今人的书……

　　我得益于邻居那株爬山虎，它不仅给我以美的眼福，而且促我以智的省悟。绿是自然的颜色，人是在自然中生长的。因而，人的心灵是需要绿色来丰富滋养的，才能显得那样的婆娑，那样的繁茂！

珍藏的那片新绿

　　冬麦返青的时候，心头陡然升起了珍藏许久的那片新绿——那盈注着生命活力的绿意来。

　　那是上个世纪的七十年代末，我被组织分配在边远山村的一所乡村小学任教，接待我的是乡政府（那时叫人民公社）教干王老师，这个四十开外的中年人，热情好客，极善于与人交谈，他指着地图给我讲了全乡十多所小学的地理位置，每所小学的基本情况，哪所小学哪位老师擅长爱好他都牢记在心，我对他所讲情况十分感兴趣，有如此引领我走上教育岗位的人指导，我深感十分荣幸。随后，乡教育专干王老师带我步行十多里的山路，翻越了一座小山岭来到了一个叫白楼沟的小学任教。我环顾那窄得能夹破头的山沟，极力寻找乡教育专干所讲那学校优美的环境，淳朴的民风民俗特征，这些皆让我失望。好在那条文峪河从学校门前缓缓流过，汩汩流淌的小河给这宁静的乡村小学增添了美妙的乐章！

　　这所乡村小学地处文峪河畔，村子不大，仅三户人家，那陈旧的土木结构的瓦房，屋顶瓦上尽显的是葱郁的青苔，多年未曾清除。当天下午，我便被学校校长纪老师叫到了他的办公室，这个宿办合一的校长室，比起我那间办公室差不了多少，唯一不同的是那墙壁上贴满了五十年代以来二十多年间纪校长多次受县、市以上人民政府表彰的奖状。我好奇地端详了一番，纪校长看出了我的心思，便数家常地给我认真做了讲解，听得我云里雾里的。最后，纪校长给我说了一句至今令我难忘的话，"你

148

是人民公社派来的第八位老师，希望你安心任教。"随后我才得知，前边派任的七位老师都因条件差、生活艰苦相继不到一学期便走了。于是，我暗下决心绝不走前边老师的路。

在我任教的这所乡村小学，除了纪校长之外还有一位女老师，他俩都是本地人，每当星期天，校园里就留下我一人了。起初，给我做饭的是校长纪老师，他做的第一顿饭是葱花拌汤，那绿盈盈的葱花，那夹杂在其间的绿野菜，让我吃得很香，至今想起来如在眼前。此后的日子里，纪校长和那位女老师轮流做饭，这样的日子持续一段时间使我觉得不好意思。于是，便请求他们二位指导我做饭，我做的第一顿饭虽然烧糊了，但心里总是乐滋滋的……

校园里有一片空地，我们便种上一些小麦、玉米和蔬菜，这样春夏秋冬四季我们所吃的菜没有从四十里开外的街市购买，我们收获的粮食补贴了日常的生活。冬日里腌咸菜、酸菜，自然是那个时候纪校长教给我的一手绝活。那时，我们三个人要数我最幼稚，第一次上讲台是纪校长给我示范的古诗《春晓》，第一次钉扣子是那位女老师教我的，第一次种蔬菜分不清出土的幼苗哪个是韭菜哪个是麦苗，第一次去远离学校八十多里的古城书店背课本翻山梁尖石子划破了脚……哦，第一次的人生，人生的第一次，我从那所乡村小学学到了不少的知识呢！

每遇星期天，校园里便成了我一个人的天下，我读书看报写文章，记录我对人生的幼稚思考。困了的时候，我便走向校园里那片绿地，看着麦苗儿一天天长大，望着蔬菜一畦成熟，除草施肥，疏松土壤。最使我乐意的是那绿地东边向阳的地方，纪校长托人从山外边弄来了一些花籽，种上了指甲花、鸡冠花、百日菊、牵牛花等花草，给远离城市的乡村小学点缀了一道亮丽的风景。这样，我便利用空闲时间，给花草浇水、施肥，插木棍搭花架，种花养花，乐在其中……

冬去春来，四季更替。不知不觉我已在那所乡村小学任教八年，纪校长送我上师范的那天，背着我的行李步行了二十余里，当我告别纪校长的那一瞬间，不由得眼眶里溢满泪花……这是我从教八年来的第一次落泪呀！我无话可说，挥挥手，告别！

近日，我收到了远离那所乡村小学二百多里的纪校长的来信，他告诉我已办理了退休手续，但他还思念起我们三个人从教和睦相处的那段日子，特别是那片绿地，那片充满生命活力的绿地，那绿地上蓬勃生长的一片绿色……

手捧纪校长的信函，我的眼前仿佛又出现了那所乡村小学，那位四十开外的黑油油头发的充满活力、充满人情味的纪校长，还有那片我们三个人一起耕种的绿莹莹的绿草地，还有心头永远珍藏的那片新绿……

阳台笔记

1

阳台，正好位于南窗，日光辐射下的阳台，愈发显得暖阳而清俊。

闲日，手握一把小铲子，松土、育苗，适时浇水，不久花苗出土。小小的花苗着实可爱，笑盈盈地面对下班归来的我，疲惫的心情一下子舒坦了，隔三差五地侍弄起花花草草来，别有一番情趣在心头。倒是时间过得真快，转眼间枝叶茂盛，开出一朵朵鲜嫩的花儿，招引来嗡嗡的蜜蜂盘旋其中。阳光、花香，蜜蜂穿梭，使得清净的阳台热闹起来，它们热闹我也热闹，不妨趁机手握数码相机摄影，一张一张地闪烁，流动的画面，清晰的线条，快速地储存在相机里，储存在春夏的时光里。偶尔打开相机，看看、笑笑，性情活跃，展纸案上，挥洒一张涂鸦的画或一幅字，悬挂书房，自赏，不亦乐乎？

窗外，一棵高大的杨树，枝杈上一窝鸟巢，正好斜对着阳台。下班，一边赏花，一边听鸟巢那边的秘密，猜想鸟语，花香入鼻，鸟语入耳，自自在在，无所顾忌！

2

阳光清淡地洒在阳台上，清风徐徐，夹带着郁金香的淡香，蓄满我的周身。

搬来一把竹椅，沏一杯清茶，或看书或读报，心静神闲，任尔自由。阳光洒在额头上，随便拿一本书翻翻，似读非读。一会儿闭目遐想，一会儿欣闻书香；抬头望天，一只叼着树枝的鸟飞向窗外的鸟巢，搭建巢窝，又续建一层楼，一个温馨的用来孕育与呵护生命的"巢"。忽然想起京城燃烧奥运圣火的"鸟巢"，着实让人兴奋不已！使其心灵受到强烈的震撼！那网络状的结构，就像树枝编织的鸟巢……

翻阅身边的"书巢"，又增添不少新书，张中行的《补学集》，吴佳俊的《院墙》，雪松的《穿堂风》，黄海的《黄石手稿》，张生全的《变形词》，张大根的《捡漏》……闲时翻阅，也不负阳台这一米阳光的青睐。心怀一米阳光，手捧一本新书，呼吸一束花香，聆听一声鸟鸣，读春花，流离烂漫；读夏风，清爽习习；读秋日，含情脉脉；读冬雪，静静思索……

3

一阵突如其来的夜雨纷纷落下，一树白玉兰花瓣坠落。受损的玉兰树把花瓣洒落一地，如天女撒花一般。洁净的白玉兰花守护着自身的尊严，从孕育到含苞欲放，从经受日光的普照到花瓣的徐徐张开，一树灿烂，一树花香，给人们带来润眼的光环。可惜，一夜遇袭，花落一地。

雨停，清静的晨曦。一群小学生路过，看到一地洁白的花瓣，静静地躬下身来，小小的手捧起那玉洁的花瓣，贴近鼻孔闻闻，"好香哟！洁白的玉兰花。"不知是哪位同学起先说的？大家都为手中的花瓣叫好，欣闻花香。站在阳台观望的我不由心动，可爱之物人皆爱之，无论年纪大小，身价高低，概莫例外？

阳光透出来，玉兰树醒过来，伸展腰肢，抖擞精神，吸收阳光的普照，蓄积锐气！

落地的花瓣蔫蔫地蜷缩，被小学生聚集在树根，用自身的圣洁呵护母树，可敬可贺！

4

一只麻雀误入阳台，为的是撒落在阳台内的几粒米花，从有空隙的阳台玻璃上方钻进，不知费了多少心机？才达到一个目的。

下班归来，看到一只麻雀栖息在花架上，心情自然快活。哪知刚接近鸟儿，扑棱棱乱飞，把明晃晃的玻璃当成一片天地，飞不出去抖落一身羽毛，静静地落在墙角，我真后悔而自责，不该干扰鸟儿的自由。于是，打开窗户留着飞出的空间，给阳台内外有意撒落米花，让其啄食。

几天过去，米花减少，窗户依旧开着，那只麻雀好像不再那么惧怕人的到来与接近，依旧出落自由，穿梭于阳台这方小小的天地。我出入于阳台，鸟儿似乎未曾看到，依然我行我素。我很感激鸟儿的到来，给冬日这方清冷的阳台带来生机与活力。

雪花飘落，阳台外积满一层厚厚的雪。玻璃窗上显示着斑驳的图案，形态万千。出入阳台的麻雀，好胜地到处书写，小小的"人"字涂画着这个蓄意春日到来的冬天。

秋恋红叶（外五章）

　　我喜欢在深秋里爬山，最爱看家乡秦岭南麓满山遍野的红叶。

　　秋来，秦岭腹地的山山岭岭显得格外活跃，红艳似火的红叶装扮了秋山，也醉了游人。远远望去，会误以为是飘落的花瓣，走近看才辨清是椭圆的片片红叶，那样神奇，那样富有活力和灵性，让人不由心怀敬意地接近而崇拜，以至于为它独具的魅力所惊叹、折服。

　　正是秋意渐浓时节，相约几位朋友去爬家乡最高的山，去看最美的红叶，实为惬意的事。站立山根，仰望高耸的山岭，太阳从山那边升起，万道霞光把眼前的山梁染得一片通红，红装素裹，分外妖娆，秋山如此多娇！

　　行进在深山里，山路弯弯，峰回路转，渐渐深入大山的腹地，秦岭秋景图向我们渐次展开。一泓溪流，一脉青山，一树红叶，一枝野花，都能点燃我们热情而急切的目光。离开人声鼎沸的城市，大家都有一缕难以抑制的兴奋在心头雀跃。呐喊着、呼叫着爬坡，阳光照耀在我们的身上，一时驱赶了深山里的凉风寒意，使人心头火热起来。我们倍感精力充沛，一鼓劲地往山顶上爬，漫山红叶的壮美景色映入眼帘。突然，空中掠过几声鸟鸣，让人心境舒朗，豪情勃发，喜悦之情难以言表……

　　秋天，成熟的果实丰满着醉意的秋山，穿行在密林深处，山葡萄、野栗子、五味子……原汁原味、清香扑鼻。带一身野香，披一身彩装，爬坡在山间，身旁密密麻麻的叶子上燃烧着阳光，鲜红似血，一片红叶一片生命的活力，在跳跃、在展示……

太阳当空照了，我正在一片红叶的包围中享受着温柔。铺天盖地的红叶装扮着山野，多情而热烈，缠绵而绝美！太阳光直射时，满山的红叶瞬间火红起来，亮丽起来，生机勃发，含汁欲滴，红彤彤地撩拨人的心，热血在澎湃！五角枫红叶，黄蜡木红叶，银杏红叶，满天星红叶，野葡萄红叶，还有漫山遍野叫不上名字的灿烂红叶，既像燃烧的火焰，又像熊熊燃烧的火炬，满目耀眼，气象万千。此时，站在山顶四周瞭望，或远或近的一片片惊艳的红叶，似一团剥剥燃烧的火焰在眼前晃动，让人联想起小时候看电影《闪闪的红星》里一个动人的画面：满山鲜艳的映山红傲然绽放，冬子欣喜万分地扑进爸爸的怀抱。那真是一个令人叫绝的美丽画面，至今令人难忘。居住在城里，秋来闲暇，总爱站在阳台上看邻居山墙那边的红叶。那是贴在一面墙壁上的爬山虎的叶子全红了，在秋风里闪动着薄得如蝉羽般的叶子，红彤彤亮晶晶地摇曳着，十分诱人！被阳光辐射下的红叶生机勃勃，不由使人驻足默想，久久观赏……或许工作中的烦恼，也就在这静观的间隙而忘忧，一时兴致大增，欣欣然去工作。读中学时，语文老师有声有色地朗读杨朔的美文《香山红叶》，我常常为作者笔下诗意的香山所倾倒，浮想联翩。"满眼都是，半黄半红的，倒还有意思。""要是红透了，那颜色该有多浓。""越到老秋，越红得可爱。"虽然，那时我对作者笔下富有哲理的话语所潜在的寓意理解不深，却记住了"香山红叶是北京最浓最浓的秋色"。

看眼前远远近近的红叶，虽说未到"老秋"，"可爱"却是富有的。近观，热烈，体验的是一种美好的心境；远眺，壮丽，体验的是一种浩大的阵势。单就这"阵势"而言，生长着红叶的树，地理位置不同，其"阵势"显得各有风姿。长在肥沃的山洼里，显得集聚、富有而热烈；长在贫瘠的山崖上，显得突兀、奔腾而翱翔；长在高高的山顶头，显得耀眼、绯红而旌旗。还有那生长在整个山上的红叶树林，其"阵势"红似海洋，波翻浪涌。

秋山红叶，象征着奔放的生命力的灿烂，它给人的感受，用"醉意"

来形容丝毫也不过分。于是，我们都醉了，醉在秋风里，也醉在秦岭秋山红叶里。在山顶，我们不时地调整摄影镜头，把醉人的秋山红叶录入镜头里，也录入我们的心中。恰在此时，太阳照透云层，给秦岭脚下的连绵山岭披上一道金光，满山满坡云雾飘荡，光彩奇幻，映衬得满山红叶更是云蒸霞蔚，美不胜收。

在城市寄居久了，容易使人产生一种无畏的厌倦，当我们走进"霜叶红于二月花"的深秋，秋山红叶如火如荼，"万山红遍，层林尽染"，过滤数日，悠悠然恍若隔世。我们返回城市时，不仅带回大山绿色的梦境，也带回秋山红叶的热烈，带回精神上的振奋，焕发工作中的生机！

啊！秋山红叶，独具迷人的韵致。

柳笛

春天，是一个美好而温情的季节。

当春风将条条细细的柳枝染绿的时候，我心中的情丝也如这柳枝一样开始萌芽……

在乡下，处处都露出春的生机。杨柳随风飘出烟一般的飞絮，让你感觉得到周围的一切都在飘忽、弥漫。

在我们村子的前方，依恋着一条弯弯窄窄的小河，沿河两岸都栽着柳树，每年清明节前后，泛着微波的河水，倒映着随风飘摆的嫩绿的柳枝，一漾一漾的，雪白的柳絮轻轻地划落在水面上，顺着风，随着水纹，慢慢地向远方漂划过去。

这，也算是我们村的一个风景了。

我的童年便是在这片风景里度过的。那时，和我一样的孩子对于柳笛的痴情不亚于今天孩子迷恋上网一样，村头哑巴爷爷做的柳笛曾经给我的童年带来了无穷的乐趣。

哑巴爷爷是我们村东头的"五保户"，人缘挺好，专爱与我们这些"毛头孩子"接近。每当柳枝泛着新绿，我就会和村里的小伙伴一起折柳枝做柳笛。我们一溜风地拿着从小河边折来的柳枝往哑巴爷爷的低矮小屋跑，不大的围墙脱落的小院里，哑巴爷爷笑嘻嘻地拿着柳条用手势眼神给我们指指点点，故意朝着我们"卖关子"，我们笑着乐着，会意地点头叫好，哑巴爷爷很高兴。只见他用手指轻轻转动刚发芽的枝条，使树皮和内枝松动，让外皮与枝干分离不破损，然后抽出洁白的枝干，这样就有了一条形为管子状的树皮了，再剪齐两头，刮去一头外面的一层薄皮，这样柳笛就做成了，噙在嘴里一吹，便能发出悠扬的笛声。童年的我和我的伙伴得力于哑巴爷爷的指教，没有人不会做柳笛的。可哑巴爷爷做的柳笛，声音更好听，他知道该用多粗的枝条，多长的管子，刮去多少外皮做出的柳笛吹出的声音才好听。有时，他还会做成一个长长的柳笛，中间剪上几个小孔，吹的时候用手指不断地捂按，这样便能发出更为悠扬的声音了，甚至能吹出比竹笛更为婉转、更为悠扬的曲调来。这样精致的柳笛，哑巴爷爷总会奖励给村中时常乐于帮他做事的孩子，我也曾得到过这样的美事，乐得夜里睡不好觉。

哑巴爷爷很爱我，他平时很孤单、很寂寞，总是一个人在小院里转悠，虽则村里把他当"五保户"，吃穿不用愁。可他依然闲不住，房前屋后的零星小片土地，种上这样那样的蔬菜，平日里自己吃不了就送给东家西家的，从他那布满笑意的脸上可以看出他心情的美好和快乐。哑巴爷爷爱我，当然会给我做出最好的柳笛，这让我在小伙伴们面前，显得非常神气，赚足了面子。一支小小的柳笛，让我的童年充满了自豪感，赢得了小伙伴们的赞誉，满足了当时童年的虚荣心。可是当我逐渐明白一些道理时，哑巴爷爷却去了，永远的去了。

那年春天，我上小学五年级的时候，哑巴爷爷得了重病，几十天不起床，村里的大人小孩都去看他，争着给他做好吃的，渐渐地哑巴爷爷的病情减轻了，逐渐恢复了往日的笑容。那天，我随母亲去看哑巴爷爷，随身带来从小河边折的最好的柳条，坐在哑巴爷爷床前，我用随身带的小刀，自制了一支柳笛，噙在嘴里，吹了一阵哑巴爷爷最爱听的《洪湖水浪打浪》的歌曲，听得哑巴爷爷前俯后仰的，弄得满屋子的人都笑了……

那年冬天，哑巴爷爷没有熬过寒冷的侵袭，带着期盼春天到来的目光离去了，村里人含着泪水送别他到天堂去，我和村里的小伙伴拣最好的柳枝插在哑巴爷爷的坟前，四周静得没有一点声音。春天哪里去了？春风呢？蓬勃的绿、姹紫嫣红哪里去了？我梦魂牵绕的柳笛呢？没有人告诉我。

以后许多年，我一直在外地求学、工作。随着日子的奔波，一天天长大了，也一天天成熟了。虽为着要有所作为，看了一些鼓舞人心的书；为着生活的忙碌，听了一些鼓舞人心的话，却都因了那满脑飘飞的柳絮有所模糊。每当春来夜静时，那熟悉的笛声随雨夜的微风慢慢飘进屋里，清亮的曲调冲散了满屋的孤寂。我不由得快步走到窗前，似乎带着温暖与柔情的笛声从那逝去的岁月中飘来又执着地叩响我紧闭的心扉……

又是阳春天气，柳叶已经翻新。我漫步在洛河长长的柳堤上。手机铃声响了，美妙的音乐声传来，真好听！朋友送我《柳笛》的歌曲，"柳枝长啊柳枝密，春风晾得柳树绿，不知你忘记没忘记，你曾为我做柳笛。树上的鸟儿随我唱，田里的水牛听入了迷，你记得我，我也记得你……你教我吹家乡的曲。"

哦，柳笛！又清又脆的笛音。

一把铜茶壶

这是一把古铜色的铜茶壶，至今已有好些年代了，据爷爷在世时说是祖上留传下来的，距今何年已无法考证。不过，那经母亲时常打扫灰尘之后的铜茶壶，越发显得古铜古色、泽润鲜亮，使人亦闻飘逸的茶香。

　　小时候，我常常蹲在爷爷的旁边，看爷爷怎样烧茶、品茶。爷爷将一个带有三个支撑架的铁架子放在燃烧的柴火堆上，架稳后将铜茶壶放在火架上烧那壶水，待壶内水烧开后，爷爷便将砖头似的茶块掰碎放入壶中，然后放入一些白砂糖，再用筷子在壶中搅拌使其均匀。水烧开两遍后，爷爷将火势降至微火，令其自由烧至半个钟头。这时，爷爷伸起腰来微笑地站着，一手提着茶壶把，一手哼着那让我儿时叫不上名的小曲，再将他那心爱的景德镇瓷茶杯放在小茶几上，倒上满杯茶，那清澈明亮的茶汤，那沁人心脾的茶香，真让人口馋。爷爷端起一满杯茶自饮自品着，一杯茶喝尽，便微闭着眼睛，哼起了秦腔。我自然端的是爷爷倒的未满的那杯茶，也学着爷爷的架势端起茶杯边喝边品起茶味来，自觉清新爽目，雅致自然。当爷爷唱了前半句秦腔，我自然也学起后半句来，常逗得爷爷也乐起来，用他那把搔痒的长老虎，打我的屁股。

　　记忆中有一次和爷爷一起喝茶，喝到兴致时，爷爷又要打我的屁股。我灵机一动，绕着爷爷的身后转圈圈，逗得爷爷乐哈哈……也转起圈圈来。我跑着乐着，一不小心摔倒在地上，摔破了爷爷那心爱的刻有飞蝶、舞燕的瓷茶杯。虽然，那时爷爷没有发脾气、打我的屁股，但至今每当我看到经爷爷修补后的茶杯，不由想起爷爷来，心里十分内疚，为什么爷爷那时不打我一下呢？自从摔破了茶杯后，好几天我不再去爷爷那儿喝茶，不再去听爷爷那粗壮的秦腔声。但最终经不住爷爷烧茶壶里飘出来的茶香的诱惑，又喝那绿茶、红茶，观那茶色，品那茶香……

　　这是一把古铜色的铜茶壶，伴随着爷爷的一生。因为这是祖上留传下来的唯一心爱之物，爷爷不论走到哪里，这把茶壶也就带到哪里，烧茶、喝茶、品茶是爷爷一生最大的乐趣。村里无论年龄大小，辈份高低，总爱到爷爷那儿坐坐，大人们想喝爷爷那铜茶壶里倒出的鲜茶，小孩子们不仅为了喝茶，更是为了听爷爷讲那三国的故事。那时候，没有电视，文化书籍也被封查，像我一样的孩子听爷爷讲故事，便是孩子们的一人乐趣，特别是当爷爷讲聊斋那鬼怪狐狸的故事，常令孩子害怕，不敢回家。不过，第二天又来了听爷爷讲闲话……

爷爷不仅爱喝茶，还做得一手好竹器活。那粗壮的竹子经他手下一拉，"嚓、吱"的一声，便成了粗细均匀的长条儿，经爷爷那巧手编织，便成了竹箩筐、竹簸箕、竹笼、竹筛子……如今，村子里年龄大些的人家，都使用着爷爷编织的竹器家具。爷爷做竹器活时，常常是喝着绿茶、红茶干活的，当编织累了的时候，爷爷便端起茶杯喝上一口，便一时有了精神，手下的细竹条儿也活了起来，争着抢着从爷爷的手下溜过。记得有一次，我看爷爷忙做竹器活，便独自充当起烧茶老板，爷爷知我经常看他烧茶也未多说。于是，我照着爷爷烧茶的程序烧起茶来，不过，我喝爷爷烧的茶总觉有点不过瘾，茶里的白砂糖总是微甜。我烧茶便有意多放了白砂糖，要想给爷爷一个惊喜，让他也夸夸我。当茶烧好后，我将倒满茶的杯子恭恭敬敬地递给爷爷，爷爷放下竹器活儿，端着茶杯品起我为他烧的鲜茶，谁知爷爷一口茶未喝完，便瞪起他那双古铜色的大眼，粗胡子也竖起来了，真怕人！于是，我自己端起茶杯喝起来，真苦呀，味如毒药！

如今，距爷爷去世已有几十个年头了，但这把祖传下来的铜茶壶，仍旧显得那么珍贵；还有那经爷爷亲自栽下的竹子，经风风雨雨越发显得青翠茁壮。我每回一趟老家，都要摸一摸经母亲擦拭过的那把鲜亮的铜茶壶，看一看房前屋后那一片片竹林，不由得吟起郑板桥那"曲曲溶溶漾漾来，穿沙隐竹破莓苔；此间清味谁分得，只合高人入茗杯"的诗句来，则另是一番境界和风趣。

故乡的野菜

久居城里吃腻了白米细面，便越发思念起故乡的野菜来。偶尔妻从菜市场买回乡下人带来的野菜，全家人香喷喷地饱餐一顿，似乎格外地合乎口味，诱人食欲。一连几天里吃别的东西，便觉得不怎么样，令人心里有点烦。因此，品尝那鲜活的野菜的味道常常勾起我对童年生活的回忆，那对野菜的思念之情愈来愈浓——一种特别的偏爱和异样的感情。

记得儿时，每当荒春季节，母亲常常挎着竹篮去田间挖野菜儿。一篮子野菜经母亲清洗干净后，搅拌着尽有的那么一点点玉米面粉，蒸熟后供全家人吃上一顿两顿的，那鲜活清香、美味可口的滋味比海味还要好吃得多呢！为了充饥，凡是能食的野菜儿，母亲都去田间地头把它挖回来，诸如灰条菜、尖刀菜、荠荠菜、野韭菜、马齿苋等等，便成了我们兄妹几个儿时上好的美味佳肴。其实，那时候我是不喜欢吃马齿苋这种野菜的，但母亲总是讲，这些野菜中尤以马齿苋珍贵。按家乡风俗，每年农历七月十五，家家户户都要用它包饺子，说是吃了马齿苋包的饺子，可避瘟疫。马齿苋属一年生草本植物。明代李时珍《本草纲目》有记载："其叶比并如马齿，而性情滑似苋，故名。"其实，马齿苋性味酸寒，具有清热利湿，凉血解毒之功能。民间曾用其捣汁，调白糖服用，以治菌痢，效果极佳。那个年月，我正在距家二里外的小学读书，常常未到放学时间就等着下课铃声响，挎着书包（其实是母亲用零碎布头做的）往回跑，看母亲是否已将饭做好，以填充我那咕咕叫的饥肠。揭开锅后，母亲先给我盛一碗饭，那能数清米粒的碗里飘浮着绿盈盈的野菜，令我吃得挺香呢！我端着饭一口一口地吃着，总是将那绿色的菜叶留下一点，到喝完最后的米汤时一并咽下口去，再美味地享受一番。然后，跟着村里的伙伴高高兴兴地去上学，去读那"人、口、手、鸡、鸭、鹅……"。

为了充饥，母亲除了挖田间的野菜外，随着季节的变化，还常常去山上摘野菜，诸如家乡的葛拉叶、青条叶、五味子叶……等等，也都成了我儿时最喜爱吃的野菜。记得有一次，正值星期天，母亲去山上摘野菜，我便随母亲一同去山上。这是我记忆中第一次登山，心情特别高兴。我和母亲在山林里寻找能吃的野菜，装满了一人筐。带着满筐的山野菜，满怀渴望登高的愿望，我终于爬上了洛河对岸那高高的大圣山顶，远目四瞧，天空是那么的蓝，群山是那么的巍峨，这是我整天处于校园里四周的天空难以想象得到的。我激动，我跳跃！对着起伏的群山呼喊——"我来了！"山那边蕴藏着无穷的秘密令我神往、想象！这一天的真切感受是母亲给予我的，是我人生的第一次收获——登高望远，其乐无穷！此后，语文老师给我们的命题作文是《记一次有意义的远游》，我便记下这次随母亲一起上山摘野菜的真实感受，老师表扬我并且在全班同学面前宣读了我的作文，我的作文本上画下了一道道赞美的红圈……

说起故乡的野菜，不由使人想起故乡的榆钱树上的榆钱、榆钱叶子，还有那槐树枝上一嘟噜一嘟噜的槐花，和着包谷面做的"麦饭"也是我儿时最好的饭食。最忆的是槐花成熟的季节，山崖沟畔，房前屋后的槐花似洁白的一片雪海，天空中飘溢着一股醉人的浓郁花香，嗡嗡嘤嘤的蜜蜂飞舞于槐花丛中，忙忙碌碌采撷着花串串里的蜜汁。那个时节，家乡正值春荒，母亲持一竹夹杆，从槐花树上夹下一嘟噜一嘟噜洁白鲜嫩的槐花瓣儿，择去了叶、枝，拿回家做充饥的饭食。我最喜爱吃的是母亲做的"槐花麦饭"，这是母亲最拿手的槐花的吃法，用水淘净那花瓣儿，放在铺了层蒸布的箅子上，上边洒一层黄亮亮的玉米面粉，用筷子搅拌均匀，放到锅里，搭火烧蒸焖上个把钟头便熟了。揭开锅盖，那浓浓的香气顿时溢满院落，一股馥郁的气息传入心野，浇上辣水蒜水，吃起来别有一番滋味在心头……

啊，故乡的野菜，那是我长大的野菜，无时无刻不勾起我乡情悠悠的童年，那鲜活而美味的野菜哟！

拽猪草

在我洛河北山的故乡，山野里那质朴的透着鲜绿的小草儿，曾染绿过我的童年。

每天放学或星期天，我们这些山里孩子便干起了力所能及的家务活，拽猪草便是孩提时的主要差事。那几个上了小学高年级的大哥大姐自然是三五成群拽猪草的"孩子头"，经他们指点，辨别不同猪草的形状、颜色，记住不同猪草的名称，知道哪些草猪最爱吃。因而，我乐于跟村子里的大哥大姐一同拽猪草。

拽猪草是件快乐的事。从学校里那永远学不完的知识死胡同里解放出来，这是那时山里孩子的最大乐趣。不像今天城里的甚至乡下的孩子，没有下午甚至没有星期天地钻进书袋里，头也抬不起地读那"圣经"，念那乏味难记的英语单词，在沉重的做不完的作业里度日子……那时，山里的孩子大多家庭比较困难，家家户户靠一年养两头猪来维持家庭的经济支出。因此，拽猪草自然是孩子为家庭大人减轻重负的一项应尽义务。

放学后，吃过午饭背上草笼、镰刀，口吹柳笛串家门，喊叫着村子里的小伙伴一起拽猪草，那大叶儿的猪耳朵草，那多年生草本植物蒲公英、芨芨草、荠菜、白蒿、灰条子、青蒿……这些都是猪非常喜欢吃的青草。这些鲜嫩的小草儿生长在山涧旁、田野里，有的还开着一朵朵蓝色、白色、粉红色的野花儿，摇曳在嫩草的额头眉梢，散发着淡淡的幽香。若是清晨去拽猪草，草尖上闪着晶莹的露珠，沉甸甸的，白茫茫的，像一层霜似的。走进草丛，弯腰拽青草，你会被那鲜草的淡淡的芳香所熏醉，鞋底被露水吻湿了，身后会留下一行绿色的脚印。若是傍晚归来，伴随着一勾新月，摇晃着草笼，弓着腰，和田地里劳作的大人们一起踏进炊烟缥缈的村庄时，也似乎觉得自己长高了、懂事了！那猪圈里摇着大耳朵张着大嘴的白猪、黑猪抢食着刚拽回来的鲜草，那得意劲儿令你多么地好笑哟……

拽猪草也是件烦恼的事。遇着大旱，青草长势不旺，田地里、山坡上的青草是十分有限的，这样要花费很长时间很大功夫才能拽到一些猪草。于是，每到春夏之季，小孩子便随着大人们一同上山采集像黄连木叶、青冈叶等树叶，放在大场上晒干储藏起来，为冬季备用。有时候三五个小伙伴一同拽猪草，抓石子、狼吃娃、打扑克牌……玩起来没完没了，也争得面红耳赤，赌气不再跟你玩，几天后见面又聚在一起。因玩耍而耽误了拽猪草是常有的事，于是，匆匆忙忙去田地里拽几把青草，蓬松松浮在草笼里，有的孩子干脆用树枝什么的在草笼底撑起。待天黑回家蒙混过关，谁知被父母亲打了屁股还不敢出声，第二天又和小伙伴一起玩狼吃娃的游戏……

拽猪草虽然有时难免做错事儿，上树吃野果、掏鸟蛋划破了肚皮和衣服，玩过火欺骗大人挨打，但总的来说是快乐有趣的。山野里的猪草，年年拽，年年长，好像永远也拽不完它。难怪进入中年的我，时常晚上做梦也同小伙伴一起拽猪草，争着吃那山涧旁的酸葡萄，不料脚下一滑……梦醒了，赶紧又闭上眼睛，去拾回那我丢失了的童真童趣哟！

荡秋千

"清明天，荡秋千，
一秋秋到半天里……"

这是童年我最喜欢最感兴趣的乐事。在木架上或两棵树之间搭一横木，再系上两根长绳，下面挂上一块木板（也称"云板"）。人站在云板上利用脚蹬板的力量在空中前后摆动，这样尽兴地玩耍。踏在云板上，腰弯成龙虾样，直逗得众伙伴乐哈哈地笑，有的站在前边拉，有的居于后边推。一拉一推，前脚蹬后腿弓，身子顿时轻如飞燕，荡得那秋千如柳丝儿摆，一会儿高，一会儿低，仿佛一下子跟着秋千飞到了云里雾里……

荡秋千是山里孩子清明前后的"必修课"。无论走进哪个村庄哪家院落，随时都可看见那各式各样的秋千架子，有的在空闲地栽两个木桩架一横木专事戏秋千，有的则利用相邻两树之间的空隙架一横木就地取材，有的在自家房柁上系两根长绳荡秋千。荡秋千还讲究一定的规则，若是人少，小伙伴们一个一个地接着玩；若是人多，可以二人同时站在云板上荡秋千，甚至三人同时玩。不过，这要看秋千架的结实程度与所用两根长绳的粗细而定。荡秋千还要讲究艺术，用力的程度与高低有关，若是二至三人同时玩还要注意默契配合，有时还需在云板上两人交换使用力量，变换方式，即兴取乐。

荡秋千不仅是山里孩子的乐事，甚至大人们空闲时也来凑热闹。干了一天农活的青年男女，好不容易从田间地头走出来，小河边清洗一下疲劳的身子，便来到村头大槐树下娱乐休息。有的打扑克牌，有的三五一堆戏说着一天的奇闻趣事，最多的则是与一群孩子一起荡秋千，一个大人带着一个小孩在空中悠然飘荡，甚是乐趣无穷！那些站在旁边围观的大人小孩，则甘当"啦啦队员"，一个劲地喊"加油，加油！"每当尽兴关头，那些年龄大的长辈则在旁边阻止，让那荡秋千的从云板上退居下来，换上别的人继续玩，以防过于兴奋而失手。这样，既方便大人小孩同玩同乐，又能使更多的人参与其中，达到和谐共处，安全游戏。

荡秋千最惬意的是在月下，一弯新月从山那边慢慢升起，于是，村头大槐树梢上便多了一角月牙儿，一个偌大的半圆，随之便是一个透明的净片，光亮异样的晶莹！那月亮照着我，也照着一群荡秋千的小伙伴，那秋千飘起来、动起来的时候，那月光随着爬过我的头发，爬过我的睫毛，……月亮还在大槐树梢上照着，也照着槐树下的秋千，一阵风吹，荡起一股凉森。于是，我便同小伙伴往回走了。

入夜，月亮升得老高了，我也进入了梦乡！睡梦中随着荡起的秋千飘飘然，那思绪那月影既在梦境，又在村头槐树梢上……

毕竟，往事是在童年。但每当清明前后看到孩子们戏闹秋千的情景，便自然勾起我的魂魄，牵动我的情丝，如昨天在脑海中闪现，似泉水在心中长流。啊！童年，多么美好的童年，既是纯香的美酒、无瑕的白玉，又是唱不完的歌谣、流不尽的泉水！

看电影（外四章）

想起童年，就想起了看电影。

我出生的那个小山村是全县最边远的小乡镇，一脚踩下去，这边是陕西，那边是河南，"鸡叫一声听两省"，童年的生活和快乐就是在这小山村度过的。

那时，我们这个小山村，文化生活贫乏。加上交通极不方便，要进县城办事得三两天工夫，翻山越岭，蹚河涉险，托运东西全靠毛驴拉车。这样的地理环境，乡民很少出门在外的。年龄大些的老人都记得清清楚楚，东头的王二去过县城贩运盐过河不慎倒入洛河赔了本，西头的李四翻过唐沟岭背小椽去山外换粮食，几里地无人家口渴累下了病……更不用说去江南塞外游山玩水赏风光了。因而，那寂静的乡村夜晚，夜观星斗数不清，狗吠三两声，鸡叫五更灯火明。乡民们唯一的文化娱乐活动就盼那一年半载县城来的电影放映队的到来，美美地过上一把电影瘾！

那会儿，我们这些小机灵鬼，专打听从洛河岸边走上来的毛驴队（那时三两个靠毛驴贩运货物的常结伴而行），从毛驴叔叔那里能打听到城里的电影放映队是不是过了洛河进了山，到了山里的哪个队哪个村，我们常常是掰着指头数着日子几天后才能轮到我们村看电影。那时，城里的电影队常常带着几个电影片儿下乡巡回播放，一队挨着一队地轮流播放影片，上队村子播放《上甘岭》，下队村子便播放《青松岭》，这样上下邻队的乡民们都能看上好电影，给那寂寞的乡村生活带来一丝丝甜蜜的快乐。

那阵儿，我是个电影谜，母亲常戏说我是村子里的"电影皮"，同龄的小伙伴们称我为"电影精"。因为，我能把翻过王沟岭那边白楼村播放的《闪闪红星》《小兵张嘎》，一个个故事情节说得如在眼前，常令同伴们张大嘴巴瞪大眼睛望着我那滑稽的表演、形象的模仿，就连影片主题歌也记得住，学得来。"红星闪闪放光彩，红星闪闪暖胸怀……"我学着潘冬子那样儿头戴红五星，肩扛红缨枪挺胸向前方；"长鞭哟那个一甩哟叭叭地响，赶着那大车出了庄，喜看那重重雾，翻过那道道梁……"，我唱着《青松岭》歌儿学着那个握长鞭的甩起了鞭子赶马车，惹得小伙伴们一阵阵大笑，前仰后合，快乐极了……

回忆当年看电影，我还真有一股迎难而上的勇气。记得在一个黄昏的傍晚，村子里大我一岁的山娃表弟，约我去常沟口看《平原游击队》影片，虽然这个片子前两年我看过，但李向阳那神出鬼没的机灵形象仍然在脑海里翻腾。于是，我与表弟约好等父母亲出去开会（那时生产队常开"批斗大会"）后再行动。趁他们走后我俩带上一点吃的东西，跟随村子里的几个小伙伴，一路借着月光一口气跑了十五里，翻过了一座小山岭，赶到了常沟口。这时已是一阵阵喝彩声，影片已播放到了热点上，"李向阳进城了！"鬼子闻声丧胆，李向阳出入城里的机灵劲儿令观众不由自主地拍手叫好！我们几个挤在人群中，踮着脚尖看完了那令人精神振奋的影片，李向阳的英雄形象又一次深深地刻在我童年的记忆里……鸡叫三遍的光景，我们几个小伙伴流着满身汗回到村子，我没敢从正门进家，偷偷地从后门磨房穿过溜进了奶奶温暖的被窝里……第二天，虽然被父母训斥了一顿，但心里还是乐滋滋的。

而今，童年的伙伴都已长大，聚在一起戏说那年那月看电影的事儿，常常是兴奋无比！那皎洁的月光洒在山梁那边，那小路上叮咚作响的山泉声，那夜半山村偶尔传来的狗吠声……你一言我一语，记忆是那么的清楚，回味是那么的有趣……

读书与放牛

　　这是一片青青的绿草地，十几头黄色的、黑色的、褐红色的牛在那儿安详地啃着嫩绿的青草。夏日的斜阳照在山坡上，泛着明亮的光。一片白桦林，一群牛儿走动在树林中，那青枝绿叶的杂树晃动着，便知牛儿去了那边。手捧一本《安徒生童话故事》的我，斜躺在软绵绵的草地上，看那字里行间蕴含着的诱人故事，似乎忘记了一切。这个时候，牛儿已翻过了山梁那边，心儿还悬在童话里……

　　那时，土地承包到户，家里养了几头牛，我也喜欢放牛。每遇暑假，父母亲操劳在责任田里，放牛的事自然就靠我们姊妹几个了。清晨，天蒙蒙亮。住在我家隔壁的锁娃大叔早起喊叫牛儿拉屎拉尿声惊醒了我，母亲也催我快点起床。于是，穿好衣服洗了脸，挎上父亲从河南灵宝县城买的"红军不怕远征难"黄挎包，装上我心爱的小人书和从学校王老师那儿借来的《安徒生童话故事》，再加上一个馒头，算是出发前的准备。走进牛圈，扬起牛鞭子，学着锁娃大叔的吼叫声，吆喝着牛儿起来，解开栅栏门，牛儿懒洋洋地出了圈……锁娃大叔吆喝着牛已上了门头岭半山腰，我赶着牛儿上山，弯曲的羊肠小道盘旋而上，牛儿踩在小道上留下了清晰的蹄印。弥漫山岭的雾气慢慢地散开了，我赶着牛儿上到了山梁顶。天空是那么瓦蓝，空气是那么清新，青草是那么嫩绿，和着露珠儿的青草泛着晶莹的光，牛儿有滋有味地啃着嫩草，又是那么如痴如醉……

　　站在山顶上望天空，心境特别好。吸纯洁之气，润童稚之眼，听天籁之音，抒少年之志，都会使人产生一种飘逸、隔世之感！遥远的天边，那朦胧的山岭此起彼伏，迷迷茫茫，时隐时现；近处的山坡，那葱绿的青枝嫩叶，光洁透亮，呈现出生命的活力，牛儿啃草发出的脆响弥漫在青草地上，也弥漫在我和锁娃大叔的心坎上。闲坐山坡，我专心地读那童话，有时看到热闹处不由自主地发出了笑声。困了的时候，躺在草地上听锁娃大叔讲那没完没了的故事。更多的时候，讲的是他那令人心酸的身世，由于小时候家贫，从外地来我们村入户的大叔，一辈子没有成家，自个儿和母亲生活在艰难的日子里，苦难的岁月留给他的永远是说不完的心酸事。听着大叔讲的那些事，常使我坐立不安，"我能怎么样？一个十几岁的孩子。"这样想着，最多的是说上几句幼稚的宽心话罢了。大叔那黑里透红的脸膛上总是让人看不出有多大的快乐，常常默默地坐在那儿，手里不停地拨弄着荆条儿，编那一担担用不完的草笼，大多数是送给了邻居。我静心读书的时候，大叔就去山那边看牛吃草。他常鼓励我多识字、多读书，话语虽然朴素，只是那么几句，没有惊天动地的豪言，但每当我看他说话的一瞬间，他那略显老气的额头皱纹舒展开了，我会意地点下头，大叔也笑了……

有时，我独自一人去山坡上放牛，没有锁娃大叔的照看，往往一头钻进书里，忘记了放牛的事，惹出许多不快乐的事。一次在东山岭上放牛，我看书入了迷，待想起放牛的事，太阳已经落山了，牛儿不知跑到哪儿去了，我急得满头大汗穿越在树林里，学着大人们叫牛的样子，喊着叫着声音也哑了，牛儿的影子也未看到。好在牛是有灵性的动物，太阳落山的那当儿牛已顺着来路回了家。天黑看不清归路，母亲接我回了家。还有一次放牛，山坡离庄稼地较近，我看小人书一不留神，牛便翻过了一个洼，钻进邻村农民的苞谷地里。那时苞谷刚露出红缨子，嫩蓬蓬的苞谷叶子让牛饱吃了一顿。待我赶到苞谷地里已是狼藉一片。那次放牛没少父亲一顿打，秋后父亲给人家赔偿了损失，也给我留下了一次深刻的教训。

放牛若遇下雨天，也是很惬意的事。手撑一把桐油黄布伞，赶着牛儿上山，那淅淅沥沥的雨点打落在伞布上，似有雨打芭蕉之韵律，我非常喜欢这种声音。牛儿低下头来徐徐地移步啃草，我打着雨伞坐在垫上塑料袋的青石板上，入神地读我心爱的童话故事。这种雨天里，牛在山坡上吃草最专心，和着雨水啃草牛很乖，不会跑得很远。当然，看书不必担心牛儿跑到庄稼地里。不过，得了上次的教训我还是很留神牛儿的。雨下得很大的时候，牛啃草的声音是听不见的，耳边传来的是风声雨声，看书的事搁下了，风夹着雨花飘进书页里，往往干了的书页会留下黄色的痕迹……

放牛，读书；读书，放牛。这是我童年生活中一段美好的记忆，那高高的山梁，那绿绿的草地，那拉石磨的黑红色的老犍牛，那逗人喜爱的小黄牛常常爱我拽着它那条不停摇着的尾巴上山，还有一群牛儿抢吃我浇了盐水的青草，边吃边嗅草香的情景……

飘香的爆米花

一转眼，不觉已进入了冬天。

那天下午，我和妻子去县城青川路散步。忽然间听到"嘭"的一声巨响，随之从眼前巷道里飘来了一股似乎遥远而熟悉的香味儿，让人顿觉好奇！于是，我和妻子穿过巷道往里边寻觅，但见那巷道边梧桐树下拥挤着一圈男女老少，拨开人群朝里边瞅去，人群中是一位略显白发的中年男子，正在那儿拨弄着竹筐里零散的"爆米花"。几个孩子正在地上拾着飞散的爆米花，一边拾着一边吃着，那满脸稚气的笑脸，不由使人想起童年来，那飘香的爆米花也曾慰藉过我苦涩而欢乐的童年。

那时候，家乡的孩子一年到头能吃上几回爆米花，便是最大的快乐了。那时乡下最紧缺的是日用品，食盐、红糖也是定量供应的，别说如今孩子常吃的"巧克力"之类食品了。因而，那爆米花的香味儿便萦绕在像我一样孩子的心头。

冬日的夜晚，大人们围在炕头剥玉米，小孩子也以期盼的目光剥着新玉米颗粒，或者帮大人拾掇地上散落的玉米颗粒，或者帮大人拾掇地

171

上的玉米芯子，盼着山那边"黑脸"大叔来村子里爆米花，好美滋滋地享受一番爆米花的香味儿！于是，村东头哪家孩子发现"黑脸"大叔来了的消息，一时便传遍了十多户人家的陈家庄……

"黑脸"大叔挑着扁担颤悠悠进了村，一头挑着爆米花机，一头挑着一个竹筐。走过斜阳照射的村道上，那黑里透红的脸上放着红光，尤其是那响亮的男高音纯美而动听，"爆米花喽——""爆米花喽——"这诱人的声音响在山村的那棵古老而脱落了绿叶的皂荚树上，抖落的雪花飞扬着，觅食的小鸟也在皂荚树上叽叽喳喳唱着欢乐的歌。村子的小孩子聚拢在皂荚树下，比划着玉米颗粒的大小，盛着玉米颗粒的器具一字行儿摆放着顺序。山里的孩子是很讲究规矩的，谁第一个传播"爆米花"的消息，谁就排在爆米花队列的第一位，享受"黑脸"大叔第一锅的免费"试锅"。这第一锅往往温度不够，会炸成没有开花的"哑巴豆"。因而这第一锅自然留给了传递消息的第一位孩子。

早备好的柴火（大多是玉米芯子）有秩序地摆放在那儿，"黑脸"大叔不慌不忙地解开绳索，先把那个黑漆漆的爆米花机固定在合适的位置。那个黑锅呈纺锤状，近端是一个带着压力表的手轮，用来摇着使玉米在锅里受热均匀，而且是高压锅，从压力表上可以看清压力，便于掌握火候；近端在锅的顶头上有一个风头盖着，那锅的下端便是用洋铁筒制作的火炉，火炉里柴火燃烧着，火势很旺。那纺锤状的锅也随着手轮的旋转而转动，重复着让人已习惯的动作。"黑脸"大叔那娴熟的操作功夫，那悠然自得的样子，令儿时的我好生羡慕！他一边添着柴火，一边摇着手轮，一边看着火候，待时机到了，便笑嘻嘻地朝蹲在他身边的孩子点点头，一边说着一边熟练地操作，"要踩了，把耳朵捂住啊！"这时，我们都忽地跑到一边去捂着耳朵，眼睛斜视那用石头压着的筒状竹筐，只听"嘭"的一声响过，大伙们便挤在竹筐边拾那散落一地的爆米花，吃着笑着，看"黑脸"大叔那张露着白牙的笑脸……爆米花有时放上一点糖精，更惹得大伙们嘴馋，那甜滋滋的味道实在让人过瘾哟！

最忆有一次，我和奶奶一起去爆米花，那是个雪花飘飘的冬天。"黑脸"大叔来我们村爆米花，由于大雪覆盖很厚，找不到合适的石头压竹筐，他一脚踏着竹筐一边操作，显得很紧张。于是，奶奶主动提出帮大叔压住竹筐，谁知"嘭"的一声响过，那竹筐里聚气膨胀将奶奶弹出丈余地，好在雪厚也未伤着哪里，惹得"黑脸"大叔哈哈大笑，我们也乐了……

那时的孩子吃不上高档的食品，一年到头能闻一闻爆米花的香味，将是春天般的温暖！因而，时至今日每听到那遥远而熟悉的一声巨响，仿佛又回到了我那苦涩的欢乐的童年，但见米花爆放，热香飘过……

温暖的火炉

那个年月，山里的冬天很冷，经常下雪。

天刚蒙蒙亮，母亲早起在室外台阶上生火炉。柴火在引燃，木炭在火炉里燃烧，映红了窗户纸。母亲叫醒我，起床，穿衣，洗脸，戴手套，手提火炉，跨出院门去上学。

学校位于一个高出公路几十米的高坡地，我们的教室在一座破庙里。那时，读小学是五年制。庙里的三间教室分为三个班，一三年级一个班，二四年级一个班，五年级单独一个班。庙里的神台就是老师的讲台，长方形黑板就在神台后边，白灰砌成的黑板，学期初用黑墨水刷新一次，往往不到学期末，黑板变成了白板。老师所写的字我们看不清，认不清黑板上写的是"白沟"，还是"白狗"。我们认读生字"白沟"，有个俏皮的学生故意高声读作"白狗"，惹得班里两个年级学生哄堂大笑。老师让他走到黑板前认读，他颤抖着身子向前走了几步，机敏地大声读出"白沟"二字，老师扬起的教鞭缓缓落下，"老师，白字白板我看不清。"老师看看斑驳的黑板，示意他坐回座位。此时，另一年级的学生看到老师的眼神也默不作声了，独自完成自己的作业。

上小学我就爱上了作文课。隔壁班是五年级教室，语文老师朗读大哥哥大姐姐的作文，我们常常偷听失神，课堂老师提问总会闹出笑话。破庙里无顶棚，隔墙的三间教室上空空荡荡，那位老师授课声音高自然听得到。我们班语文老师上《小马过河》，老师提问一个女生，"在妈妈的鼓励下小马试探着过河，他明白了什么？"那位女生回答："小鸡们在一起争食，他们知道撒在地面上的玉米有数，不抢吃不到。"逗得师生都笑了。原来隔壁教室五年级语文老师在朗读学生作文《可爱的小鸡》，难怪会"张冠李戴"。

寒风吹彻的冬日，教室的窗户纸簌簌作响。我们坐在教室里上课，眼睛朝着黑板，双手不由伸向脚下的火炉。偶尔，哪位学生无意间脚踩着了火炉边沿，火炉掀翻，炭火炭灰撒了一地不说，这节课的授课内容就算停止了。老师忙着看炭火是否烧着了学生脚面，无事还好。老师帮学生清理地面，炭火重新放进炉里，火往往就不旺了，直至熄灭。有时刚上课，"嘭"的一声响，引起一片哗然。原来课间学生爆米花，余下的玉米粒此时刚好炸开了。

说到手提"火炉"，那是家里大人给孩子自制的，大孩子手提的是破旧的瓷盆做的大火炉，小孩子手提的是旧瓷碗做的小火炉。火炉边穿三个对等的洞，用三根长度相等的铁丝固定向上拧在一起，再拧一个手提的小环，提着平稳自如。小学毕业那年，我的手提小火炉换成了旧瓷盆做的大火炉。得益于那红红的火炉的温暖，我的那间小屋墙上贴满了学校老师发给我的一张张奖状，我的作文被老师朗读讲评，放学路上我的身边多了一群小伙伴，他们乐意听我讲所见所闻、编故事。

积雪的日子，脚下咔嚓咔嚓作响，一不小心在雪地里一脚踩空或滑倒，人连火炉一起重重地摔在地上，逗得伙伴们笑得前俯后仰，你追我赶没完没了……

那年月，冬日的雪总是下不完，厚厚的雪覆盖了山川、河流，到处一片白茫茫。从上学到放学，我们都在火炉中度过那段美好的时光。

那年月，我们生火炉用的木炭是生产队按户分配的，往往不够用就完了。父亲为了节省木炭，烧炕时在灰中埋下烧透了的硬杂木柴火炭，第二天早晨好引燃木炭，夹在其间也能当作木炭用。读初中，老师讲解白居易的《卖炭翁》，"卖炭翁，伐薪烧炭南山中。满面尘灰烟火色，两鬓苍苍十指黑。"我才对伐木烧炭者的艰辛劳作有了更深的理解。读唐诗，白居易《问刘十九》诗云："绿蚁新醅酒，红泥小火炉；晚来天欲雪，能饮一杯无？"诗中的意境恬适，回味不尽，那种清新纯朴的泥土气息，让身居钢筋水泥中的我们望尘莫及啊！

如今的孩子多么幸福！家里有取暖设备，上学路上有暖手宝，教室安装取暖的空调。看到这些，怀念提着火炉上学校的年代，那看似不起眼的自制火炉温暖了我的心房，让我有了人生最美好的回味。有火炉的日子，冬天不再寒冷；有火炉的童年，感觉总是那么温暖。

油印的墨香

夜读钟叔河先生《小西门集》，一篇《油印的回忆》让人回味不尽。钟先生回忆八年抗战中油印机的火热，四十年代上初中开运动会办油印特刊，五十年代失业以刻钢板维生，解放前夕搞学生运动刻印传单，先父学堂教数学油印讲义，及对油印技术起源的考证……读之让人兴奋。钢板、铁笔、油印机和蜡纸这些已被历史淘汰的物件又勾起我的记忆，仿佛进入了那个油墨飘香的年代。

那时读初中，我和同学经常去附近队里劳动，进行文艺宣传演出，代语文课的王老师亲自编排节目，刻印制作演出节目单。得到王老师器重，我常帮王老师油印并散发给同学，并且常去乡村接触农民，见识新鲜事儿。作文课上我的习作常常被作为范文讲读。记得我写的《乡村新事》是王老师用工整的楷体字刻印，标题用隶体字加粗，插图、边花装饰。看着刻印精美的油印作品，让我兴奋了多少个夜晚……王老师对我文学启蒙上的引导，使人终生难忘。

高中毕业，我经招考如愿当上了乡村民办教师。站在讲台上讲读课文，指导学生写日记、作文，学着王老师指导学生作文的方法，将学生中优秀习作刻印出来，发给学生，讲评范读。那时，乡村小学信息闭塞，学生课外阅读的资料贫乏，我就将自己订阅的《陕西少年》发给他们传阅。即使这样，也难以满足班里班外百十个学生渴望阅读的心愿。我多次建议并经校长同意，我刻印课外阅读资料，发给中、高年级学生阅读。公社里组织期末考试，我们学校语文成绩连年评比第一，校长表扬了我，为我购买新的钢板、蜡纸，腾出一间房子作为油印的场地。忙里偷闲，我也不忘记习作诗文，朗读给我的学生听。看着学生那一双双期待、渴望求知的眼睛，我忘记了疲劳。在乡村小学当民办教师一晃就是八年，也刻印着我人生长河中一段难忘的岁月。

八十年代中期，适逢民办教师报考师范，我离开了乡村活泼可爱的学生，去师范学校深造。紧张的课余时间常想起我的学生，假日回到乡村不忘去学校看看学生，他们高兴地拿出自己的作文让我看，学生的成长进步让我感动！校长多次说，毕业了回来教书。我未能回到我的乡村小学，毕业被组织分配到一个集镇小学教书，至今想来，深感内疚。在师范读书期间，我的文选老师刘剑锋，已是当时商洛闻名的青年作家。刘老师给我们上文选课，不局限于讲课本上的文选，常选取精美的时文，讲读赏析，吸引着全校爱好文学的同学。听刘老师上课，实在是一种美的享受，精神上的陶冶。他每每在报刊发表了作品，就成为校园里同学们课外争相阅读的一道风景。同学们不但读了，还常抄写在自己的笔记本上。在学校领导的支持下，学校成立了"雏雁"文学社，创办《雏雁》

文学小报。主编刘剑锋，编委从学生中产生，由七人组成，我是编委之一。刘老师亲自审阅来稿，指导我们校稿，设计版面及插图，刻写油印。一张小小的文学报在校园内传开了，吸引了校外的文学爱好者。那时，文学热的红火，成为社会时尚的主流。无论何时何地，只要谈起文学，不相识的人聚在一起，竟像多年的老朋友，有说不完的话题，促膝长谈，直至通宵……

师范毕业，从任教乡村集镇小学到县级重点小学，又到古城高中工作。刻印教学讲义、复课资料、制作课表、印制测试题，用掉的蜡纸，用坏的铁笔，更换的钢板，无法计数。夜深人静，微弱的灯光下，展开一张清香的蜡纸放在钢板上，用报纸盖住蜡纸，留出刻写的部分。那铁笔刻在蜡纸上的"沙沙"声，柔和而悦耳。这时，全身心用力在铁笔上，一笔一画，轻重均匀，一行行俊秀的字迹显露出来，执笔的手上渗出了汗水，心头的花儿缓缓绽开……拂晓，照镜洗脸，鼻尖上被台灯的烟雾熏得黑乎乎，不由自乐。一张蜡纸刻写好了，涂上油墨，油印出清新的文字来，端详细读，好像如今在期刊上发表作品一样的快乐心情。蜡纸刻写需要在用笔上下工夫，油印更需要娴熟的技术。一张刻写好的蜡纸在油印机网上贴好，油墨轻重，推拉油印滚子的轻重缓急需掌握要领。否则，一张蜡纸就报废了。

九十年代后期，我从乡下学校调进城里工作。单位油印《教学通讯》杂志，虽然改用铅字排版，但印刷用的还是传统的油印机。铅字排版需要花费很长的时间，油印装订一期刊物，往往耗时半个多月。因而，单位下发通知，刻印钢板则又派上了用场。室内仅有的三四块钢板在多个办公室轮换使用，不亦乐乎！

进入二十一世纪初期，钢板、铁笔和蜡纸逐渐淡出了人们的视野，替代的是现代化的电脑技术。电脑打印越来越方便，传统的油印已被淘汰。对于爱书的我，每买到一本新书，欣闻书香，想起那时油印的墨香给人带来的无限快乐，令人陶醉。

南窗札记（组章）

南窗

南窗是我读书、写作的好地方。

明净的窗前有一张米黄色书桌，书桌右边紧靠电脑桌。业余时间伏在书桌前读书，只有写作时上电脑敲击键盘，发出清脆的声响，那种一时的快感无法形容，只有沉浸其中，才能深得其味。

一本散发着墨香的新书放在案前，轻轻地翻开一页，富有质感的文字诱惑着你，静下心来读下去。读书困了的间隙，轻轻地闭合书页，或沉思联想，或什么都不想。书桌前，一盆兰草，一盆金边吊兰，绿意翠生；几块"洛河奇石"，纹理清晰，形状各异。兰草出自"兰溪青尽碧油油，溪水兰花两发香"（杜牧《兰溪》诗句）的兰草河畔，是我下乡学校一位老师送的，我精心呵护多年，生长旺盛，兰香诱人，花香扑鼻。那盆金边吊兰翠绿发亮，已生出新枝新叶，这是今年春上从办公室同事花盆里分枝移栽的，长势良好。几块小巧玲珑的洛河石，闲置于案前，"闻鸡起舞""横渡长江""云横秦岭"……任你想象，别有生趣。

南窗不锈钢防盗网上点缀着一片绿意，网架上豆角藤蔓缠绕其中。蓝盈盈的花儿，尖尖的豆角儿，弯弯的藤蔓儿，在那里热闹着。窗外丝丝的风吹进来，垂在藤蔓上的豆角儿轻轻地摇，明亮的窗户，攀岩的绿色，好像大写意的一幅画挂在眼前，倒也不失为一种景致。透过窗户，看蓝天白云，心境辽阔；看院中碧绿的菜园，润心养眼。

在南窗伏案写作，我习惯于打开窗户，让清风扑面而来。这样，写作的思路畅通，文字顺风而过。那些闪电于脑海里的文字，仿佛在碧绿清澈的山泉中汩汩流淌出来的，形成一股源源不断的溪流。偶尔，一声悠扬的鸟叫，把我从静思中唤醒，隔窗望去，横空穿过小院的电缆线上，一对轻盈的燕子在亲昵叽喳。这时，或许发困了，轻轻地转动座椅、站起，走到窗前，看院中花枝上的麻雀，看电缆线上的燕子。春夏，还有花枝上的蜜蜂和蝴蝶。也算是写作中的间隙休息，何乐而不为呢？

写作大多在休假日，间或夜晚的空闲时间。小院寂静，除了家养小狗院中"汪汪"，就是邻居的小猫越墙"喵喵"。适宜读书写作的城郊小院，被朋友看过说我住的是"别墅"，其实豪华谈不上，是个"清闲宜居"的好地方。站在三楼走廊上可远眺起伏的山峦，近观绿油油的田野庄稼，享受田园风光的滋润。适宜的空气，宽阔的视野，乡情乡韵，令人陶醉。

写作之余，离开南窗，去院中经管菜园；走出院墙，去田间漫游，绿荫掩映，百鸟啁啾，仿佛走在唐诗宋词里，"结庐在人境，而无车马喧。"崭新的乡间水泥路，绿荫环绕的村庄、楼房，缭绕着干净的炊烟……

走在宽阔的田野上，"心远地自偏"，呼吸自然之风，吸纳自然之气。

菜园

南窗下有一块小小的菜园子，绿意盎然。

搬家后，我执拗不过妻子的美意，将原主人的花园改作菜园，种植西红柿、黄瓜和辣椒。翻地，平整，栽种；浇水，培植，收获。小小的苗儿旺盛地生长，开花、摘芽、结果，果实逐渐增大，西红柿、辣椒由初期漂亮的绿色逐渐呈现火红色，餐桌上便有了色泽鲜艳、口味鲜美的菜肴；黄瓜开一个黄花结一个果，小拇指大的小黄瓜逐渐长粗，闲时摘一个清水洗了生吃，清脆甘甜……

家有一席菜地，对于下班后的业余时间增添了乐趣，适时地浇水、施肥，搭架扶植，像经管孩子似的呵护着，思念着，看着小小的苗儿长高，粉黄色的花儿开了、落了，冒出一个个形状各异、碧玉青翠的果实，着实让人迷眼。

接近菜园，就接近一份好心情，常常令人乐不知倦；耕种一块菜园，收获一份希望，真有"种豆南山下"的那份闲情逸致。这样，总让人思念起几十年前当民办教师在老家种地的日子，晨起骑上自行车赶往学校，上课、批改作业，目送学生回家，之后骑自行车回家。一头钻进责任田里，锄草，扶苗，施肥，穿行于玉米林里。夏日，火辣辣的太阳烤得玉米叶子脆响，划破人的胳膊和大腿，汗水不住地往下流，肩膀上的毛巾湿透了，擦汗时感觉火辣辣地疼。晚上，一觉睡到天明，做着香甜的梦……

那些日子着实让人依恋，虽然一天紧紧张张、忙忙碌碌地过日子，工作、家务从未耽误过，生活得很充实很快乐。闲暇的日子，三五朋友聚集校园"青藤小屋"（我的宿办合一的住房门前有一青藤架而得名）石桌前，划拳行酒，玩扑克牌，说笑话，听窗外鸟叫虫鸣，释放一份闲散与自得，乐在其中。

时下，经营一块小小的菜园，让我和妻子有了回归田园的那种感觉，也令我浮躁的心渐归平静，"种菜南窗下，悠然在其中"，就连我家的小狗也常来菜园，嗅嗅这边嗅嗅那边，望着枝头快熟的西红柿发呆……

樱花

小院里有两棵樱花树，一棵栽在院墙外，一棵栽在院墙里。

阳春三月，樱花盛开，粉红色的花瓣，美丽的花朵，一朵紧挨着一朵，从远处眺望就像一片云，从近处看每一朵花的造型都有不同的质感。

樱花开得正绚烂，微风吹过，片片樱花随风而落，如随风而散的红雨，似光芒四射的霞光，满地撒下粉嫩的花瓣，闪现出生命的活力，使人不忍踩踏。伸手相掬，一片片落在手心，顿觉手心凉爽轻柔，如此虔诚地伸手相掬，一片两片顺着指尖轻轻滑落，随手拾起，捧在手中，一股股扑鼻的清香溢满身心，那种感觉无法比拟，扑朔迷离……继而转身回屋，透过南窗玻璃望飘落的花瓣，似乎有所顿悟，展开一方纸张涂鸦起来，书房"樱花居南窗斋"得名也。

于是，下班后的闲暇时间，坐在南窗前或赏樱花或读书，心情自然别致。搬进新居的一段时间，曾给书房命名煞费了心机，也难得一名。不料，因观樱花而得名，实在道出了我的心愿。

给书房起个雅名，古今有之，或表达读书志向或治学态度，总有一番来历或寓意。上小学读鲁迅的"三味书屋"，书屋主人是以食物喻书，经书是米谷，史书是蔬菜，子书是点心。读初中得知南宋爱国诗人陆游，晚年壮志未酬，曾寄情于诗书，把书屋命名为"老学庵"。意在"老而学，如秉烛夜行"，表示要活到老，学到老。从小就爱读书的我，总期盼着有自己的书屋，也学学名人起个斋名自悦。

如今，因爱樱花而择居城郊周村，有了属于自己的小院，择一间飘溢着书香的书斋，购置一台电脑，一张书桌，两对书橱，收藏、读书，记下坐拥书斋的闲情雅致。

燕子

一对轻灵的燕子在二层楼檐下盘旋了多天，终于定居下来。

这对可爱的小燕子十分讨人喜欢，一大早叽叽喳喳飞到檐下，踩在晾晒衣服的电线杆上，叽叽几声飞出去，一会儿又飞回来，一个忙碌地衔泥筑巢，一个等待结束紧跟其上，动作是那么的娴熟、轻灵，如此反复不久，一个附着在电线盒上的巢窝便也成型了。

燕子是春天的音符！它以一条如剪的尾，轻轻剪过天空，其飞翔的韵致给人温馨，令人神往。燕子是"飞入寻常百姓家"的那一种鸟。它把巢筑于主人家屋檐下，依恋人类的气息，秋去春来，依然飞入旧巢，衔泥筑巢，那种恋旧情怀着实让人惊讶和感动。杜甫有一首很美的小诗《绝句》："迟日江山丽，春风花草香。泥融飞燕子，沙暖睡鸳鸯。"这是一幅绝妙的春阳写意。

小院里，燕子飞来飞去，春意盎然。

刺梅花

"刺梅花"也称"野玫瑰"。在我的家乡——商洛山区，山坡上到处生长着这样一种野生植物。仅我见到的，就有红色的、粉色的、紫色的等等四五种。喜欢"野玫瑰"的人将它移栽于居住的小院里，"葱葱绿叶枝头红"的美景装点着院落，使之成为一道独特的风景。

我新居的院墙根就有一种粉红色的刺梅花，长势茂盛，它攀缘在院墙头内外，那带刺的枝条先是凸现了嫩嫩的幼芽，接着就一簇接一簇地盛开了粉红色的喇叭形小花，这些花儿小巧玲珑，十分招人喜爱。

每当下班归来，老远望见那些色彩艳丽的小花，在和风的吹拂下，宛如一群群彩蝶，在绿叶枝藤间翩翩起舞，人的心情顿觉舞动起来，喜悦"突"地漫上心头，我喜欢上了这看似不起眼的山野的"刺梅花"。

喜欢"刺梅花"，因为它淡淡的芳香挟裹着山野气息的特殊香味，使人有种说不出的惬意。啊！刺梅花——喷芳吐蕊的花，披着色彩缤纷的朝霞！

葡萄架

　　葡萄藤攀附在简易的钢管架子上，与院墙头的刺梅花藤缠叶绕，亲密无间。

　　这是一棵主人呵护多年的葡萄树，粗粗的葡萄根深深地扎在一株龙槐树旁，顺着龙槐树身攀缘而上。高高的葡萄架正好搭在院墙、龙槐树之间的一方天地，葡萄藤自然顺着空中的架子延伸到我的灶房顶端的护栏上，千姿百态地蜿蜒在鱼池和龙槐树的上方，形成一个长方形的绿色葡萄架。阳光从藤叶空隙射下来，照在葡萄架下的一方青色石桌上，弧形光环闪烁在我阅读的书页上，十分耀眼；照在葡萄架下鱼池中的假山上、荷叶上，十多条红鱼上下跳跃、追逐、婀娜多姿。那种只在书上、电影里看过的画面，竟这样诗意地呈现在我的眼前。

　　每天，下班后照料完盆花，也会给葡萄树浇浇水、施施肥。坐在葡萄架下的石凳上，随意地伏在石桌上，或轻轻地翻开一页书默读畅想，或斜身观鱼池中的红鱼、荷叶，或抬头看一串串的葡萄由嫩绿色变成紫红色……尤其在盛夏的月夜乘凉，端一壶茶悠悠地品茗，或提一扎啤酒三五友人对饮，听轻音乐，斟酒和诗，享受"葡萄美酒夜光杯"的浪漫，惬意极了！

　　其实，要说葡萄树，根苦，叶涩，须酸，花淡，果甜。细细品味，人生不也像一棵葡萄树吗？把苦根深埋在地下，把苦涩藏于叶子中，把辛酸和希望凝聚一起攀向天空，把甜蜜高高地举起，挂满枝头。

闲情偶记（组章）

春初新韭

春初新韭是家乡人常吃的鲜菜，特别是那头茬韭，鲜嫩可口，香气扑鼻！

家乡人常在河边的边角地种植韭菜，因为有水汽滋润，韭菜长得鲜嫩茂盛，可口好吃。一般人家，只要有一块边角地，就足够一家人吃的了，因为韭菜只要种一次，便可以反复割。韭菜割了长，长了割，一茬又一茬，是下饭开胃的好菜，可供全家人享用。

说起割韭菜，家乡人是用小镰刀割，且讲究技巧的。小镰刀不能接近韭菜根割，一定要稍稍离根部一些距离，留下一些韭菜叶脉，以便于重新生长。割韭菜最好是在大清早，带着露水所割的韭菜十分鲜嫩，绿莹莹的，鲜活活的。忽然想起老杜"夜雨剪春韭"诗句来，那是何等的一种意境啊，真美！却不知唐代人如何"剪"得春韭，又要在"夜雨"呢？我想，大概是指"夜雨过后"的清晨吧，空气清爽，韭菜叶上闪烁着晶莹的水珠，绿意玲珑，散发出新韭清香。这样的韭菜下锅略炒片刻即出锅，香溢满屋，嫩嘟嘟的，好让人馋涎欲滴哟！

在家乡，乡下人常用韭菜炒菜、包饺子，鲜嫩味美。若是用韭菜包饺子，那绿丝丝的饺馅儿，一看让人都要眼馋，吃到嘴里那滋味别说有多美了。因而吃韭菜包的饺子，我每次都要多吃两小碗的。特别是在那个多灾多难的年月，家乡人依靠着野菜维持生活，韭菜毫无例外地立了大功。有一年春荒季节，为了充饥，母亲从田间地头、山坡上挖回能吃的野菜，诸如灰条菜、荠荠菜、马齿苋、野韭菜等等，那用野韭菜搅拌着那么一点点玉米面粉的糊状饭食，便成了我儿时上好的美味佳肴。

如今，我所在的山城，一年四季都有韭菜，但那不是春初新韭，而是被洋化了韭菜，叶儿肥大而宽厚，是在温室大棚里种植的。那种韭菜炒在锅里全是汁水，没有了韭菜的鲜香，只能凑合着食用。因而，我常思念起家乡人种植的那带着露珠儿纯真纯味的鲜韭菜。

每到春初，母亲就会从乡下捎来一些鲜韭菜。于是，只要是新韭菜炒的菜，我都爱吃，如韭菜炒鸡蛋、韭菜炒豆腐，这很本色家常的两个菜，若与韭菜共炒，清心爽口，食之真是不知身在何处，禁不住吃尽春色！于是，妻子便想出一个妙方，从乡下母亲那里挖来一些韭菜种植在阳台花盆里。这样，"春初新韭"便也绿满窗前，永得我爱！

临街的窗

透过临街的窗，我看到那弥漫着的一片新绿，那繁茂着的一派生机！

那时候，单位集资建房我也参与其中，到了分房子的那阵儿没少给人说闲话，三番五次折腾最终还是分得最高层居住。但转念一想居高而眼界宽，凭窗外望，夜观满天星空而思绪万千，日看临街风景鲜丽醉人，乐哉悠哉，尽在窗前。这样看来，也不见得不是好事啊！

一日，妻像哥伦布发现新大陆似的让我看那临街的窗，确使我欣喜不已！透过自家这扇窗子望去，面前是一条东西方向的小街，亦是热闹非凡！那一行行黑的、红的、白的大小车辆，东来的、西往的，是那么有秩序地缓缓前行，那些骑自行车、摩托车的青年男女"一"字形地穿梭而行，有的女人抱着男人的腰尽显风流倩影，好一个灵动的、有生机的小街哟！着实让人看花了眼……

有趣的是透过这窗口，妻发现隔街对面的窗子敞开着，主人家摆在阳台上的一片新绿吸引了我的目光，那长长的吊兰从阳台上下垂，给人以随风飘逸之感！每每下班归来，妻在家里做饭，我便习惯地站在窗前望那临街的窗。不久，我发现那一株株吊兰似乎一夜之间长出了许多，那围绕花盆周边垂吊的吊兰抽生出的下垂幼枝愈来愈显得生机勃勃、引人注目！三、四月间，微风吹来，幽香飘溢，一片新绿，一派生机！给这条小街增添了无限的生趣。望着临街的窗，我的眼前突兀地出现了一幅绿意迎人的图画！那是有一年的春天，我回到我的故乡去，坐汽车从公路进入秦岭山脉的深山沟。汽车在层峦叠嶂的新绿中穿行，公路两旁是密密层层的参天绿树；苍绿的松柏，翠绿的山竹，绿树丛中那些不知名、色调深浅不同的一簇一簇绿色野草，还有那从石缝间顽强地生长出来的绿树、野花，亦显示出生命的绿荫。"绿"包围了我，我惊喜、陶醉般地进入了绿色的梦乡……

透过临街的窗，我看到了绿色的生命，领略了它的美。忽有一日，妻大叫一声"快来看呀！临街的窗——"我急忙朝着妻子所指的方向望去，可能是主人家浇水不慎所致，那盆旺盛的富有生机的吊兰从窗前的阳台上掉下来，那绿盈盈的串串吊兰随风飘然而下……瞬时，街道上的车辆停止了前行，青年男女的摩托车、自行车聚在一起，过路的行人停住了脚，好像一声命令似的，人们的目光直盯着那飘然落下的吊兰。这时，有几位热心的青年男女聚在了一起，呼喊着，用纸箱、雨伞顶着，准备接住那盆飘落而下的吊兰……

我望着眼前的一幕，感情的热流涌上了心头，一株吊兰竟有那么多的人关爱，这使我感动，使我欣喜，人世间的爱无处不有、无处不在，正是这种真诚的关爱，才使我们彼此拥有一种爱的交流、爱的奉献！

　　啊！临街的窗——曾经给予我绿色生命的窗，我渴望萌发希望的新绿哟！

太阳花

　　初夏的一天，我与妻子在街道闲逛，看山城日新月异的风景。

　　路过一条小巷，几茎太阳花的细枝从高楼阳台上缓缓落下，正好落在我的脚旁。看那鲜活的小精灵，我不忍心将它踩在脚下，便上前去捡了起来，捧在手中仔细端详。虽然自己爱好养花，却从来没养过太阳花，只晓得这花是可以无根扦插的，便带了回去，插进闲置的花盆里，搁置在阳台上，隔天给它一些水喝。约半月后，那小精灵重新焕发生命活力，根基生出许多新枝，不久便鼓枝腾蔓了，细挺的枝丫间鼓凸出数不清的花蕾。我喜出望外地等待着花开的一天，好给妻子一个惊喜。

　　一个晴朗的早晨，我打开阳台那扇门，好像一切准备就绪似的，那太阳花已蕾绽花开，鲜艳夺目。"看，太阳花开啦！"我高兴地喊妻子一同来观赏。太阳花花朵小巧，密匝齐整，似有众人拾柴火焰高的气势，生生地缭绕着一股入眼入心的逼人气韵。花开多色，娇嫩而纯粹，那些天蓝色的花儿，让人联想到了天高地远，海阔天空；那些鹅黄色、粉红色、淡紫色的花儿，像彩霞那么艳丽，像宝石那么夺目，不由让人精神振奋，神采飞扬。

　　夏日，我常去阳台看花，担心太阳花受不了暴烈的阳光，想将它搬回室内，妻子不让我搬，自有其道理。当阳台上的其他花儿萎靡发蔫时，唯有太阳花活力四射，对着太阳微笑，阳光愈是炽热，太阳花开得愈加兴奋，张扬着自己的蓬勃气势，一夜孕育便星罗棋布，开得欢欢喜喜、

187

精精神神。这太阳花，真有股子乡村百姓的生活情趣，没有过大的欲望和追求，只求朴朴实实，平平活活，不跟自我过不去，开得实在而自然，灿烂而多姿。

恍惚间，太阳花也转身看我，似乎把我看成它们丛中的一枝，或者枝上的一朵。我很感激太阳花，回应她一个灿然的微笑。这微笑，身旁的妻子不一定懂得，但太阳花一定懂得，我想。

幽谷野兰

在"吹面不寒杨柳风"的季节，我去秦岭深山采风。山野里一片清静。走在密林的小道上，听小溪流泉水的叮咚之声，闻山林里鸟鸣叫之声，真让人心静眼亮，忘却了一切红尘是非。翻过一座小山岭，走进形似"一线天"的山阴深处，欣喜地发现了一株带着晶莹露珠的野兰，那暗红的躯干上缀着十多片椭圆形羽状的小叶儿，密被着灰白色细细的绒毛，花茎上还顶着枚钟形紫蓝色的花儿，花蕊上长着几根金黄黄的蕊儿，亭亭玉立，独具风韵。我挖去了那株野兰根部的许多原土，带回城里去精心抚养。

这株带着山野灵气的野兰，栽在我专门为它购买的紫砂盆里，它那幽香馥郁的淡淡芬芳，给我那还算宽敞的房间增添了诱人的香气。每每下班归来，我守候在它的身旁，观其姿容，闻其花香。即使妻子将饭做好了，我也顾不上吃。

忽有一日，当我推开家门妻便数落开了："看你像照顾婴儿一样地关照这花，最后却落得花也蔫了，叶也枯了，这是何苦呢！"听了妻的话我顾不上吃饭，去请教养花专家，养花专家说明缘由，给我讲了补救的方法，但依然没救回来，野兰花落叶枯，一去不复返了……

　　我若有所思：野兰自有自己的品性和情愫，它生长在深山里，备受山野灵气的滋养，才得以叶茂花香。在生活中，有时我们过于执着和贪婪，发现美好的事物都希望占为己有，即便每日小心翼翼地照料关怀，但离开了生它育它的土壤，终究不过只能留下一缕香气，就像攥住的沙子，有时攥得越紧，却失去得越快。

　　有时候，美的事物，我们站在一旁静静地欣赏就足矣了。

雨天帖（外四章）

逢雨，星期六，不出门。听音乐，好读书。

淅淅沥沥的雨声，檐下如丝，一丝一丝的，如帘。望窗外，雨帘如丝，丝丝不断，绵绵的，柔情的丝雨。此时，听音乐，播放的曲子是《荷塘月色》，"我像只鱼儿在你的荷塘／只为和你守候那皎白月光／游过了四季／荷花依然香……"音乐中的荷塘令人迷恋，文字里的荷塘让人神往。曾记得，在校读书时语文老师声情并茂地朗读朱自清的《荷塘月色》，"曲曲折折的荷塘上面，弥漫的是田田的叶子"。听女老师那甜甜的声音，我们好陶醉。尤其是女老师读到令人陶醉的语句时，那黑黑的发辫一飘一动的，引人注目。于是，语文老师上课，我们好新奇，专心在哪里，只有心里明白。班里有个外号"长舌头"的男生，背地里告我们的状，令女老师不满，借机批评我们上课不专心听讲，罚站屋外日头下……不提也罢。这时，阳光下的荷塘花儿再美，已提不起我们赏花的兴致了。

几天不下雨，骄阳的日头令人讨厌。时逢初夏，绵绵的细雨，禾苗滋润，农人高兴，我也心乐。居住城郊，院落宽敞，喜爱花草，有了放松心情的地方。下班，看看花草，松松土，浇灌花木，已成了日课。下雨，不用操心花草，即使雨后天晴，一天两天也不用给花木浇水。这样的雨天，正好读书，间或听音乐。雨天好读书，静得下心来。窗外雨声淅沥，好做伴音。手边一册《衣饭书》，胡竹峰著，去年十二月份从当当网购得，一读就放不下来。放在枕边，想起了就翻读几篇，短短的千字文，颇有意趣。闲读，翻到《一卷雨》，"中原的这场雨如果下在江南，大抵上还会推窗去看看吧，泡一壶茶，拧亮台灯，站在小楼的阳台上，眺望，养神，看远山雨雾，听屋檐滴水。"这意境多美，可惜此时身不在江南，难以领悟眺望的心境。又翻几页，《雨边书》挺好的文题，"东窗下，秋雨打在法桐上，秋一点点深陷，陷入不复之境，桂花，阴雨，暗香，柔情……"此时，不愿做事，只想读书，"读宋词，喝绿茶，宋词携隐秘忧郁之美，绿茶带香肌柔软之酥"，"宋词婉约，绿茶香淡"，通过口目，使人"心情不起不伏，情绪不高不下，一如秋雨的气息"。窗外的雨在下，手捧一卷书在读。"衣饭书"，钟叔河先生序中所言"将书和衣饭并列起来看，来写，也颇有意思"。"有意思"的文章是好文章，耐读，有味。读胡竹峰的文字，看似随意的无关玄旨的描写，却蕴藏着更远的深意，让人读出了一种闲静的心态，一种温暖的情怀。

雨点落在院中花木上，发出"吧嗒、吧嗒"的声响。喜欢雨中行，那是小时候读书，一把红红的油纸伞，奶奶给我的。下雨天，奶奶总是从屋里墙上木钉取下，撑开，让我打着油纸伞去上学，雨点落在上面，发出一种沙沙的声音，感觉真好！有奶奶呵护的日子，即使炎热的夏日，骄阳似火，撑着奶奶的红油纸伞，依然似凉风吹拂，心情悠然……雨天，看到一把把自动伞大街小巷移动的风景，想起奶奶的红油纸伞，心里酸酸的。

我喜欢雨天，感受雨水给人带来的那种舒畅。小时候在乡村，雨天妈妈忙碌手中积攒的活路，我则仰卧在床沿边看小人书，一本本翻过，又一本本翻，看得高兴，笑出声来。雨天的小人书让我度过了饥荒的童年，爱上书，爱上读书的雨天。

北方的雨似乎缺少江南雨的那种柔情，那一幅幅彩画——灰蒙蒙、湿漉漉、飘逸的水墨画。只听得屋檐瓦楞间"吧嗒、吧嗒"声响，雨丝就檐下密集了。远望，雨雾山峦，看不见青山。

雨意一点点渗入人的体内，心渐渐透明澄澈，读书的心境润朗，忘忧。坐在窗前，面对如丝的雨雾，想起了陶渊明的诗，"性本爱丘山""复得返自然"。

七里香

我爱养花，已有十多年了，虽则花种年年在更新，唯有放在我居室的七里香不曾更换，一直伴随着我十多年的日常生活。

"七里香"，好一个诱惑的名字，相传距其七华里香味仍可闻，故名之。这是一种四季常绿的小灌木，外形呈伞房状，分枝多，叶小亮泽，花白繁密，有浓厚的花香味道，花期在夏、秋季。开花后还能结红色浆果，为居室增加润眼的美感。

回想买下七里香的那天，是一个艳阳的三月天。我居住的家属楼附近有一条小街，双日逢集，经营花木的摆摊在这条街的道路旁，那里聚集着赏花买花的人群。我挤进一卖花摊点，一眼看中带着小小绿叶的木本植物，摊主说是"七里香"，热情地介绍七里香的特点及其栽培要点，我看适宜于向阳的阳台生长，两元买回一棵绿莹莹的小苗，栽种在我专门挑选的朱色泥沙盆里。按照摊主陈述的栽培要领，我适时施肥、浇水，小小的苗儿长得蓬蓬勃勃，分枝繁茂，叶绿而肥厚。一年两年过去，竟也摆开了阵势，枝叶向四周延伸。一位文友来访，观其长势，建议春季整枝造型，随时修剪枝叶生长太快的枝，做盆景造型。于是，一个蘑菇云形状的盆景自然随着长势而形成。

每年整理花木，这盆七里香尤其珍重。十多年里多次换盆，由小到大，始终盆栽在泥沙盆里。朱红色的泥沙盆，花盆图案上一只喜鹊跳跃于花枝嬉戏，"花开万里香"文字正好暗合七里香名字。那枝叶常绿油亮的蘑菇云形状盆景，实在使人爱恋。几次搬家，我总是小心翼翼地服侍着她，自己搬来搬去，生怕撞坏了枝叶，所谓"一枝一叶总关情"嘛！

爱上了这七里香，我专门为其购置了高低搭配合适的盆架，独显至尊。夏日，走进居室，白色的花儿，小小的一簇一簇聚在一起，宁静朴实，淡淡幽幽，微风吹过，满室的浓郁香味，随风扑鼻而来。七里香花开的日子，正逢炎热的夏季，听一听周杰伦的专辑《七里香》，有一种如沐清风的凉爽。"窗台蝴蝶／像诗里纷飞的美丽章节／我接着写／把永远爱你写进诗的结尾／你是我唯一想要的了解""七里香的名字很美／我此刻却只想亲吻你倔强的嘴／雨下整夜／我的爱溢出就像雨水／院子落叶／跟我的思念厚厚一叠"……多么纯真的爱恋，澎湃的青春，浪漫的美感，诱人迷恋那种夏天的味道。

记得高中毕业那年在村小当教师，业余热衷于诗歌写作，曾借阅朋友的席慕容诗集《七里香》，读其诗句觉得很新颖，写爱情、人生、乡愁，写得极美，清新、易懂、好读。我曾把它抄写在绿色的日记本上，每每清晨早起，在宁静的山村小河旁，高声诵读背诵。至今还记得那首《七里香》诗句的只言片语："溪水急着要流向海洋／浪潮却渴望重回土地／在绿树白花的篱前／曾那样轻易地挥手道别／而沧桑的二十年后／我们的魂魄却夜夜归来／微风拂过时／便化作满园的郁香"。这田园牧歌般的恬美，融合着对家乡深沉的爱恋，也如这久远的七里香弥漫着浓烈的激情和动人的成熟。那时，我对席慕容诗的感觉：淡雅、朴实，像月的光、莲的香，雾的轻愁、梦的迷茫。于是，我很想知道七里香到底是一种什么样的植物？我想它一定和席慕容的诗一样的浓香吧！一种素白花朵的娴静的植物，有着茉莉的香，栀子的香……

春去秋来，七里香花谢，一颗颗绿色果实慢慢转红，娇小可爱，鲜丽如燃。我想，这一定是爱的结晶吧，要不，为什么那么甘甜呢？

啊！意犹未尽七里香，淡雅馨香润心扉。

菊花

前几天，我的牙龈发炎，肿痛不止。吃药、打针，一时难以见效。上班或走路，遇着熟人与同事，难以启齿，不想说话。进办公室坐立不安，上网查资料也觉心烦。

曾读过丰子恺的《口中剿匪记》，也想口中"剿匪"，拔掉这颗"作恶的牙齿"。因为，它"使我大痛，使我不得吸烟，使我不得喝酒，使我不能作画，使我不能作文，使我不得说话，使我不得安眠"。这种苦头只有亲身经历过，才晓得丰老先生"口中剿匪"的苦衷。于是，我请教牙医专家，欲以"剿匪"。牙医专家告诉我，牙龈肿痛期间，先要消炎，炎症消除，方能拔牙。牙医拿一微型专用灯观察我的牙齿，有黑洞藏腐蚀食物所致，需消炎后填补黑洞，若拔牙势必影响相邻牙齿。牙医开出一良方，又是打针又是吃药，连续一周有余，不能消除苦痛。虽然，我不吸烟，画也画得一般，偶尔喝少量的酒助兴，比起丰老先生少了许多麻烦。但是，唯独不能作文、不得说话、不得安眠，让我难受。我想，人生就那么点爱好，竟被一颗牙病所牵制，让我整日苦愁着脸上班，怎么行呢？还得吃药、打针，"剿匪"。

其实，生活中处处都有爱心的人在帮助你，给你力量，让人感动。我牙痛，单位同事看在眼里，帮我解愁。一天，同事送来一桶装帧精美的菊花茶，说是喝菊花茶能去火消炎，解除牙龈肿痛，不妨一试。

谢过同事的好意，我随即打开茶桶盖，泡茶，试试看。取出六七朵花蕾放入茶杯中，用沸水冲泡，三五分钟过后，花蕾慢慢向四周蓬松，好像在烈日下争相怒放，轻盈婀娜如绿云飘浮。此时，似乎忘记了牙痛，我一边饮茶一边端详起菊花茶桶上面的文字，浙江桐乡"梧叶牌蕾菊"茶，选用正宗地道浙江桐乡特产杭白菊，《本草纲目》记载："能清热、降火、明目，是四季皆宜的高级饮品。"品质纯正洁净馨香，色泽天然，汁水清香，味甘醇厚。的确，品茗菊花茶，深感清香味甘，适口性好。

菊花，多年生菊科草本植物，是一种名贵的观赏花卉，深受国人喜爱。我国一年一度的菊花盛事从明代一直沿袭至今。如今的年度菊花盛会，更是姹紫嫣红、绚丽典雅。我国历代诗人画家，以菊花为题材吟诗作画者众多，留下了许多歌颂菊花的大量文学艺术佳作，流传至今，耐人品味。同事送我菊花茶茶桶上就有一首诗，不妨抄录：

携锄秋圃自移来，篱畔庭前处处栽。

昨夜不期经雨活，今朝犹喜带霜开。

冷吟秋色诗千首，醉酹寒香酒一杯。

泉溉泥封勤护惜，好和井径绝尘埃。

这首是出自《红楼梦》贾宝玉的《种菊》诗，形象地描述了种菊花的情景，移菊苗栽种，用水浇灌，用土封培；闲暇乘兴，面对菊花举杯饮酒，吟诗，无不流露出一种与尘世的喧闹隔绝的闲适心情。忽然，想起我读初中那两年，正逢学校"下乡学农"热潮，功课不多，爱好读书的我，看到教我们语文课王老师床头放着四卷本的《红楼梦》，书上有好多插图，好奇心迫使我从王老师那里好言好语借来，整整一个学期的耐心阅读，使我度过了一段美好的时光。书里的好多诗句似懂非懂，读过好多有关菊花的诗，不想如今读到茶桶上的这首菊花诗，正是《红楼梦》里贾宝玉吟菊花的诗，又勾起我怀想那段荒废的日子偷闲读书的乐趣，至今觉得好笑。一个刚读初中一年级的学生要读《红楼梦》，难怪王老师不肯借我书读。之所以借给我，大概在于我的作文常被王老师当范文讲评，才宽容我的幼稚，鼓励我读书，并在我读完全书后与我交流他对书中人物的评价，让我至今记忆犹新。虽然，我参加工作后自己购买了一套精装的《红楼梦》放在书架上，只是偶尔翻翻，从来没有像那时查着字典一句一句读完全书。

爬满青藤的阳台

"日午独觉无馀声,山童隔竹敲茶臼。"这是出自唐·柳宗元所作《夏昼偶作》里的诗句,作为茶桶装饰选用其中后两句,一个"敲"字,以有声拟无声,最精妙传神!

说到写菊花的诗,我最爱陶渊明《饮酒二十首》中有关菊花之句:"采菊东篱下,悠然见南山;山气日夕佳,飞鸟相与还。"一个"见"字精确地表达了诗人采菊之时,无意间抬头,山的形象映入他的眼帘,本来无意看山,因采菊而见山,景与意会,多么美妙。到了傍晚时分,太阳落山景色奇佳,诗人把采好的菊花准备拿回家里,见到空中的飞鸟也纷纷飞回自己的小窝,诗人与飞鸟一道高高兴兴回到家里。清新的田园风光,静逸、闲淡的世外桃源,好生让人羡慕!

我爱菊花,也养菊花,因它有傲霜斗寒的高贵品格,当其他花卉都纷纷凋谢的时候,它以傲然的姿态,盛开在九月,直至寒冬,那淡淡的幽香,依然散发在我的书房中,给人以美的视觉、美的心情。这是我盆栽的两种不同颜色的红白菊花,纯白、艳红,竞相开放。下班归来,踏进居室,远远就闻到一股清幽的芳香,随风而来,沁人心脾。

这个季节,无论你路过公园花坛,或闹市里的街道,无意间看见一处处景观的菊花盛开,不由你驻足探身,凝视一刻,细嗅其香。静默的菊花,以那种雅致缤纷的姿态次第落入人的心间。这样的时刻,你会发现周围的嘈杂声也随之温和,花朵净化过滤了过多刺耳的声音,菊花高洁素净的样貌,一朵朵凝固成清淡的思绪,在人的心中如白云悠然散开……

古语云:"菊性高洁,不同百卉,早植晚发,君子德也!"我想,在五彩缤纷的现实生活中,人如能像菊花那样淡泊名利,宁静处世,"淡如秋菊何妨瘦,清到梅花不畏寒"。此乃"君子德也"!

春蚕药枕

乡下的亲戚打来电话，让我去车站取老家捎来的东西。从车站到城里住处有一段距离，沉重的袋子背得人够呛。我以为是什么稀罕物，一袋子蚕沙，就是家乡人说的蚕屎，米粒大的黑颗粒。

老家人养蚕，自然少不了这东西。尤其这几年，村里人兴起养蚕热潮，王家的几个兄弟养蚕发家，盖起了两层楼，还上了当地的报刊宣传。日常来王家取经学习的人不少，县里县外的养蚕户大车来小车去，大有如火如荼之势。

春蚕，是一种家蚕，也叫桑蚕。蚕是一种昆虫，幼虫灰白色，吃桑叶，吐丝做茧，变成蛹，蛹变成蚕蛾。蚕蛾交尾成卵后就死去——无穷的丝是它对大地最后的遗嘱，有诗云"春蚕到死丝方尽"。人们生动地把教师比作"春蚕"，是对老师的无私奉献精神和高尚品质给予的高度评价。人们赞美教师就像春蚕一样"吐尽心中万缕丝，奉献人生无限爱，默默无闻无所图，织就锦绣暖人间"。"春蚕"是广大教师感到无比荣耀的称谓。著名教育家朱光潜说："只要我还在世一日，就要吐丝一日，但愿我吐的丝，能替人间增一丝丝温暖，使春意更浓。"朱先生之言，实在可嘉！

蚕之屎，也称蚕沙。我从车站取回的蚕沙，原来是妻子让人捎来的。我埋怨她要这东西做啥？妻子说是做枕头，我觉得好笑。家里放着超市买来的舒服枕头不用，偏用这东西做枕头，守旧。妻子不乐，精心做自己的事——买来布料，缝制枕头。不几天，沉甸甸的枕头放上了枕边，我执拗不过妻子，任由她去。

夏日的夜晚，空气闷热，难以入睡。夜静，睡在沉甸甸的枕头上，不久自然入眠。奇怪，往往这个季节，睡在棉花之类的枕头上头热难眠，而睡在蚕沙枕头上有种说不出的滋味，凉凉的，清爽，异样的暗香……

我睡觉离不开枕头，这与小时候养成的习惯有关。母亲说，小时我总是不听话,好动,尤其睡觉让大人操心。那时,家乡人生活清苦,孩子的哺乳期全靠母亲的奶水养育,不像今天孩子那样会享受,奶粉,高级营养品。山里孩子出生,虽然处于贫穷的年代,大人再苦再累,也要将孩子拉扯长大。家乡人很注意孩子出生后的睡觉姿势,头枕的高低要平稳合适,不能睡偏了头,长大难看。那时,我睡觉好动,总是左顾右盼,母亲就想法矫正姿势。家里养蚕积攒的蚕沙不少,母亲灵机一动,做成小枕头。蚕沙枕头颗粒小,容易移动造型。于是,母亲将松动的蚕沙往两边移动,中间留下小孩睡枕的空间,很管用。即使这样,我至今头也未能长成家乡人理想的那种当官人的头型。感恩母亲的操劳,让我从小欣闻异样的蚕香,那种与阳光、泥土混合的气息。我知道,这是一种源自山野的质朴与清新,浸润到我的头脑里的泥土气息与春蚕的芳香,我必须倍加珍惜。

那时,母亲养蚕是为了换回一些粮食,贴补家里生活。在今天看来不足为怪,那时养蚕得偷偷地去做,不能声张。每天,母亲从队里干活回家,从山坡地畔采集野桑叶,供养一篮一篮的蚕宝宝吃。从白生生细小蠕动的幼蚕到结茧成蛹,母亲不知操劳了多少个日日夜夜。就这样,我们兄妹六个在枕着蚕香的日子里度过了贫穷的童年和少年……如今,母亲年事已高不再养蚕,看着村里人纷纷养蚕的热潮劲儿心动,总是好奇地问这问那。跟我唠叨从前,眼里含着激动的泪花,心里的话儿道不完。

去年春上,我回趟老家,亲眼看到家乡人养蚕的大场面。绿油油的田间大片的桑田,矮化桑树枝叶青翠,肥大的桑叶,油绿滴翠。采桑叶的村姑匍匐在桑田中,桑叶枝条摇曳。偶尔,传来轻灵的歌声,让人怦然心动,久久凝视……走进蚕室,那乳白色的蚕儿蠕动在嫩绿的桑叶上,一片片,一筐筐,一层层,摆布适中。你听,沙沙沙的声响,蚕食桑叶之声。满室的春蚕蠕动,满室的沙沙声!没想到这些柔软的蚕宝宝,吃起桑叶来还那么有滋有味,发出如此美妙的声音,就像在倾心演奏一首贝多芬的交响曲!想起小时候学过巴金写的《春蚕》,课文里"我"也听到了蚕吃桑叶发出沙沙的声音，记得当时没什么感觉，没想到今天的沙沙声一下子就勾起了我对这篇课文的回忆。"我抬起头，看见母亲的两鬓又添了一些银丝"，她微笑着"把这些小生命抖落在小匾里"……

从乡下回城，我枕着妻子缝制的蚕沙枕头安宁地酣睡。梦里，听见仿如春雨般沙沙沙的声音，梦中的我变成一只小小的春蚕，融入春天的合奏之中：沙沙沙，沙沙沙……做梦，是因为又一次感受乡土的原汁原味，使我的心灵得到活泼与充实。

家乡人聪慧，善于利用草木做文章。看似被人遗弃的蚕沙，却派用上了大市场。巧手刺绣，做成一件件精致的枕头，销售火爆，名曰"春蚕药枕"。蚕沙本是中药的原料，据《本草纲目》记载，蚕沙具有去风降湿、和胃化浊、明目降压的功效，对眼疾、心慌、神经衰弱、失眠、偏头痛等症状有辅助治疗的作用。用蚕沙做的枕头还具有清凉降火的作用，它吸汗力强、透气好、冬暖夏凉。婴幼儿四季睡用，可端正头型，吸虚汗，同时促进大脑发育成型。写到这里，再次感恩母亲，虽然不识几个字儿，也不懂得中医常识，却在我幼小的时候用蚕沙枕头来端正头型，促使了我的大脑发育成熟。

一位哲人把睡眠称为"智慧的驿站"。因为，当人在熟睡时，大脑将会重播、分析、储存一天的事务，并留下记忆的痕迹。人的记忆完全是在睡眠过程中形成和巩固的。所以，"养精蓄锐""生息修养"，有利于迅速消除疲劳，恢复活力，有助于增强各器官的生理功能，提高睡眠质量。

我想，人在劳累一天后，需要深度睡眠，需要静心养护心灵，纯净灵魂，就应该吸收来自桑田泥土的质朴与清新的气息，使人受益终身。

那块六分多地

　　进城工作二十多年了，虽然不再种地，但我很怀念老家种地那些年月的温馨时光。

　　在我小的时候，家庭人口多，靠挣工分粮食的年月，生产队分给的那些粮食不够吃，既是掺杂些山里特有的季节性野菜，也常常接不上茬。为了我们兄弟姊妹六个过得好些，父母亲想方设法为家里增补粮食。父亲上山割荆条，编框子，卖给河南人装苹果用，换来黄澄澄的玉米颗粒；母亲在家门前的空地上种了庄稼，春末夏初庄稼长得郁郁葱葱异常茂盛，像一道绿色的屏障，连同屋后四季常青的竹子相映成趣，让人居于绿色的环抱中，独享自然的气息。既是酷暑到来，外面烈日炎炎，回家坐在屋檐下立刻有了凉意，微风吹过绿色的屏障，玉米叶子随风摆动，凉风习习。兴之所至，闲步屋后，微风吹，竹叶沙沙作响，演奏动听悦耳的歌，让人的心情变得欢快起来，天籁之声由此而生。

　　自从土地承包后，我家拥有了自己耕种的十多亩地，包括门前大路边地的坪地和碾子沟的坡地。有了土地耕种，再也不愁缺粮食吃而闹饥荒。犹记土地承包那年，家家户户笑逐颜开，圈养耕牛。春冬播种，延续传统耕种方式，按地块种植收获庄稼，虽产量不高，却能解决温饱问题。大约土地承包后的第三年春，父亲去河南灵宝县豫灵镇亲戚家，看到豫灵镇人在田间套种行行田，一行玉米，一行洋芋，听说两种作物种植不减产，还增产，父亲似信非信，问这问那，记下宽行窄行及株距的行间距。返回家，父亲就在自家责任田里试验宽窄行种植模式。先把地里的土块敲打细碎，打木桩，拉线，宽窄行相间排列。邻居们看到父亲在地里套种玉米、洋芋，既好奇，又对收成产量存疑。有好心的邻家劝说父亲，可他笑笑说："反正不成功也就是试验田歉收罢了！"父亲自信套种能成功，他是亲眼看到河南人套种的，"人家干成了的事，咱也试试看吧。"父亲看准了的事，一般不会轻易放弃。

春夏之际，田野里的庄稼满眼翠绿，套种玉米长势喜人。春风吹，吹绿了禾苗，田间的玉米正在返青；夏风吹，吹壮了禾苗，田野的玉米舒叶壮秆含苞吐穗；秋风吹，吹熟了玉米，青纱帐里荡漾着一种醉人的成熟气息……

秋收季节，让父亲欣喜的是不但没有减产，还夏收了洋芋又种了小豆。父亲详细记录了门前地里套种作物收成，用事实说明了行行田套种的高产。冬播小麦，邻居们开始试验行行田种植。来年春播，用行行田套种方式影响到相邻上下村。后来，乡镇上的农业技术员学习外地农作物种植经验，大面积推广行行田套种技术，粮食作物丰产增效。从农作物套种到蔬菜间作套种，举一反三，合理间作套种，提高了产量。如今想来，我为父亲感到骄傲！他用试验套种的成功证实了自己选择的正确。那年秋收，我回家看到父亲在算盘珠上拨来拨去，一边写一边算，他放下算盘不由笑出声来。我心想，父亲的行行田套种成功了。我看父亲满脸笑容，嘴里衔着一根长长的烟管，靠在椅子上"吧嗒吧嗒"地吞云吐雾。看父亲边抽烟边沉思的样子，又在谋算套种的事吧！这就是我的父亲，一辈子种庄稼，亲近土地，不墨守成规，善思好学不服输。不管是木工活，还是瓦工活，父亲都能胜任。村上邻家盖房子、修院墙等，父亲乐于帮忙，并尽力做好。家里的各种农具父亲都改造过，用起来方便灵活。如今父亲去世一年了，他真的把自己与土地融为一体。种庄稼的弟弟用的是机耕农具，那些父亲改造的木犁、耙、耧等农具只好挂在山墙上，成了一种念想。

记得我成家后的第二年，按照乡俗兄弟多要分家，我也分得了自己的土地。从上学到高中毕业当民办教师，我很少亲自耕种过庄稼。分家了一切都要从头学起，套牛犁地，牛不听使唤，行行田歪歪斜斜，虽尽心去做，终不得要领。有年，冬种小麦手下撒得不均匀，出苗稀少，还有小片空白。妻了在娘家种过庄稼，干农活比我强。一年到头，庄稼地里的活路几乎由妻子承包了，家里的生活还算过得去。一九八七年九月

爬满青藤的阳台

我考上了师范，上学两年家里的土地妻子经管，种庄稼、挖药材，买粮食、买药材，为我填补上学的零花钱而受尽了苦。师范毕业我先后在两个小镇工作过，家里的几亩地依然由妻子耕种，我只有节假日回家帮忙。进城后的二十多年间，我的土地随着孩子上学而减少，留下的一点地也转让给弟弟耕种。妻子先在城里一家印刷厂打工十多年，后又到园林所打工，心里总想着种地，自己在馒头山荒地挖地、除草、种植蔬菜。我也没有说的，谁让咱是农民的孩子呢!

　　前年，北山老家村干部传话，农村土地承包三十年要确权确地，发放土地承包经营权证，我的两个孩子的土地村上意想收回。听得这话，我和妻子一夜未眠。第二天，我找到县上土管部门查政策，又到镇政府找分管领导交谈。按照土地承包三十年的政策村上是无权收回我的地。依据政策与村干部多次协商，最终只留下了一个孩子的六分多地。去年我拿到了县人民政府发证，心里踏实多了。我已拥有自己的一点土地，退休了好好经营。让绿色融入我的生活，用心呵护那块六分多地。

在城市里搜索乡村的声音（组章）

麻雀

清晨，被鸟语唤醒，我很稀奇。醒来的那一刻，心中充满了欢喜，像是才开盖的新鲜啤酒直往外溢……

这偌大的城旮旯里从来都是噪音的汽车鸣叫声，早已听得习惯了。怎么会有悦耳的鸟声，况且这声音好像就在跟前。好耳熟啊，这不是在乡村才能听得到的麻雀声嘛，不是在做梦吧？起床后顾不得去洗脸，就朝着鸟声方向寻去。透过窗玻璃看去，麻雀就在我的阳台上，难怪鸟声让人听得那么脆耳，那么动听。

我轻轻地推开通往阳台的那扇门，不料，麻雀很警觉，听到响声迅速飞腾起来，不停地乱飞乱撞，翅膀拍打在明晃晃的阳台玻璃上，有几只麻雀的羽毛也碰掉了。我看着这一幕场景，心里很纳闷。于是，又轻轻地离开了阳台,好让麻雀清静一下，那阳台不是有开着的一扇窗户吗？麻雀怎么不从那个方向出去呢！何必弄得掉了羽毛。这都是我打搅了它们的快乐时光。昨天妻子晒发霉的玉米糁子而忘记收拾，这样麻雀就光顾了阳台。既然被麻雀看中，我只好尽它们在那儿任意潇洒，也算弥补我的一时鲁莽。

以后的日子，麻雀不时光顾我的阳台。有了上次的经验，我不再关闭那扇门。有麻雀光顾的日子，也是我一天最开心的时光。我轻手轻脚地进入阳台，好想看个仔细。起先有几只麻雀躲开我的视线，专往我的花架上攀缘，好像怕我看见它们在吃我的东西，静静地在花架上斜着慧眼看我，我看着麻雀那骨碌骨碌的小眼珠不停地转，嫩黄的嘴在动，很好笑。麻雀这小精灵，也跟人似的别有情趣，我好喜欢哟！过了几天，麻雀不再怕我，距离越来越拉近，以至于我读书看报的时候，有几只麻雀竟飞在我闲置于地板的书页上，在字里行间来回走动，好像在读那文字，理那文本里潜在的文脉。一时让我惊讶，好奇、猜测、好玩一齐涌上心头……

这样的日子过得真快，不到一个星期的时间，那麻雀竟也不知去向，我好烦躁。好多天晨起，总觉得麻雀就在阳台上。可轻轻地拉开那扇门，却不见麻雀的踪影。这麻雀到哪儿去了？几年前我居住这楼房时，楼下是一片河滩，春夏季节，不时地下着雨，河滩里有水，潺潺的流水声悦耳动听。河边，是排高大的杨树，是鸟儿的家园。看风景最好的地点莫过于我的阳台。那阵儿，我居高临下望风景，平视杨树与鸟儿对语，心境一片开阔，如入平湖，任我荡舟。如今，那河滩不见了，那排杨树不见了，高高的楼房拔地而起，农贸市场建在河床上，风景是少了，烦恼却多了，噪音不绝于耳……哪有鸟儿的藏身之处呢？不知光顾我阳台的那些麻雀，来自何方，去到何处？城市建筑群的扩大，市场的繁荣，给居民生活带来了新的生机，新的欢乐。然而，亲近城市的鸟儿愈来愈稀少，适合鸟儿的场所愈来愈奇缺。

前几日，我去洛河畔的一个小镇上出差，夜晚住在靠近河边的旅馆里。一夜里睡得很香，清清静静的夜。隔窗望去，洛河岸边星星点点的灯光闪烁，只听得洛河水的汩汩流淌声，便进入了梦乡……

晨起，倚窗望远，用心聆听大自然的声音，用简约而纯粹的天籁之声，来抚慰清洁自己的心灵。看那窗前斜对面的风景，耳边不时传来鸟儿的鸣叫声。两个高大的杨树上，有两个高低相对的鸟窝，鸟窝旁边周旋着一群麻雀，飞来飞去，吟唱好听的鸟儿歌，新的一天在鸟儿的欢歌中拉开了序幕。我望着杨树杈间悬着的鸟窝，心中充满着感恩之情，那是不是我阳台上鸣叫的麻雀，怎么好多天不见了？还记得阅读我那本书里行间的文字，留下的"人"字形笔迹……这不可能吧，我那城里的阳台离这里百十里多路，怎么会是它们呢？恍惚间，小镇上传来汽车的鸣叫声，打断了我正跳跃着的思绪，不再去想。

从乡下归来，我愈加思恋起阳台上的麻雀，常去看看，想着它们在花架上嬉戏的样子……虽然鸟儿已飞去，我依旧放些秕谷之类……我期盼着看见鸟儿再来阳台上啄食，那些或许还飞在城市里的麻雀。

蟋蟀

这是一个真实的故事，真实得无法让人想象事实的存在。

去年初夏，我让拉煤的老李给我拉了一车煤，累得他满脸汗水直流。高高的五层楼就是空手上楼都要走一层停一步，何况挑着八十多块煤的担子压在肩上，一个五十多岁的老人。老李给人拉煤近十年了，从我搬进楼的那一年起，我们就成了至交的熟人。看着黑漆漆高垒起的煤堆，送走疲惫的老李下楼，我悬着的心才放下来。

夜晚，我心安理得地入睡。城市的夜晚难得安静，只有后半夜才有寂静的感觉。大约接近子夜，城市的夜静下来，室内的虫鸣叫起来。奇怪，怎么有蟋蟀在叫，一声声从阳台那边传过来，弥漫着整个一百多平方米的房间。我好奇地静下心来去倾听，这声音来自白天老李所拉的那堆煤，从东头煤场到我的住处至少说也有一里多地，蟋蟀是怎么跟随老李过来的，又怎么藏起来的，得以在煤块中迁徙生存。这声音好欢快，好像大型演奏会上的独唱，音韵和谐，节奏鲜明，无需铺排，则神韵凝聚，独占鳌头。一曲结束，稍作振作，又是一曲。似"独钓寒江雪"的韵律，像"犹抱琵琶半遮面"的情调，给人以"如听仙乐耳暂明"的淋漓和畅快。这样的静夜，听如此明快的曲子，在我还是第一次。想起小学时课本里读过关于贝多芬为盲女弹奏《月光曲》的传说，那种宁静温柔的抒情曲曾打动过我，给人以无限的想象空间。明净如洗的月光，轻声舒缓的琴声，激动惊喜的心情，使人沉浸丁一种无我无物的境界。此刻，蟋蟀在叫，是为迁徙新居而欢快，还是为离群而呼叫？不得而知。整个楼上唯有一只蟋蟀在独自歌唱，且声音悦耳。那晚，虽然我未能入眠，被蟋蟀的歌唱所沉醉，但我很坦然，毕竟接近了自然的声音，与自然的声音融为一体；一夜歌声，一夜与蟋蟀尽情交谈，何乐而不为呢？

此后，每晚凌晨时分，蟋蟀的歌唱如期到来。"唧，唧——唧唧"，蟋蟀的鸣叫之声由阳台及室内，由低音到高调的鸣叫，不，是歌唱。我好久没有听到蟋蟀的歌唱了，就凝神静气地倾听。"唧唧，唧唧，唧——"，声音越来越顺耳，越来越动听。我仔细地听，按捺不住心中的激动和兴奋。蟋蟀似乎很警觉，当我接近煤块时就停止了歌唱，大约几分钟后，精明的蟋蟀知道我无意伤害于它，于是，又自由地、大胆地唱着自然的歌。仿佛在低诉，好像在沉吟，似乎在高呼；一会儿高亢，一会儿低沉，一会儿温柔，一会儿刚直……乐不知倦，独有闲情！在这高楼群居的城市的深夜里，无鸡鸣狗吠，只有蟋蟀在歌唱。此时，蟋蟀的充满激情的歌声带给我心灵的慰藉，也带给我一丝快乐和高兴，更给我信心和勇气。蟋蟀，这大自然的歌手，这昆虫中的勇敢坚强的斗士！

想起少时，乡村孩子无游戏可玩，夏季捉蟋蟀的情景。我和弟弟在家里，听着屋外蟋蟀的低吟，心头就痒痒的。于是，偷偷地拿走父亲的手电来到小河边的田埂里，蹑手蹑脚地循声而去，屏息凝神，用一根小竹棍小心翼翼地拨开草丛，一只褐色的小生命在起劲地歌唱，却不知我和弟弟跪倒在草丛里，在手电光的照耀下把手做成碗状，猛然一扣就捉到了，在手心里蹦跳呢！我和弟弟笑呵呵地拿着蟋蟀回家，以至于忘记了膝盖沾了草汁，沾了泥土……童年的心小小的，一声蟋蟀的吟唱，都让我们快乐好一阵子。

如今，蟋蟀就在我的房间歌唱，我却顾虑颇多。一只离群的蟋蟀，一只远离自然的蟋蟀，她的歌唱怎么动听悦耳？总使人觉得有丝丝的伤感存在。一只蟋蟀的独唱，使人觉得在伤情的呼唤着同伴的到来，一起合奏激扬亢奋的音乐。为此，我为一只蟋蟀的离群而动用全家人的智慧，来挽救一只蟋蟀的生命。孩子喜欢生物知识，为蟋蟀购买鲜嫩的蔬菜叶子，放在蟋蟀可能出没的地方让其吃；从城郊采了蟋蟀草，来喂养，还是沾了露水的嫩嫩的蟋蟀草，说是蟋蟀最爱吃。我曾为将这只蟋蟀放回自然中去挪动所有的煤块，可是蟋蟀藏在隐秘的地方，始终未能如愿，只好任其自由地低音歌唱……

从夏热到秋凉，每每深夜我都依然在充盈着蟋蟀的歌声中入睡，我很欣慰。

忽一日，夜深人静，专心读书的我似乎觉得少了什么？是啊！少了蟋蟀歌唱的声音，难怪使人顿觉纳闷。几个月里听惯了蟋蟀歌唱的声音，突然停止似有不快。去阳台静心等待歌声的响起，却让我失望。

终有一天，阳台上的那堆煤块烧完了，蟋蟀的面目裸露了，一只饮料瓶里留下蟋蟀最后挣扎歌唱的残骸……

夜静，读远方朋友的诗集，那散发着墨香的诗行里，有撩拨人心扉的诗句，轻轻地吟诵起来，一只蟋蟀在城市里歌唱："他把高楼当成了大山，他把街道当成了河流，他把灯光当成了月光；他的歌，没有河水的轻吟，没有月光的浅唱，更没有大山的坚毅和雄伟，甚至青草的芬芳，露珠的力量；他吃了太多的噪声，他喝了太多的烟尘，色彩斑斓的人群，让他心灵眩晕，歌唱，只能让他更加寂寞和彷徨……"

因为，一只唱歌的蟋蟀，它的舞台在乡间的院子里，在篱笆墙下，在旷野，在麦地……

知了

　　晨曦,我在迷迷糊糊的睡梦中翻了个身,那一群知了的叫声惊醒了我。我好不容易克制自己不去听那一阵强似一阵的声音,头脑却怎么也不听指挥,总在似睡非睡时不由自主地侧耳静听,翻来覆去睡不好。这群知了合唱的声音多么动听,像那种天籁般的声音,让我突然起身,仔细分辨好几遍才静下心来,那种久违的乡村蝉鸣之声。此时,睡意全无。该想的和不该想的一股脑儿涌向这个周末,思绪缤纷。

　　这个周末,虽然我未能如愿睡到八九点钟,但我感谢知了的叫声,它让我听到流动的蝉鸣声。我起床穿衣、漱口,走出洗手间去小院望天,天空瓦蓝,无一丝云彩,空气格外清新。我给院里的花木浇水,绿荫如盖的龙槐树下的盆花,窗前翠绿的一丛竹子,枝繁叶茂的樱花树下的牡丹花,还有紫藤架下的小黄杨,我用一根橡皮水管都给它们浇上了水,让盆景花木喝了个够。一时,小院里花木葱茏,青翠欲滴。我一边浇花木一边听蝉鸣,蝉声清越、婉转,像一首透明的歌,似一组美妙的音符,奏响着动听而激昂的旋律。小狗也在我的身边跑来跑去,有意躲避着四溅的水花,我故意给小狗身边喷水,它跳起来汪汪直叫,似乎在向我示威。好玩的小狗,逗人喜欢。浇完花木,冲洗了小院,关闭了电闸,放下手中的水管子,消闲。

　　昨天刚"立秋",天气依然闷热,盛夏余热未消。好不容易有了这个难得的一周年休假的日子,却也在"秋老虎"发威的高温中生活。听蝉声,让人想起古今文人触景生情所写咏蝉的清丽诗篇。东晋南朝诗人王籍《入若耶溪》诗云:"蝉噪林逾静,鸟鸣山更幽。"寓静于动,动中显静,山水万物交融,极佳的境界。我常羡慕能身居那种深沉的寂静,"深溪横古树,空岩卧幽石。""兰庭动幽气,竹室生虚白。"(杨素《山斋独坐,赠薛内史》)如此闲适生活,却让人望尘莫及。于城市钢筋水泥的夹缝中生活,上下班来去匆匆,手头总有做不完的事在等待着你去做，心绪甚是不宁。若是夜晚加班归来，穿街过巷，耳边传来莫名的声音，却也无暇顾及声音之出处。尤其黑灯瞎火地段，让人陡然生发恐惧之感，双腿麻木，恨不得腾空飞跃，一晃而过。偶尔，眼前出现醉酒的手握酒瓶子摇摇晃晃的汉子，胡言乱语骂街，让人心生厌烦。反倒是倾听城郊夏天的蝉鸣鸟叫之声，呼吸自然的空气，在舒适美丽的环境中让我对城郊乡村有了美好的印象。"日入相与归，壶浆劳近邻。长吟掩柴门，聊为陇亩民。"（陶渊明《癸卯岁始春，怀古田舍二首（其二）》）生活在乡村，悠闲惬意。

午饭后，我坐在书房南窗前看书，窗外的知了依然在叫。间或，一只蝉带头鸣叫，一片的蝉声四起，时而激越，时而清亮，好像演奏一首气势恢宏的交响乐。小院外的河边，邻居房前屋后的树杈间，形成一个天然的大剧场。聆听知了的大合唱，"知了，知了……"知道了什么？让我疑惑不解。翻阅手边新书，朱赢椿著《虫子旁》，讲述小虫大事，图文并茂。这本"观虫日志"，关于知了的就有三篇，《黎明前的蝉》"娇嫩的黄绿色"，"小心翼翼地伸展开打着褶皱的翅膀"，"旁边是一只破损的蝉蜕"。《蝉的涅槃》是一个艰难的再生过程，"很安静地落在树上，一动不动"，即使你跺脚，拍掌，"蝉依然没有动弹"。《蝉蜕小屋》是一道风景，"虽然经历了一个夏天的风吹雨打，蝉蜕竟然纹丝未动，而从中嬗变出来的蝉应该早就不在了"。蝉的幼虫变为成虫时蜕壳，落下蝉衣。啊！金蝉脱壳，堪称奇迹。

放下书，我在窗前凝望，奇迹就在我目击处发生。一张大大的蜘蛛网从我南窗防护网扯开，一直延伸到紫藤架那边，足有三尺盈余的空间，网住了几只苍蝇、蚊子和叫不上名字的飞虫。突然，院墙外传来公交车的鸣号声，惊飞了一只正在樱花树枝上歌唱的知了。"唔嘤哇"一声，一头飞进那个蜘蛛网，扑腾着翅膀，挣扎着，一只活生生的知了就在眼前。

此时，我屏住呼吸急切观望，希望会有奇迹出现！几秒钟过后，被网住的知了终于撑破了那张网的一个空隙，飞向院墙边蔷薇花枝上。惊恐过后，又在那儿"知了、知了……"，这次我真的听得清楚了，"出了，出了……"

从早晨到黄昏，这些让人入耳的蝉鸣是和河对岸刺耳的水泥搅拌机声混合在一起的。河对岸正在建一座高楼，搅拌机的声音从清晨响到午夜。城市的噪音向城郊乡村蔓延，人类为自己的生存扩充空间，挤占地盘。然而，有谁曾想到一只网住的知了还在破网前做最后的挣扎？何等的伤痛？不说也罢。

白鹭

乙未秋，我无数次地来到洛城县河之滨，站在汉白玉栏杆旁，静观河道湿地那一群悠闲漫步的白鹭。

一群轻盈洁白的白鹭与清澈的河水、葱茏的水草、垂柳抚堤岸构成一幅美丽的图画，引来清晨散步的广大市民观赏拍照。据滨河园区工作人员介绍，往年秋天也有少许白鹭来到县河上下栖息，不像今年一下子来了这么多的白鹭，实属罕见。县河景观公园建设带来区域内的生态环境明显改善，入夏前橡皮坝已放水，水位下降，露出河滩大片的湿地，清清的河水、茂密的水草、浮游的生物，引来成群的白鹭觅食、嬉戏。

这一群可爱的白鹭。城市的稀客，它们在晨曦悄然飞来，又在傍晚悄然飞去。

黎明前的县河，雾气蒸腾，看不清河岸的大桥和岸边的楼房，山城笼罩在雾霾中。此时，那些早起摆摊卖吃食的人凭借熟悉的路径，推着吱吱呀呀的车子，从四面八方涌向喧嚣的山城。晨起跑步，大老远就听到这种声音，走近了才看得清人的面目。有时，没有吱吱呀呀声响，两人相遇不由"啊——"的一声，相互礼让，擦肩而过。

当黎明撕开夜幕，雾霾慢慢散开，县河湿地开始出现生机。一群白鹭不知从哪个方向翩然飞来，自由地在湿地中来回踱步。滨河岸边，不少摄影爱好者闻讯而来，纷纷用镜头记录这美丽的一幕。大多数早起的市民，他们纷纷用手机拍照，或默默观赏，或指指戳戳，谁也没有高声说话，大家脸上洋溢着喜悦的心情，好像庆祝盛大节日一样隆重。每天，人们不约而同地准时在滨河岸边聚集，以至于汉白玉栏杆上留下了他们昨天的体温。那样的虔诚，那样的执着，充满着期待，心怀感激，敬重生命融入自然。

滨河两岸高楼林立，夹缝中还算开阔的地带是一条自西向东缓缓流淌的河叫县河，它像一条翠绿的玉带，从城中穿过。每每晨曦或黄昏，人们便三三两两，陆陆续续地来到滨河两岸，或散步锻炼，或欣赏美景，体会无穷无尽的乐趣，感受滨河秦唐公园给人们带来的无限欢乐。

入秋以来，一群大约四五十只白鹭的到来，为山城滨河路增添了一道亮丽的风景，增添了雅趣和诗意。来到滨河边，看到很多白鹭。它们在河中戏水，它们在绿草上漫舞；它们扑扇着翅膀飞向空中，又落在河边的浅水里，把雪白的身影映在清澈的水中。此时，我不由联想起"一行白鹭上青天"的美景，唐宋诗词中"漠漠水田飞白鹭""草长平湖白鹭飞"那样的画意。尤喜欢郭沫若那篇文质兼美的散文《白鹭》，"那雪白的蓑毛，那全身的流线型结构，那铁色的长喙，那青色的脚，增之一分则嫌长，减之一分则嫌短，素之一分则嫌白，黛之一分则嫌黑。"赞美白鹭外形美，独到精辟。诗文中的白鹭，既是上帝的造物，更是作者情怀的象征。我视野里的白鹭，不仅是一篇典雅的韵文，更是一首精巧的诗。

县河湿地，栖息了如此多的白鹭，十分壮观。长满了青青草的湿地成了白鹭的天堂。洁白的鸟、绿色的草相映成趣。身临其境，让人灵魂受洗，心灵震撼！此刻，我听到了白鹭的呢喃，这些翩跹起舞的精灵在嬉水中猎取食物，表现得那么专注，那么有耐心，敏捷捕捉，冷静处置，呈现出一种令人赞叹的"鹭鸟精神"。这种精神，对于今天浮躁不安、急功近利的人类来说，不也值得反思吗？

这个秋天，纯洁美丽的白鹭走进我的视野，让我思绪飞扬。记忆中的白鹭，是在老家北山那条清清的龙河边，这个季节虽然"秋老虎"在发威，但有白鹭在河边嬉戏总能给我心灵上带来清凉的慰藉。几只白鹭，或静立在河边柳枝上，或行走在河中水草间，弯弯的小河上下，翠绿的山野上空，就会生机盎然。每当放学后，我和村里的小伙伴约好去小河边玩，看展翅飞翔的白鹭，飞过青青的田野，飞过高高的杨树林，飞过翠绿的山坡，我的心立刻觉得无比的激荡，好像自己也飞翔起来，夜里做梦也凌空飞翔！一晃几十年过去了，那条有白鹭出没的小河改道，也被大兴农田建设的声浪所淹没。从此，白鹭不再出现。飞在我记忆里的白鹭，飞翔在读书的课本里，飞翔在唐诗宋词里……

蓝天白云下，白鹭在湿地上自由飞翔，它们的巢，不知构筑在何方？夜宿在哪里？每当我看到湿地上群鹭飞舞，就会质疑追问。我不止一次询问身边的人，但谁也无法准确回答我的疑问。也许永远是个谜。我知道茂密的青草之间，是鱼虾的产卵地和白鹭获取食物的极好场所。它们从遥远的地方起舞，不知疲倦地飞翔，寻找自己的乐园。

近年来，政府重视生态环境保护。退耕还林，治理水土流失，依法治理污染，使得城乡区域环境面貌焕然一新。城南仓颉园里树木葱郁，绿草如茵，蜂蝶飞舞，鸟叫蝉鸣，成为市民休闲的好去处。难怪一群白鹭青睐上县河湿地，它们享受这里的原生态自然环境，成为这片土地的精灵。

在我心里，"白鹭实在是一首诗，一首韵在骨子里的散文诗"。（郭沫若《白鹭》）

倾听虫鸣

我居住的山城藏于秦岭腹地，坐落在洛河岸边。一条河流穿城而过，两岸肥沃的土地上生长着大豆、玉米和高粱。盛夏闷热，田野的庄稼耷拉着头，瞄好了在夜里疯长。等待着一场阵雨，方可缓解这燥热的天气。窗外，传来了各种车辆的鸣叫，更增添了夏日的烦躁。

唯有夜间，方可解热纳凉、释放心情。最好的去处不外山城的仓颉园，只有这里，才能给人带来一丝的清凉。我与妻常来仓颉园闲逛纳凉，可妻却不知，我除了陪她之外，还另有心思。

入夜，馒头山上的仓颉园里彩灯闪烁，凉风习习，最适宜于放松一天的疲劳。在八角亭中，我惬意地仰卧在亭下的条石上，眼观满天星斗，耳听唧唧虫鸣，仿佛置身于空灵的山野境地。远处传来缥缈的音乐，近处，不知名的虫儿们在鸣叫。我专注于虫鸣，耳畔只有虫儿的歌声。

"唧唧，唧唧……"细细听来，那些来自草丛中的声音，原来是一只只蟋蟀在赛歌。我轻轻地移步猫腰，竖起耳朵，静静听着。其中离我最近、声音洪亮、歌声婉转的蟋蟀，该是今晚舞台上的歌星了吧。它时而引吭高歌，时而低音回旋，时而绵绵细语，时而抑扬顿挫。它分明在指挥引领，更多的虫鸣掀起一波一波的浪潮，此起彼伏……听到高兴处，我在心里默默地为它们加油。"好听！好听！真好听呀！"妻子不由得说出口来。一旁静心纳凉的人都诧异地看着我身旁的妻子，好像我们做错了什么事。那些小精灵们听到妻子的喝彩声，也停止了歌唱，我感觉到离我最近的蟋蟀正在胆怯地窥视我们这对特殊的听众，要不，怎么悄然静寂了呢？少顷，看到我和妻子没有什么敌意，它试探性地叫了几声，算是对我们的回应。此时，它仿佛意识到我们也是它的粉丝，正在专心听它唱歌，于是，它的歌声更加嘹亮了。渐渐地，蟋蟀演唱队队员们歌声张扬起来，歌唱的歌唱，舞蹈的舞蹈，一场接着一场的表演，声势浩大，胜过我欣赏过的所有歌舞演唱会……我迷醉于此，迷人的蟋蟀演唱会引出许多缥缈的回忆来。

我在七八岁的时候，也是这样静谧的夏夜，山梁低坡地、河岸边坐落的农家小院，也是这样被虫鸣包围着。然而，那时却与此刻不同，整个夏天的夜晚，我都是在虫鸣声中入睡的。尽管那时的虫鸣声被静夜放大了许多倍，可我在这虫鸣的声浪中，睡得更加香甜了。白天我常与村里的孩子们一起狂热地玩耍，晚上睡梦里即使累得说起梦话，也不会在虫鸣声里醒来。即使偶尔起夜，也被虫鸣声包围得懵懵懂懂，愣怔片刻，复呼呼睡去……

那时学校里的功课不多，没有如今孩子那么费劲，玩的时间颇多。夏夜在乡间，有草丛的地方必会有虫鸣。那时，乡村各家小院里总是弥漫着金银花、指甲花的清香，以及那些叫不上名字的花花草草的馨香。这样，白天贪恋花草的香味，夜里则倾听虫鸣的演奏，那时低时高、时缓时急的鸣叫，像是有谁在指挥似的。或许根本就没有，而是虫儿们依据自己声音的特点在高唱低吟，配合得极有节奏感罢了。分不清谁是领唱，谁在附和，也辨不清这一支快乐的小夜曲里，有多少种虫儿在共鸣。当然，其中一定有蛐蛐的声音。

"蛐蛐藏在花草丛中哪个位置呢？"我与几个小伙伴悄悄地潜入邻居家的小院里，悄悄地寻找蛐蛐的藏身之地，寻到东边，听在西边，寻到西边，听在南边，那精灵的蛐蛐总是与我们捉迷藏。不小心踩坏了花草，第二天总能听见邻居家斥骂的声音。其实，那蛐蛐不是立于花草尖上引吭高歌，就是振翅伏在花草丛中轻歌曼舞呢。我们是夏夜里最快乐最富有激情的一群孩子，该藏起来的应该是我们，因为我们这些孩子只是黑暗中懵懂的听众，难以破解虫鸣欢唱的谜底。

记忆里的那条小河，河滩开满一片片野花，也是我和小伙伴们常去的地方。因惧怕邻居斥骂，好长时间我们对小院那边的虫鸣不再感兴趣了，而河滩这片圣地只属于我们。这里的蛐蛐，让我和小伙伴们都获得了五彩斑斓的遐想。夜里，我睡在妈妈身边，闭上眼睛，手上捧着装有蛐蛐的小瓶不舍得放下。儿时那种强烈的愉悦和兴奋，还有在我童年的夏梦里喧嚣了一季的虫鸣，就这样被藏进了那一段温馨的岁月里。

那邻居家的花丛，河滩上的那片野花，那夜夜虫鸣四起的梦……

夏夜，倾听虫鸣，使我进入一种沉思：蛐蛐的歌声如此动听，它们在歌唱大自然，无意中也为人类带来愉悦。至少，在这座山城仓颉园里，蛐蛐的歌唱引发了我的美好回忆，激活了我童年潜留下来的情愫，帮助我换回当时澄明的心境，回归原始平和的心态。可惜的是，很少有人注意到它们微弱的歌唱，在这个歌舞升平的山城里是多么的难得。

聆听夏夜的虫鸣，让我感受到真正的天籁之声。

那一刻擦肩而过的美丽

入夜，秦岭深处，皓月当空，银光泻地。白天下乡督查学校工作，事务繁多，有待明天继续。这样，夜宿在学校老师的房间，分享乡村明月的沐浴，犹如心灵洗礼一般。那种特别纯净的感觉，让我独自一人在月光下静思，白天的那场乡村婚礼还在脑海里翻腾，心里弥漫出丝丝的念想。

乡村学校附近，居住着十多户人家，大多房屋新建，两层小楼就有好几家。村民殷勤，和睦相处，其乐融融。无论走进哪家，小院洁净，花木葱茏，村道的小狗汪汪，呈现出新农村的一派生机。

白天路过村子，随同的乡下老师告知，正是我熟悉的一位老师的孩子结婚，有幸参加了这场乡村人家的婚礼。走进小院，热情地迎客，喜庆的氛围，让我深感与城里大酒店举行婚宴那种一个模子倒出来的不一样的新鲜感。喜庆的歌曲悠扬，婚礼现场洋溢着幸福的味道。新郎迎亲去了，家里已是宾客盈门。厨房那边，一班妇女们在厨师的安排下忙碌

215

着中午的饭菜，热火朝天。客厅里，两桌麻将在哗啦啦的声中酣战。屋前宽敞的空场上，一群孩子追逐嬉闹，一旁的人在议论着东家西家的孩子多可爱。如此热闹的场面，这是城里人家婚礼难得有的。我参与其中，与村民闲聊，无拘无束，自自然然，倾听淳朴的乡音，体味浓郁的乡情。

吃过中午饭，大约下午一点左右，听说新娘马上就要到了，打麻将的、闲散聊天的人们都集中到屋前场子上，个个脖子伸得长长的朝着村口方向瞭望，小孩子们急了跑到村外的公路边，看见了高呼着："新娘子来了！新娘子来了！"此时，放鞭炮的几个小伙子忙着在大门前摆长长的鞭炮，婚车到了村口用口中的烟头引燃鞭炮。"噼噼啪啪"声响过后，婚车旁拥挤着看新娘的男女老少，新娘子穿着洁白的婚纱，由新郎牵着手走进婚礼现场，司仪在欢笑声中举行婚礼仪式，一对新人在伴郎伴娘的簇拥下款款进入了洞房。

吃喜宴开始了，这道菜，那道菜，一起端上来，让满桌的客人吃得津津有味。我一边品味乡村野菜佳肴，一边听着主事人幽默风趣地主持婚礼。席上，相识的与不相识的朋友坐在一起，在端起酒杯的瞬间，将心灵上的默契化为美好日子的图腾。

吃席后，我在场院欣赏那些红被子、红箱子、红脸盆，还有那大红喜字；我看见红鸡蛋、红枣、红花生等，被那些姑娘嫂子们装进了口袋里，那闹腾后胜利的喜悦心情藏在红红的笑脸中。于是，抱被子的、端脸盆的、提箱子的小队伍，形成了红彤彤的一道富丽的风景。

这样鲜活少见的风景，让我浮想联翩，夜不能眠。想起自己初恋时的一段美好时光，形如此时的月夜，明净的月光透过窗户射进来，满屋生辉。

那是往昔的山村月夜。山里的秋意早到，夜静清凉，远处的山峦在月光里香甜地酣睡，近处的玉米大豆发出窃窃私语。我轻轻地拉着初恋女友的手，漫步在一地银光的乡村小路上。初恋女友住处在不到三里地的邻村，我俩却走了好长的时间。我们的话语离不开夜晚的月光，借月光言语，隐喻彼此的心思。话语时断时续，相互对视，羞涩的一笑。这是我第一次送初恋女友回家，到路口松开了热汗的手……

那是八十年代初期，乡村年轻人的恋爱情事封闭在月光里，只有这样的月夜初恋人才好约会，避免乡人的闲言碎语。那时，开放的时空有限，就连一部刚上演的电影里的男女镜头，都会被乡人说三道四好多天。

那时，我高中毕业在一所乡村小学担任民办教师。初恋女友正在附近的一所中学读初中。缘于一次乡村公开文艺汇演，她扮演小品戏中的乡村识字班教师，帮助社员们识字、学毛选的鲜活场景，惟妙惟肖，引得台下一片喝彩的掌声。我在她走下台的人群中相遇，彼此的目光不经意地碰撞在一起，不知怎的冒出一句话来："你演得真好！"只见她脸倏地一红，朝我一笑，并没有回答我的话，低着头，迅速从我的身边走过。那一刻擦肩而过的美丽，让我就记住了她。

后来，经好心人的帮助和撮合，我与她相识、相知、相恋、相爱，走过了一段漫长的时光。我工作的学校离她所读中学较近，她中学读书三年，我在乡村小学教书三年，这三年有多少个月夜我们走在乡村小路上，留下了多少个难忘而美丽的瞬间。

每次送心爱的人回家，我总慢腾腾地消磨时光，好在拉长的时空里，让我们有更多的话语相互分享。见面时，她谈学校里的功课，我说班里调皮学生的新鲜事。有时无话可说，默默走一段路。无意间抬头，望见山梁那边的一轮满月，我对她说："今夜的月亮真圆！"她说："今天是阴历十五啊！"我怎么忘记了呢？十五的月亮挂在山脊上空，好似一盏明亮的灯，黝黑的山梁都被镀上了一层银白色的月光。朗朗的月光照在弯弯的小河上，随着汩汩的水声，流淌着一片片清秀的波光。……回味是美好的，令人珍惜。其实，浮躁的生活中能够静下心来，思考那些沉淀的美实在难得。要试着发现生活中的美，多一点美，多一点诗意和梦想，何乐而不为呢？

想到这里，我趁着这一刻澄清，伏案敲击键盘，把那一刻美好的念想，谱入字句中，让文字流溢漫漫月夜。

茶三题

连翘叶茶

我不善品茶，亦不懂茶道。但是，十多年来我喝过不少种类的茶，西湖的龙井、福建的乌龙茶与茉莉花茶、重庆的紫芸茶、镇巴县的"秦巴毛尖"茶、商南绿茶，还有不登大雅之堂的竹叶茶、连翘叶茶。一茶一味，一茶多味，味味有趣。而最令我回味的是家乡的连翘叶茶，不知其他地方有没有。

家乡的三四月天，山花竞美，千姿百态，山崖石埂上处处飘散着山花的清香。最引人注目的是满山遍野一片片黄蓬蓬、金灿灿的连翘花，簇簇紧拥，像一团团飘动的彩色云朵。置身花丛中，那浓郁的花香一定让你陶醉！这个时候，家乡的男女老少便上山采摘鲜嫩的连翘叶，将其九蒸九晒，以备泡茶喝，特别是在酷夏时节享用。

家乡人人都喜爱喝连翘叶茶。水是甘甜的山泉水，烧开了水，丢下数片连翘叶，顷刻间，水就变了颜色。那润润的琥珀色，仿佛是中秋时节从菊园里舀回的一杯秋阳，味不芳却有远香。每当盛夏，乡亲们都备好连翘叶茶，从火热的田间地头归来歇息时，用瓢舀着喝，一大口灌下肚里，全身心便透着清凉，那热烘烘的肠胃便也抚慰舒坦了……

记得有一年暑假，我得了感冒。那时家里人口多，日子过得紧巴巴。村上一位老者得知后，对母亲说："连翘叶能泻火清肠，有防寒避暑的作用，不妨一试。"于是，母亲从山上采回了许多连翘叶，烧一壶开水，将连翘叶放进开水中浸泡后给我喂喝。没过几天，我便觉得头脑清醒了，人也精神了，感冒也自然消除。此后，每年春天，母亲都要上山采摘许多连翘叶，蒸晒好备用。那几年我们兄妹六人很少得过感冒，全得益于连翘叶茶的滋补啊！

如今，家乡人再不为感冒无钱医治而着慌了。喝茶也习以为常，各种各样的茶，高贵的、优雅的、用雕花木筒装着的，亦很常见。我却无比怀念那用家乡山泉水浸泡的连翘叶茶。

每年连翘花盛开的季节，我都要回一趟家乡，闻一闻山洼里连翘花那淡淡的花香，亲手采摘一些鲜嫩的连翘叶，尝一尝连翘叶泡茶的清香，那淡淡的、涩涩的、绿绿的连翘叶茶，总是那么的令人回味哟！

喝茶

居家乡下的日子，过着平淡而宁静的乡村生活，却总是"一日三餐茶饭"。尽管老是"粗茶淡饭"，却也少不了茶。喝茶是我从小养成的唯一嗜好。想到这也就自然地想到我那故去的爷爷。

听父亲说从他记事起爷爷就爱喝茶，喝茶伴随着爷爷的一生。爷爷常说："一日不喝茶心慌，三日不喝茶腿慌。"于是，每天晨曦我还在睡梦里，爷爷烧茶用的铜茶壶就"咕咚咕咚"地响起来了。这时我才从被窝里爬出来，发现天早已亮了，急忙洗洗脸，坐在爷爷烧茶的铜壶前等待喝茶。一杯黄亮亮的清茶便倒在那紫砂茶杯里，诱得人不由伸手去端那茶杯，爷爷总是说："稍等片刻，小心烫嘴。"我看着爷爷在那壶里添水，我也帮他在那茶壶下添柴，火苗旺起来了，那黄澄澄的茶水也可入口了，美滋滋地喝上一杯茶，头脑清醒多了，背上书包高高兴兴地去上学。那种快乐劲儿别提有多美了，每天就这样被幸福滋润着心头……

有客人来我家，敬茶是我最快乐的事了。爷爷泡上一壶茶，一边在那火炉下烧着，一边和客人聊着家常话，待那壶里的茶烧好后，自然就有我的差事了，倒上一杯茶，恭敬地端给客人，客人夸我懂事，我心里乐滋滋的。冬日里，村里人闲聊常来我家，总是爱听爷爷说前朝后代的事，因为爷爷老家在河南，年轻时读过私塾，跑过江湖，了解民间的许多逸闻趣事。爷爷人缘好，村里人也常来喝早茶。因而，爷爷喝早茶已成为习惯。每天吃饭时间，全家人围坐在那张擦得光亮的八仙桌边，吃着香喷喷的米饭，倒上一杯热茶，一边吃饭一边喝茶。每次吃完，我总是一抹油嘴，再喝上一杯清茶，摇着头出去和村里的小伙伴们去玩……

记忆中，每年清明前后采茶的季节，爷爷总要出外十多天，从外地采购上好的春茶。那新买回的春茶，嫩绿的草味清香最得我爱，看着绿莹莹的茶叶泡在茶壶里，不由人心里翻腾着……老家门前屋后的那一片片竹子，是爷爷购买茶叶的经济来源。那片片竹子是爷爷亲手栽的。每遇闲暇时间，爷爷手里总是忙着，那些细竹条经爷爷的手摸过，变成了一个个竹笼，拿到邻村去卖，很抢手。我常看爷爷破竹子，只听得竹子啪啪地响，那颤悠悠的细条儿便平铺一地……

茶总是烧到最滚烫时才够味，才达火候。爷爷常年烧茶，深得其味。每天早晨总要烧一壶滚烫的浓茶，那是爷爷医治咳嗽的妙药。小时候乡下缺医少药，有时我们有个头痛、肚子痛的小毛病，爷爷就倒上一杯浓茶，说是暖暖肚的，可喝了也是准奏效的。因此"神农尝百草疗疾，日遇七十二毒，得茶而解之"，可见古人早就把茶当药了，难怪民间早有说法。

我是喝着爷爷的浓茶长大的，以至于我上学，走出乡里，读了师范，有了教书这份工作，进了城忙碌在日常琐事中，可总改不了喝茶的嗜好。

紧张的每一天，回到家，夜深人静的时候，泡上一杯家乡的商南绿茶，坐在电脑前，听一首轻音乐，喝一口新茶，入口时淡淡苦涩，咽下后渐觉香甜，世俗的喧嚣远去，坦然闲适，怡然自得，文思泉涌，双手敲击键盘，流出一段别样的清新文字，顿觉是人生好境界，不由得生出几分感慨来，想起疼爱我的爷爷，一种苦涩味儿便也涌上心头……

哦，人生如茶，苦也，淡也，总是苦尽甘来。

品茶

适逢春雨淅沥的假日，约朋友去华阳茶庄品茶。

华阳茶庄位于洛州闹市中心，临河滨路一隅。这里，虽居闹市中心，但进入茶庄别有一番清静。舒适雅观的根雕茶桌、座椅，高品位的茶具，浓郁的茶香，富有人情味的茶庄服务员，给这山城平添了几份温馨的诗意。于是，隔三岔五常有文朋诗友在这里品茶、赏诗文……

这天午后，滴滴的春雨打落在一纸红伞上，清凌凌的河滨湖面上飘荡着一叶叶扁舟，有三五年轻人坐在那游船上荡舟，时而发出清脆的阵阵嬉戏的笑声，那笑声荡漾在人工湖上，也荡漾在我和朋友合撑着的那把红纸伞上……趁着这喜雨闲情，经朋友指点，我们去华阳茶庄喝茶。

进入茶庄就坐在令人耳目一新的根雕茶桌旁低矮的茶椅上，与茶庄老板打过招呼，穿着绿色茶服的女服务员笑盈盈地约我们品茶，那小巧玲珑的茶杯缓缓地落在我和朋友的面前，那似大肚和尚的根雕茶桌泛着油黄的亮光，那和尚微笑着看我们，我们也微笑着看和尚，一杯乌洁柔光的乌龙鲜茶下肚，顿觉得身在茶庄不由己，话也多了起来，你一言我一语，说的都是掏心窝子的话。有一位擅长讲笑话的好友，给大家讲了一个有关茶的故事，给人印象很深。

　　说是很久以前，大约是云南的旧事。一位长老白发披肩，路过一深山老林，要翻越一座大山，那白发长老心想翻过这座大山好去农家解渴，谁知未爬上山顶，天刮一股黄风，尘土飞扬，遮挡住了眼前行进的路，忽听得有童子呼唤的声音传来，长老侧耳细听那声音好像弥漫在浓浓的黄尘中，待那黄风过后，山野一片清新。白发长老挥挥长袖上的尘土，移动脚步向前继续爬坡，好像隐隐约约有童子的声音回响在山洼那边，长老爬上山洼，但未见童子的踪影。长老叹息着停下来歇息，忽然眼前一亮，山洼那边有滴滴泠泠的水声在响，于是，长老拖着疲惫的身子来到山洼那边，但见清亮亮的一泓潭水是从山岩上滴下来而成的，看到这潭水，长老那干裂的嘴唇动了动，顺手采摘下几片绿叶，想用绿叶舀水喝，谁知那绿叶一沾上那清水便染绿了一泓潭水，绿莹莹的发着亮光，而那绿叶一时化为乌有了，长老只好双手掬起那绿色的潭水喝起来……

　　听着朋友讲的那云南故事，我们的心沉沉的，窗外的雨声愈来愈响了，穿着茶服的女服务员默默地为我和朋友斟上茶，那精巧的茶杯里绿丝丝的茶水，喝到嘴里使人顿觉别有滋味在心头，一杯杯茶香一股股乡情，在这雨雾里这茶乡里品得更纯更浓了……

　　走出茶庄是在午夜，街灯亮了，河滨的人工湖上依旧漂着一叶叶挂着彩灯的游船，依旧有悠扬的歌声从湖上飘来……

　　回望华阳茶庄，那忽闪明亮的茶色彩灯下，依稀可见洛州名家书写的一副佳联："茶亦醉人何必酒，书自香我何须花。"上书为"福建安溪茶农世家"几个字，朋友说："快哉，华阳茶庄！"这时，细雨仍旧打落在我和朋友合撑的那把红纸伞上，滴滴答答地响……

院墙外的向日葵（外四章）

　　院墙外有一片空地，幼儿园老师利用空闲时间种上一片向日葵。正值盛夏时分，一片葵花，一片灿烂。此时看去那太阳的光线斜斜地穿过那片向日葵，光线橙黄而透明。那花儿开得正旺，是那么的鲜艳无比啊！

　　站在办公楼前望去，那片盛开的向日葵，花儿朵朵，齐整整地向着火红的太阳点头致意！那绽开鲜嫩花瓣儿的葵花，碧绿的叶子尽情地舒展开来，那花瓣儿也使劲地歌唱，好像要把心里的灿烂吐给太阳听！望着那片灿烂的葵花，不由使人顿觉心里也亮堂了许多，那连日来闷热浮躁的心情便也消失了许多。"万物生长靠太阳！"由于太阳的日光辐射，大地上的一草一木，才得以茁壮成长！

　　正当我思绪联翩之时，天那边出现了一团团浓浓的黑云，霎时间那黑云便布满了蓝蓝的天空，紧接着大点大点的密雨倾盆而下，大地茫茫一片，远处迷蒙的山岭，烟雾般迷离若幻，想象中的山岭那边一定是"多彩"的世界。此时，那山岭里边的山村小学，那下雨天常漏雨的教室，这时一定有辛勤的老师举着雨伞，或者放着脸盆盛着漏雨，黑板上"可爱的山村"那几个大字被漏雨的墙壁上流下来的雨水打湿了，字迹模糊不清了，咿呀学语的天真的山里孩子坐在这简陋的教室里，满怀着希望的心情随着老师的示范领读，正有滋有味地读着课文……忽然，"哗啦"一声响打断了我想象中的思绪，朝响声望去，校园院墙外那片向日葵倒下了，由于骤雨袭来，那向日葵经不住这突然密集而来的大雨的侵袭，那疏松的泥土终使向日葵的根基松动，歪斜地倒在一边了，我看着这一幕令人惋惜的情景，不由为之感叹！

这时，令我欣喜的事情出现了，住在幼儿园家属院里的几个孩子站在那片向日葵前叽咕着什么，我望着要看个究竟。不一会儿，那几个扎着蝴蝶结的小女孩又出现在那片向日葵地边，她们分别从家里拿来了木杆和绳子，正在那儿扶起倒下的向日葵，用绳子连接起来，撑起一个外围的篱笆，使其扶正，不至于倒下去而影响向日葵的正常生长！我看着这几个雨雾中的蝴蝶结，心一动眼一湿，便迈步跨出了校园围墙，走向那片雨雾中的向日葵，和那几个孩子一起做起了篱笆墙。我看着那被雨水洗面的小蝴蝶结的女孩子，那满脸的笑意那晶莹的眼神都使我感动！我挥挥手看那几个天真的孩子远去，雨帘中的多彩的蝴蝶结更加鲜亮，更加轻盈……

骤雨过后，大地清新。远处的山岭清晰地显现出它那美丽的轮廓，山岭那边的孩子是否走出了漏雨的房子，活跃在校园外的沙地上，做着他们喜爱的游戏呢？于是，我又习惯地站在教学楼前望远，看那片院墙外的向日葵，"葵花朵朵向阳开！"雨后的葵花更加迷人，那一朵朵向阳开的葵花，挺直了腰杆，正在向着灿烂的阳光微笑呢！我眼前似乎又出现了那几个淋雨的蝴蝶结，那嫩红的小手和那真诚的笑意，不也像这片向阳开的葵花一样，正面向着灿烂的阳光茁壮地成长吗？

哦，那院墙外的向日葵！

山野情愫

走进山野，就走进了一种畅达的心境；走进山野，就走进了一扇童年的大门。已有许久，未曾去山野静心。耳旁萦绕的那各种车声和特别刺耳的警报声，闹市里频频不断的叫卖声，家庭里的锅盆碗筷的碰撞声，电视里综艺节目的敲打声，朋友间附耳低哑的秘语声……令人整天处在一种听声迎声悟声、心烦心闷心浮的境地，总渴望走出去置身山野之地，聆听山野的静气，换回那种山野特有的心境。

于是，每遇基层下乡之余，我都要带着一种憧憬的心绪走进山野，抚摸小河边的一石一草一滴浪花，欣赏那山涧旁野林里还闪动着露珠的野花，那寄居着鸟叫的绿林树上缠绕着藤蔓的绿叶，屏气凝神地望那山岚瘴气，把整个心思都吸了过去，雾也幻也！都会使人沟通童年的记忆，捡回那一个个童稚童趣……

山野的黎明，总带着雾里雾气。掀开一扇窗户，爬在窗户上，两双小手抓住窗格子望那门前云雾的小山，幻化着种种梦境！母亲去田地里耕作，不懂事的幼小的我被母亲锁在屋里，炕沿边用一块木板挡着，只好在那热炕的四周移动，没有积木没有玩具，只有那一扇用木条遮挡着可以望外边世界的窗户，可以使我那幼稚的心灵得到一点点满足。窗外的早晨，那从鸡窝里迈着双步走出的红公鸡站在柴垛上高唱着动听的歌声，那老母鸡从鸡窝里跨出来伸长脖子扬起红冠子"咯咯叫"的报告声，那从屋后山坡上飞来飞去在窗前绕着圈儿叽叽喳喳的鸟叫声，那窗前几株桃树、梨树盛开的花瓣儿使人心花怒放的心声，那下雪天窗前纷纷扬扬飘然而下的雪花发出的脆响声……这一切都在我那幼小的心灵里盛开着，总要多看一眼，怕它丢失了！

到了上学的年龄，母亲不再将我锁在那黑洞洞只有一扇窗户的屋里，可以跟村里小伙伴去乡里那破庙里读书，听老师那甜美的读书声，与同学们一起玩猫逮老鼠的游戏；可以在放学的路上从小河里捉到螃蟹，吃那螃蟹肉；可以看地上的蚂蚁成群结队地游行，挡住蚂蚁前行的路径使其绕道而行；可以静静地躺在门前的浅绿色的小河旁，听那小河潺潺的流水声；可以一个人走进屋后的山林里，采一朵朵野花插在头上，捧在胸前闻那花香，吃那山林里的红樱桃、酸葡萄、五味子……

夏夜里，铺一张竹席躺在母亲的怀里，闻大地疲劳一天之后的鼾声，听虫鸣密语的悦耳之声，观满天星斗听母亲讲牛郎织女的故事，盼望着想象着牛郎织女会面的那一天！辛苦了一天的母亲早已进入了梦乡，可我仍旧做着种种幻想，老师讲那金牛星、狮子星、天蝎星等星座的位置我总是望着星空分不清。夏夜的清静是安稳入睡的好时机，可我不能入睡，翻来覆去……乳白色的一丝亮光衬着暗青色的山峦，一种诗意的景观展现在我的视野里，纯净而美丽！

夏之蝉声，秋之风声，冬之雪声，春之雨声，都给静美的山野奏出一声声美妙的笛音！"牧童骑黄牛，歌声振林樾。意欲扑鸣蝉，忽然闭口立。"这是何等的一种美境哟！"篱落疏疏一径深，树头花落未成阴。儿童急走追黄蝶，飞入菜花无处寻。"这又是何等的一种境界哟！吟诵一首首小诗，都会使人体味到大自然的脉搏跳动，尤其是在身临其境的山野之地，那旷远飘逸的心境油然而生！

晨起伸开双臂拥抱大地，吸一吸山野清新的空气，散步在田间小径，望那田野劳作着的农人，让人不由走上前去拉拉家常话，听着农人叙说着丰收的故事，还有听着农人一边说一边锄头与田地有节奏地对话的韵律。顺山路走着，身边一跃而过的鸟儿使人不由展开双臂似飞翔之势！一声声鸟鸣，自己的心灵也跟着透明澄净起来，似有一种"何处惹尘埃"的省悟。

午后若躺在山野的小树林里，像一位吟游的诗人，望着从树林枝头斜射的一道道光线，耀眼而明亮！这时，一种诗意一种诗情像喷泉的水花四溅，一滴滴水花便是一首首诗！山林里几声鸟叫几片树叶簌簌作响，都会使人灵感喷涌谱写一曲曲乐章！

我也喜欢在夜晚的山野散步，望那山野村庄忽明忽暗的闪闪灯光，看那月光下朦胧的山庄衬着一道弯弯闪亮的小河，听那偶尔传来的几声狗吠声，瞅那村子里迟归的山民扛着锄头晃动的身影……

当然，走进山野不仅获得一种静美的心境，而且让人了却忧虑，悠然其中，心境会更加旷达、高远！像一篇锦绣文章一挥而就让人欣喜；

像一首情歌绵绵悠长而韵味不尽；像悬岩瀑布般的水花纷纷坠落……

如今每走进山野，都会给人以新的感受！国家实施天保工程带来了巨大的效应，保护自然，杜绝水土流失，使得山岭绿了，河水清了，树木茂盛了，鸟儿归林，百兽复生，青山绿水，花红柳绿，绿树掩村庄。人与自然的和谐发展，使山野变得更加醉人！惹得城里人节假日、星期天光顾山野，住农家屋，吃农家饭，干农家活，体验农家乐，心醉了，劲足了！也把这种情愫带进城里。因而，一时成了山野里的一道亮丽风景！

因此，走进山野，就走进了一种至美的心境！走进了一种静美的圣地！

一束连翘花

三月春潮，蒙蒙细雨洗去了山树花枝满身轻尘。山野苏醒了，迎春花开放了，山崖石埂上处处飘散着淡淡的清香。

一花引来百花艳，山涧边那桃花、梨花、杏花、朦头花、山楂花……还有山野里那么多不知名的小花，千姿百态、竞相开放，一时把整个山庄打扮得五彩缤纷、姹紫嫣红！

最引人注目的是满山遍野弥漫着的一片片黄蓬蓬、金灿灿的连翘花，簇簇紧拥，像一团团飘动的黄灿灿花云。一阵风儿悠悠地送来，那散发着熏人欲醉的芳香，沁人心脾，清雅而凉爽……

我置身于这金灿灿的花丛中，呼吸着浓郁的花香，陶醉在美的享受中，心房中油然升起一股爱的暖流——那是二十年前的一个春天，我被组织安排在一所山村小学任教。这是一所再普通不过的小学，简陋的教室，土台垒成的桌凳，巴掌大的一片操场，一副木制的篮球架……这便

227

是我所任教的一所乡村小学。

第一天上课，站在讲台上，我望着眼前那一个个渴望求知的可爱的山里孩子，一时不知所措，竟忘记了那事先备好的教案，那按程序所要讲授的语言和内容，我便趁兴教孩子认识了"天、地、人、花、虫、鸟"这些汉字的形与义，讲"孔融让梨"的故事，讲欧阳修"雪消门外千山绿，花发江边二月晴"诗句的情与意……孩子们听得入了神，下课了，一个个围在我的周围问这问那，那思考问题的新角度，那渴求发现新知识的聪慧双眼，那天真可爱的纯朴形象，令我心潮澎湃，思绪万千！

第二天早晨，我起得很早，趁天还未大亮便将教室周围的空地打扫得干干净净，将教室里的桌凳摆放得整整齐齐。洗把脸后我拿着崭新的教科书来到学校门前的小河边。天大亮了，山那边出现了一丝乳白色的亮光，大地一片清新！滋润着新鲜的山野空气，我放声朗读起朱自清的美文《春》："桃树、杏树、梨树，你不让我，我不让你，都开满了花赶趟儿。红的像火，粉的像霞，白的像雪。花里带着甜味；闭了眼，树上仿佛已经满是桃儿、杏儿、梨儿。"……我真的陶醉了，不觉已快到上课的时间，我便匆匆向学校走去。

在走进教室的一瞬间，我简直不敢相信，那简陋的教课桌上，居然怒放着一束清香扑鼻的连翘花，用墨水瓶儿插着，水灵灵、黄蓬蓬、金灿灿的。我望着那一束带露珠儿的连翘花，激动地走到讲桌前向同学们点头微笑，"起立，老师好！""坐下，同学们好！"在短暂的礼貌语中，我打开了课本，引领同学们读起课文来，一边领读一边示范，哪些地方读音要重些，哪些地方读音要轻些，应以怎样的语气读好、读出感情来……这节课，我上得很投入，同学们学得兴致很浓，不知不觉四十五分钟过去了。下课铃声响了，我恋恋不舍地走出了教室。

课后有几个孩子来到我的房间，闪动那一双双明亮的眼睛，怀着忐忑不安的心情问我："老师，你喜欢连翘花吗？""喜欢，老师特别喜欢闻那淡淡的花香。""老师，为什么？"望着这些天真的孩子，我给他们讲闻一闻连翘花，心清目明、肝胆俱爽的道理，尝一尝连翘花泡茶，泻火清肠，五脏皆凉，有防寒避暑的作用。孩子们的好奇心、求知欲被激活，他们听着、乐着，会心地笑了，笑得那么自然那么甜蜜……

打这以后，每当我走进教室总能看到一束水灵灵的新换了的连翘花。我无法批评孩子们，因为我实在不忍心阻止他们去做自己喜欢的事。晚上，我坐在插有连翘花的花瓶前批改作业、备课，那淡淡的郁香浸袭着我的心房，给我以力量，催我奋进……

转眼二十多年过去了，但那置于简陋教室讲桌上的一束清香宜人的连翘花和那群童心未泯的山里孩子的可爱形象，就像一张张令人难忘的相片至今仍保留在我封存的记忆里。

看着眼前这一片片散发着浓郁芳香的连翘花，想起初为人师的岁月，带领孩子们春游山野，观连翘花，赏山野风光，那孩子们清脆欢快的笑声，仿佛就在眼前……多年来，当春雨过后，满山清透。山坡上叶绿花红，景色格外清新亮丽。每当到这个季节，我都要带着欣赏雨后春山的浓趣，回到生我养我的家乡，看一看那令我常常思念的不断变迁着的乡村小学，寻梦那曾经工作过欢乐过的足迹，闻一闻那山坡上一大片金黄的连翘花的芳香……之后也总忘不了采集一束黄蓬蓬、金灿灿的连翘花，插入花瓶置于案头，让那淡淡的郁香熏染着我的房间，也为这浮躁的城市生活带来一股山野静美的气息，注入一片清新鲜活的生机！

彩色蝴蝶

我在山坡野花丛中钻来钻去，静静地等待着花开的样子，一回头彩色蝴蝶在我头顶翩跹。一个小时、两个小时过去了，似乎花开的样子偏偏不光临于我，只有蝴蝶那漂亮的翼翅在我眼前晃动着，惹得人心里痒痒的，总想逮捉一只放在手中玩玩。那粉红的、翠绿的、淡黄的、淡褐色的多彩蝴蝶，透明的翅膀在骄阳的夏日闪烁着，牵住了一个不足六岁男孩的心魄，总不肯离开那片山坡。那男孩就是我。妈妈在老屋那边呼唤着，我似乎并未听见，蝴蝶的样子在我头顶盘桓，我老是手刚巧触到蝴蝶的翅膀，一眨眼间蝴蝶就不见了。总是怀着期盼的心静静地捕捉蝴蝶，却总是在我眼前倏地闪过。蝴蝶这小精灵好像知道我要捉它，因而很警觉，专与我捉迷藏。很想拥有一只彩色蝴蝶的愿望，使我在这一个上午或一个下午的时光中度过。在我看来蝴蝶是最美的、最值得骄傲的那种小精灵，属于我的彩色蝴蝶世界。

　　终有一天，一只全身金黄色的蝴蝶落在灌木丛中，时而飞舞，金黄透亮的翅膀翩然起舞让人迷醉！它也许被灌木丛盛开着花儿的馨香所熏醉吧，忽视了一个小男孩的存在。静静地守候在灌木丛背后的我喜出望外，悄悄地靠近它，很快地扑上去，用小小的双手捂住受到惊吓的蝴蝶。这一只金色的蝴蝶被我牢牢地锁住，控制在我的手掌里。它好像拼命地挣扎，在我的小手指间落下一些金色的鳞粉。我不知道它在挣扎过程中付出多大的代价，拥有一只彩色蝴蝶的欲望占据着我的心房。我兴高采烈地捉住金色蝴蝶，如同获得战利品似的离开那片花开的山坡，至于花开的样子我不再感兴趣。我不知道，拥有一只彩色蝴蝶对于年幼的我，是欲望的占有，还是想留住那彩色的动感美？我不懂。那时我周围的儿童都像我一样，对于山野坡地的花儿、会飞的蝴蝶有着极大的兴趣。

　　虽然一时占有了那只蝴蝶，但它却在我高兴的一眨眼间飞走了。那天，我顾不得妈妈让我放飞蝴蝶的劝阻，飞奔着跑到村里，向同伴们炫耀如何地捉住蝴蝶。就在我把手举得高高的时候，蝴蝶挣扎着留下一小角翼翅，带着伤痕在同伴们的喝彩声中飞走了。我很伤心，大家惊呆了，一只金色的断翅蝴蝶，在我们的上空艰难地斜飞着远去……

　　金色的蝴蝶飞走了，美的印象和心灵的创伤却留下了。此后的日子，我常去那片开满野花的山坡地，静静地等待一朵花开的样子，细心地观看一只蝴蝶飞舞的姿态，却不再去捉蝴蝶玩，虽然那种欲望依然在我心中燃烧。我怀着好奇不安的心情，是要看一看被我伤害的那只金色蝴蝶，它的翅膀是不是长好了。来这野花遍地的山坡与它的同伴们娱乐。每次去都使人失望，那只带伤的金色蝴蝶却从来没有出现过，我好伤心哟！那蓝天下靓丽的金色蝴蝶，在我幼小的心灵里扎下了深深的根……

梦中的美时有发生，总是带着无限的伤悲。我梦见那只金色的蝴蝶缓缓地飞来，那未愈合的伤口显示着斜面偏飞的样子，灌木丛中的野花向它微笑，蜜蜂向它招手……恍惚间就不见了。我失落地站在花丛中，隐隐地感到自己犯了大错。虽然在那个无知的年龄段，难以领悟人与那小精灵的默契关系，难以认识对美的追求与对美的损坏的利害关系，一味地升华美的欲望，却得到了心灵上的长久不安。啊，美丽的彩色蝴蝶！

随着年龄的增长，对事物认识的加深，彩色蝴蝶的美得以复活。上小学时，美术老师教我画蝴蝶，我总爱画一只断翅的金色蝴蝶。老师多次纠正，我多次犯错。我坚信一只断翅的金色蝴蝶在我心中翩翩起舞……欲望的能量释放出来，会放射出奇异的光环。上中学时，学校举行美术绘画展览，我画的一只断翅的金色蝴蝶获得好评，被县美术馆老师看中得以收藏。心中的蝴蝶飞舞起来，变幻着彩色的梦！

如今，读谢冕先生的精短美文《蝴蝶也会哭泣》，勾起我对蝴蝶的一些记忆。在云南蝴蝶王国里，拥有世界上最多的蝴蝶品种。因为云南有着天然的自然条件，适合的热带雨林气候，蝴蝶的天下就在大理。然而，农药的大量施放，空气的污染，森林的破坏，使得一年一度"蝴蝶会"的蝴蝶稀少了。诗意的蝴蝶泉使人伤悲，难道蝴蝶会笑吗？小时候爱"美"的恶作剧，弄得那只金色蝴蝶断翅逃飞不知去向，不也会哭泣吗？我的彩色蝴蝶，我以虔诚的心忏悔，呼吁爱自然的人们以爱的行动，保护我们拥有的自然资源，在美丽、神奇的土地上，蝴蝶在飘飞、在繁衍。

让蝴蝶不再哭泣！彩色蝴蝶最美丽。

秦岭鸟鸣

天快要黑下来的时候，我们朝着回家的路赶车。这时，距离秦岭根不远处便是西潼峪。车行进在洛潼公路上，朝着翻越秦岭的路行驶。一闪而过的新潼关县城还印记在脑海中，久久不能拂去。

进入西潼峪深处，不由使人觉得冷飕飕的，那种进入潼关县城时满脸汗水般的感觉已不复存在，有的是钻心的凉风，如同换了季节。车行进在盘山公路上，司机小刘的话越来越少，叮咛我们握好扶手。只见他手握方向盘，眼朝前左右观顾，不时在转弯处鸣号。坐在车上的几位同事此时都不言语，只顾双手紧握车扶手。透过车窗望去，弯弯的盘山公路在我们身后拉长，越接近秦岭头空气愈来愈稀薄，而巍峨的秦岭轮廓愈来愈清晰，高大险峻的山崖，苍翠茂密的森林，扑鼻清香的草木，诱人魂魄的花香，沁人心脾的鸟鸣，一齐向你扑来……

天慢慢地黑下来了，车开到了秦岭头。司机小刘招呼大家下车，我们紧悬着的心才放了下来。站在秦岭山巅，居高临下望风景，夜幕拉开，一片茫然。起伏的山岭在我们眼前远远延伸……只听得见秦岭山中松涛阵阵，鸟语声声，我们的心都被震撼了，聆听森林，欣闻鸟鸣。此时，我忘却了随同的伙伴，静静地倾听鸟鸣。起先是一阵杂乱的鸟声，不一会儿森林中演奏出悦耳的群鸟夜鸣曲。山谷深处从下至上传来一声响亮的鸟鸣，如同前奏曲。左边的山梁紧跟着一声鸟语回应，右边的山梁接连着一声鸟语回鸣，如此反复约有半个小时，我被鸟鸣所震慑所吸引，竟不知身在何处。片刻之后，意识逐渐回复。司机小刘喊话让我上车，方才意识到原来是聆听森林，我陶醉在林中的自然乐章里了……

听秦岭鸟鸣，才真正体会到南朝梁代诗人王籍的诗句来——"蝉噪林逾静，鸟鸣山更幽"。此时正值仲夏夜，山林显现出一种超凡脱俗的寂静，静得让人轻了脚步，屏了呼吸。此时节，蝉虫尚在睡梦中。没有了蝉噪，有的是山林的宁静，环境的幽雅，鸟鸣自然会如期而来。这鸟鸣便是秦岭山林中的主宰，山林也因鸟的歌唱而更加幽静。这些秦岭森林歌手，有高踞林梢的"阳春白雪"鸟，歌吟的是林中的黄钟大吕；有跳跃枝丫间的"下里巴人"鸟，叽喳啁啾的是林中的乡俚小调。一声悠长的鸣啭，富于穿透力的韵律在森林中远播；一声短促的锐叫，高亢嘹亮的曲调在山谷中久久回荡……它们以生命的张力，让人感受到一种震天撼地的声响，那是一曲大自然无声的交响乐章。

驱车下山的时候，司机小刘打开了车灯，路旁的景物模糊不清，唯有那声声鸟鸣还在耳旁回响……车缓缓地向山下行，依然是弯弯的盘山公路，偶尔来往会车相互鸣号，司机则更加小心，车速更缓。下山便是秦岭脚下的蜂王村，长长的一条沟，没有了人声之嘈杂，有的是一份静谧，一声动听的鸟语，心里便激动不已。

夜宿洛州巡检街，此乃明初"石家坡巡检司"，边贸重镇，为洛南北达潼关之要道。《洛南县志》载：明末农民起义军领袖李自成兵发潼关南塬，夜走秦岭，曾在此地重整兵马，再展义旗。夜深人静，身居山林境地，但觉与众鸟为友朋而欣然入梦，夜梦操练兵马之声，似觉甚惬。

洛河小镇速写（组章）

小镇

　　这是陕南边远山区的一个普普通通的小镇，因有一条美丽清澈的洛河而得名。

　　洛河小镇位于秦豫交界之地，商贸云集，语言混杂，来往客商频繁。自古乃兵家重镇，多少陈年旧事，多少人间趣闻，都能从这里找到它的来龙去脉，寻访到它的逸事踪迹……

　　走在小镇的老街上，踏着青石板，听着富有时代气息的轻音乐，令你时时感到新鲜！那一时琢磨不透的地域方言，那人与人之间捏着手指头、打着手势的民间哑语，那种服饰各异、发型有别的装扮，都会使人感觉到古老的小镇在时间的隧道里变迁的痕迹。看那街前新建的楼房便知小镇的繁荣，看走在老街上青年男女的衣着装扮便知小镇的今天。从秦岭矿山打工回来的年轻人老早用起了手机，玩起了电脑，骑着摩托车到处兜风……

　　外边的世界很精彩，小镇的变迁亦热闹。从节日小镇老街上扭秧歌到办舞厅跳迪斯科，从抽着旱烟锅南墙根晒暖暖到骑着摩托车串街进村收购山货，从骑在麦墩上悠闲地贴耳听收音机新闻消息到一家人又说又笑看电视现场直播新闻……小镇人富了阔了，走在老街上再不低着头闷着气、挑着山货去河南灵宝塬上换回一担子度日的粮食。于是，昂着头踏着青石板有节奏地迈着步子，走在这一袋烟工夫就到头的小镇老街上，说着闲话儿便会使机灵人听出了一桩赚大钱的好生意，冷不防地隔三岔五便冒出了一二个储蓄大户，修学校办敬老院兴办公益事业，让人看了眼馋。外地人来小镇的日子越来越火，药材、核桃、竹器编织等山货整车运出了小镇，跨过了秦豫边界走出国门……

想起二十年前的小镇，依然是青石板老街，但那低矮的街房、窄窄的巷子深深地印记在小镇人的脸上。房屋破旧，每遇下雨天难有立脚之地；巷子更窄，同一条巷子两人相遇则一人靠墙一人过，若遇好事者往往不欢而散。说起那时的小镇人人心中都有一把尺子，都有说不完的话题。财东家李大怪的四合院里还残留着剥削长工的那杆秤，张家院子那棵槐树在槐花盛开的日子救了多少小巷人的命，刘家的三娃子去外边打工发誓不回小镇在异地落了户……小镇人因饥饿而常发牢骚，小镇人因贫穷而常遇不乐。这样，过着度日如年的艰难痛苦的日子，打发着岁月的流失……

如今的小镇，腰鼓响起来了，秧歌扭起来了，人乐了话多了，走起路来腰杆挺直了，日子过得红火了，唯一使小镇人怀旧的是那条老街那青石板，那下雨天反着亮光的青石板路。曾有后生提议挖去青石板铺成水泥路面，但众多的小镇老年人不同意，于是，那老街上的青石板路就延续了下来。

一条青石板路印记着小镇人的似水流年，也记录着小镇人的繁华未来！

每次来到小镇，借着暮色，穿过小镇高楼大厦、老街小巷，我总爱久久地站在小镇门前的洛河桥头，听滔滔洛水奔流的美声，回望小镇老街灯火辉煌的胜景，不由使人想起那时洛河上独木桥的惊寒，想起洛河发大水隔绝两岸人数日不得相往的艰难，想起煤油灯下忽明忽暗的小镇老街几声狗叫给人带来的烦恼……虽然，这些已成为过去，但精明的小镇前辈留给后生们的不仅是怀旧的老街上的青石板，留给他们的是一笔丰厚的精神财富，是取之不尽用之不竭的生命源泉！

呵，温馨的小镇！

书 店

小镇坐落在洛河岸边，只有一条窄窄的街道，学校、镇政府、卫生院、供销社、储蓄所、邮电所、兽医站、书店全在街的两边，从东到西一字排开，中间夹杂着若干小饭馆。

书店就在街中间，三间青砖瓦房坐南朝北，房子盖得很普通，与街坊邻居住房没有什么差别，只是房檐下横匾上书写的仿毛体行草大字"新华书店"，格外引人注目。

在小镇中心小学教书时，我经常到这里来，我很喜欢那儿恬静的氛围，青砖铺地，房梁上吊下来两根洁白的灯管，房门面前是玻璃橱窗，采光条件不错，透过橱窗后边是高高的书架和静静的营业员，仿佛屋子里所有东西都吸音，人到了那儿声音不由就低了下来。即使外边集市热闹，里边却是一片宁静。因此，我觉得书店还是坐南朝北好，太明亮的环境让人静不下心来，不太适合读书。来书店的人当然是看书买书，那时最时髦最畅销的是连环画，其次是小说。连环画吸引着一大批街坊儿童，成年人则买小说之类。那时的书店里，文艺书籍似乎比现在还要多，除了几本《科学养猪》《怎样养鸡》之外，似乎全是吸引人眼球的书籍。那时说一个人喜欢看书，其实就是喜欢看小说，诸如《第二次握手》《青春之歌》等很受小镇上的年轻人喜爱。

那时，小镇上还未有人买电视，甚至连听说电视的话都没有。传播新闻的唯一途径便是收音机。因此，小镇书店生意挺红火。每遇星期天，一大群孩子蹲在书店里，静静地眼巴巴地看着那连环画发愣。连环画要占两大书架，花花绿绿很是惹眼。那时的书便宜，连环画一毛多一本，好多孩子靠积攒很长时间的零用钱才能买一本，但这并不妨碍孩子们去看。孩子们去的时间长了，营业员自然被孩子们的好读书所感动，用牛皮纸包着连环画封面让他们蹲在地上看。有时，若是其中有一人买了一本，那人便立刻成了头领，身子两侧几个小脑袋伸长了脖子往他手上看。我常去书店买自己喜欢的文学书，这种情景很受人感动。于是，也买了很多连环画，除了自己孩子闲翻之外，大多是让我的学生课余看。不久便攒了一小箱子，但现在都不知所终，丢在何处。只是老舍的《正红旗下》、川端康成的《古都》、唐弢的《落帆集》、柏杨的《丑陋的中国人》、《鲁迅散文小品文精品》等，依然保留在身边，时常翻阅。

在小镇教书几年间，我对小镇书店很熟悉，摸清了那里每个书架的位置，书籍的种类以及何时购进新书，也熟知了营业员的脾性特点。只要我平时经过书店门前，营业员老李总是笑眯眯地打招呼、问好。自然，我们之间形成了一种默契，相互信任与关照。书店就老李一个人值班，一个人睡觉。老李家住四十里开外的山里，来小镇要翻越一座大山，涉过几条河。平时书店开门总在早晨八九点钟以后，逢集日能早些。这样老李养成了早晨爱睡觉的习惯，一般人都不去打搅他。从开门营业到晚间八九点钟，只要有人来买书，他都乐于介绍、推荐，从不厌烦。我常常是晚间到他那儿看书买书，他也摸清了我的工作特点，因而，见面总是说："这几天进了一批好书，晚上来看呀！"说着眯着眼点头微笑，自然我给他一个满意的回应。当然，多数时间并没有进什么新书，是想让我到他那里闲聊、喝茶。每遇春播夏收秋种，老李要回家帮忙，经营责任田。书店看门的事自然落在我的头上，这样我有更多的机会在这里读书。名著《安娜·卡列妮娜》《茶花女》《太阳照在桑干河上》等就是在老李的卧室读完的，至今印象很深。

常来书店的人除了大多数看连环画的孩子外，就是镇上的文化站干部和学校的老师。特别引起我注意的是街东头的老黄，他时常怀揣着一本书走路，要么就是手里夹一张报纸，边看边走，一副眼镜挂在鼻梁上似乎就要掉在地上，见人从不打招呼只顾看自己的报纸，除非别人问他时，才将眼镜架朝鼻梁上推推，笑笑而已。老黄是小镇上有名的"读书人"，解放前期读过省城大学，不知为什么一直在家务农。有一次，我去学生家里做家访，遇着老黄在村头大槐树卜讲"古经"，好奇地上前凑热闹，不巧也被迷住了，难怪村里老少喜欢老黄。前朝后代，古今逸闻趣事都被老黄讲得头头是道。这是我对老黄另眼相看的开始，时常我们相遇在书店门前无话不谈，总是我主动打住话题他才罢手。书店成了我俩的信息交流平台，乐在其中。宋代文人黄上谷曾说："人不读书，则尘俗生其间，照镜则面目可憎，对人则语言乏味。"从老黄所作所为，我信黄上谷先生所言，读书可以"养心"也。

离开小镇工作已很多年了，时常翻阅所存发黄的书刊就想起洛河畔上的小镇书店。春节时回到小镇，我又踏进了书店，营业员已不是那个爱睡懒觉的老李，听说老李退休后回了老家。迎接我的是两个烫着时髦发型的漂亮姑娘。我站在明亮的橱窗前驻足，一个姑娘迎了上来：叔叔，你要看哪本书？我一愣，嘴里嗫嚅着，看看，看看，踱出了书店。

小镇进行了统一规划，书店改造后修建成两层楼，外墙贴上了白花花的瓷片，但我觉得，远没有我在小镇教书时的青砖好看。

邮电所

书店紧挨着的是邮电所，也是我常去的地方。邮电所房子比书店修得阔气，五间青砖大瓦房，屋檐比书店高得多，门面也很讲究。一律的绿色门窗，窗上安装着明晃晃的玻璃，玻璃颜色也呈绿色；门是质地较好的木板五扇门，油漆成深绿色全打开，室内一切显现眼前。进入营业厅，一眼看去最醒目的是报栏，当然是最新的报纸了。《人民日报》、《陕西日报》以及才复刊的《商洛报》，吸引着小镇上的文化人常来这里看免费的新闻。那时的书刊报纸是新闻传播的主要渠道，要了解国家大事就得看报纸、听广播。因此，寂寞的小镇文化人除了闲时在洛河畔溜达，就是到书店、邮电所看书看报纸了解外面的世界。

复刊的《商洛报》周二刊我们学校的教师每人都订阅一份。有一对夫妇在学校任教，校长开玩笑地说："一人一份报，坐在热炕上，各看各的报。"这样，学校收发员发现哪期报纸有缺少，这对夫妇自然少张报。《商洛报》每周开辟一期"文艺副刊"，能经常看到贾平凹、京夫、方英文、李高信、鱼在洋等本地知名作家作品，也可看到外地名家的新作，更多的是扶植文学爱好者发表作品的园地，我也是其中之一，时常得到编辑老师的扶植与奖励，发表了更多的作品。周二周五出刊的两期报纸到我们这个小镇，往往推迟两天才到。这样学校的报纸由我亲自去取，教师才能按时看上过期的新闻。因为邮电所离学校很近，学校就在邮电所的后边，出了校园前门跨入邮电所后门进去，就可以拿到分好的报纸杂志。邮电所的新老邮递员是从来不会制止的，他们与我很熟，也省了人家一份差事。不过信件杂志是要登记的，马虎不得。

那时，我在小镇除了完成日常教学工作，更多的时间就是读书看报纸和写作。对于从小爱好文学的我，学校里订阅文学杂志的我最多，来往信件的也是我最多。邮电所小王常开玩笑说他简直成了我的专职通信员，每有我的信件到来，小王总是特地送来或隔窗喊话（小王的窗户正好对着我的窗户，中间隔着一条小巷）让我亲自去拿。每周我都向外边发送一二封信件，当然也回收一二封信件。我不知道，那时的编辑老师有那么多的时间，以可贵的责任心与奉献精神给文学爱好者不厌其烦地回信，指正鼓励。无论发表是否，编辑老师都给你回信，谈作品谈人生，与基层文学爱好者交朋友。那几年我写得很多发表得较少，但收到的编辑老师回信很多，简直可以编辑成一本书了。1986年6月，我抱着试一试的想法给当时在《长安》杂志小说组任编辑的乡党贾平凹老师写信，同时邮寄我的多篇诗歌习作，贾老师看了我的习作并推荐给编诗的编辑看，并回信指出我所写诗的不足之处，鼓励我"多读多写，贵在坚持"。至今我依然保留着这封信，并时常翻阅反思。如果说我今天仍然对文学充满着一种火热的激情并坚持文学创作，能在贾老师主编的《美文》、陈忠实老师主编的《延河》等杂志发表作品，还要感谢向贾老师一样的无私奉献默默耕耘的编辑们，是他们引领着像我一样的文学守望者跋涉前行……

后来，邮电所来了几个年轻人，和小王一起分配到所属乡镇邮路送报，分担了小王在小镇周边送报纸任务的是一位年龄接近退休的老马。老马老啦，跑不动啦，小镇上各个单位的邮件也慢慢多了起来。于是，我经常来往于邮电所，分担了我们学校的送报任务。邮电所的领导很感激，老马也很感激，我也很乐意。与我隔窗相对的小王成为离镇上四十多里的乡邮员，每天早上，都能看见他用绿色的自行车驮着一些报纸、杂志和信件，戴着草帽，车头上绑着一个毛巾，从我们学校门前出发往乡下骑去。晚上回来，邮袋空了，浑身却沾满了泥土。若是刮风下雨，可以想象小王在邮路上的情景了，风抽着身子，车把紧握艰难前行；雨淋着头顶眼前模糊泥泞路上行进，如此往返，如此奔波，成就着一个皮肤黝黑的、灰头土脑的、精干嬉笑的人，就是小王。还有，他还得负责所属邮路巡线呢。

跑乡邮的小王后来结婚了，婚礼是在邮电所举行的。他的媳妇个子高高的，与小王很般配，是个乡下女人。结婚房子是已退休的老马的房子。婚礼上，一些年轻人嬉闹迫使小王道出了真情。小王跑邮路常去这位乡下女子家喝水、吃饭，也顺路在镇上给其买些日用品，一来一往两人建立了感情，也私订了终身。一年以后，小王有了儿子，邮电所也增加了人口，增添了一片祥和而生机的氛围。

再后来，邮电所业务的扩大，人员的增加，想必小小邮电所更是人头攒动，生机活泼了。这是我离开小镇后的事了，听说小王进了县城邮电局，不知他是否还记得我们相处的日子，一条小巷隔着两边窗户，大声招呼过来玩耍吸一口烟就到了，乐也醉也，似乎就在眼前……

电影院

沿洛河岸边夜行，滔滔的流水声不绝于耳，电影院就建在小镇东头的洛河边。

灯火辉煌的夜晚，小镇最热闹的地方就是电影院。电影院门前就是街道，左边是洛河，右边是窄窄长长的街道，"灵泉镇电影院"几个大字由洛州名人何佰群书写，非常显眼地雕刻在电影院门楼牌匾上，放映室就在进门的过道两层楼上。从偏门进得电影院，很宽敞的大厅能容纳成千人观看。坐在电影院室内的固定座位上很舒服，朝上望可真吓人，由钢筋在空中悬着的房梁脊檩组合成一体固定着整个房屋的框架。每次看电影，银幕未出现人影之前，我都注意观察房屋顶上悬空的大梁，担心是否牢固是否结实，其实都是多余的幻觉。不过，担心归担心，银幕拉开了，室内人声嘈杂的现象就戛然而止，大家的眼睛直朝着银幕看，或激动或伤心皆随着电影故事情节迁移，既是走出电影院，头脑浮现的还是那感人的画面，醉人的情节……

电影院的楼上是放映室，我很少去过。只是夏天的时候，我们爱到放映大厅里面乘凉，睡在一排排连着的座位上，左右门开着（夏天放映员时常开门透空气），穿堂风一吹，人就像神仙似的，很惬意。不过，一般放映员不让我们在那儿享受美事，都是偷空去玩的。

爬满青藤的阳台

电影院是小镇上唯一的高层建筑。据说动用了大量的人力和物力，用了半年多时间才得以修建完善。看电影成为小镇活跃文化生活的主要渠道，不时为小镇人带来渴望的喜悦。

往往是电影院门前聚集着一群人，一定是有了好电影片子。时常是放映员从县城取回电影片子，在三块铁皮做的广告牌上写上电影片名，骑着自行车在小镇街道固定的地方各挂一个牌子，不到半个小时，全镇上的男女老少就会传遍。

镇上放电影，大多是要掏钱买电影票。门票售价在五毛到七毛之间，若是学校或单位集体购票，一般在三毛左右，一天放映三至五场，场场都挤满了人。那时我在镇上小学教书，我的学生家长就是放映员，平时有好电影我最先知道，当然场场都去看。看电影成为小镇生活中的必要环节，若是一周两周没有好片子看，可急煞了小镇人。见了放映员这个问那个问，时间长了问得放映员都不好意思。要知道那是计划经济时代，一切都要上级计划安排，电影放映计划自然不例外。何时放映何片子都是由县上电影主管部门安排，分配各地放映片子的时间。

放电影的工作人员是小镇上的年轻人小赵和小李，其实都是三十岁左右的人了，平时大家习惯这样称呼。小赵的孩子在我班上读书，作文写得不错，这与孩子喜欢看儿童电影多少有关。我进行家访了解到一些，小赵每次在孩子看完电影之后，都让孩子说说电影内容，或者让孩子记下自己的观后感想，这事对我教学生作文有很大启发。小赵与小李二人相处得很要好，放映技术很熟练。同时，小赵利用自己爱好绘画与播音的特长，重视宣传效果，不是在广告牌上画漫画揭示电影故事人物，就是在放映前播音一段"引子"，造成悬念吸引观众。我常常去电影院听小赵放映前"卖关子"的话语，它对我教学艺术的提高产生了很大影响。

那时看电影，不仅有过电影瘾的小孩子，更多的是劳累一天的大人们在这里放松放松，获得一种难得的身心愉悦。有电影的日子，如同过节日。看过电影的人们几天内心里都充满着火热的激情，有说不完的话题。这种娱悦的激情是那个年代特有的，未亲身经历过的人是体验不到

242

的。

电影就是那么几部，除了样板戏，就是《地道战》《地雷战》《突破乌江》《列宁在一九一八》《列宁在十月》《小兵张嘎》《闪闪的红星》等影片。有些电影看过几遍了，只要说有电影，不管片名，都有人热闹着去看。

记得有一次镇上放电影，片名记不清了，说是晚上九点邻镇放映结束后送来才开机，可不到时间电影院就坐满了人。大家耐心地等待着，借机会说天道地，热热闹闹。小孩子更是顽皮，不在大人跟前守着，跑前跑后地在过道上闹腾，闹得整个放映室内灰尘弥漫……银幕出现人物时，大家悬着的心才哗然放开，拍手叫好。静静地观看，静静地默想，镜头中的故事好像就发生在我们眼前，是那么的逼真，那么的现实……

离开小镇十多年后，我曾几次去过那里，看依旧在我心中风光的电影院。眼前的电影院虽然还在，但历经风风雨雨的洗礼，墙壁斑驳，砖瓦陈旧，好像小镇上一位久经沧桑的老人，静静地驻足那里讲述着当年的故事。放映室内钢筋悬梁屋脊依旧，蛛网密布，折射着暗淡的光线……站在那里，我静观默想似乎看到当年的气派、当年的阵势，人来人往，热闹非凡。走出电影院，放眼目视小镇，高高的楼房拔地而起，电影院已不再是小镇的高大建筑了，显得低矮而陈旧。

随着新闻传播渠道的畅通，如今已没有人在那里放电影了，当年的放映员早已改行，从事着新的工作，但我记忆中的小赵和小李，还有那挤满男女老少的小镇电影院依然在我眼前闪烁……

学校

小镇上有两所学校，中学在街道南边，小学在街道北边，两所学校都有四面土围墙，校舍严谨，是小镇上文化传播中心的老学校。

爬满青藤的阳台

这两所学校解放前就有了，只不过中学是一所县立中学，小学是一所镇办小学。我查过县志，中学在1942年就建成了，为县立第二初级中学。小学也在1943年建成，前身是财东家李家的私塾学校，后发展为镇办初级小学。我读高中的时候，就在县立镇上中学读书。那时，中学包含初级中学和高级中学，校舍规模扩大，生源充足，气象万千。

先说镇上中学，校名为"灵泉中学"，坐落在小镇中心地带，校门正对着街道。那是一条窄窄长长的街道，两边皆低矮古旧的土木结构民房，清一色的黑漆门窗门面房，古风犹存。斑斑驳驳的墙壁，涂画"忠"字门的痕迹，房连房脊连脊的街道两边的商店、裁缝铺、理发店、诊所等，都有过商业兴盛的印记。出校门一脚踏出便是流动的街道，人来人往，热热闹闹。特别是逢一四七集日，小镇热闹非凡。拥挤的人群，摆放的货摊，把不大的小镇挤得严严实实，不透一丝风。要么你踏着他的脚后跟，要么他碰着你的长干旱烟锅，说话得大声点，否则隔着人对方难以听见。从街东头到街西头的各进出巷口，都是流动的人群，叫卖声、铁器碰撞声、收音机轻音乐声，声声入耳。好不容易挤出街口，看沿河岸边的风景更是有趣，河滩上有农用家具市场、贩卖牲畜市场、山货交易市场，简直不知平日静悄悄的小镇何处冒出这么多人来，使不大的小镇街市繁华无比，欣欣向荣。日头偏西的时候，街口边不断有长龙似的人群向四面八方流动，热闹的小镇渐渐恢复了平静……

处于这样位置的小镇中学，想必一定浮躁不安了。可当你跨入校园，意想不到的是外面的世界真精彩，里面的氛围静悄悄。学校有前后四排教室组成，每排教室各三座房，每座教室各五间，一律的土木结构四角贴砖的瓦房，教师办公住房则位于临街面而建，整体结构与教室相同，只不过教师住房用报纸糊着顶棚，学生教室上空望得见房梁脊檩。那时，我读高中就在校园东边靠操场的那座教室里学习。记得我上高二的那年夏天，我们班的同学都在教室里午休，男同学往往抢占桌子上面午睡，女同学只好睡在一条板凳上。班主任老师从开始打午睡铃起，最少来教室查三次，若谁不好好午睡就得站在教室外火热的太阳下受惩罚。那天我们班的"长嘴"（同学起的外号）不安心午休，专在老师检查后逗身边同学笑，被站在外边的值周员发现后罚站，好在外边太阳很毒，让其罚站在教室内。"长嘴"很不高兴地瞅着教室上空的房梁脊檩发呆，约有半个小时只听得"长嘴"大叫一声："啊！蛇！"教室里顿时乱作一团，特别是女同学那尖叫声惊动了校园里正在午休的其他班同学，校长来了，值周员来了，班主任来了……大家看到蛇在屋梁上爬行，有尺把长，全身漆黑，很快就不见了。那次惊吓，校长并没有批评"长嘴"，只是，在教室里上课时总有人不安心听讲，看是否有蛇在房屋墙顶爬动。据说这种黑蛇有剧毒，大家很是恐慌。

学校教室前后走廊上，用洛河小石子铺就而成，颜色搭配有图案，下雨天撑一把小伞，沿着教室前后走廊步行可以到任何一间教室都不会湿鞋，设计得很方便，雨雾中看走廊图案，犹如一道美丽的风景，确有古风。

学校的后院有一片空地，长满杂草。下课后男同学往往爱去草地上"翻跟头"闹着玩，常常是上课铃声响了才匆匆赶回教室，来不及拍打身上的土或头顶的草花，惹得大家哈哈大笑。有次班主任张老师上语文课，一位同学慌慌张张进教室头顶布满草花，惹得大家笑声不止，气得张老师"你你你……"不断，一节课也没上成；也有一些调皮的男生从花草中用手弄来俗名"野毛烧草"的花粉，悄悄地在上课时给前桌同学的后颈里丢一点，立马后背就发痒，愈抓愈痒，一整天听不成课，回家洗澡才止痒。

那时，我们这些刚从学农热潮中走出来的学生，需要弥补知识上的缺陷，培养良好的学习习惯。因此，给我们任教的老师，就多了一份辛苦，也多了一份心情！教我们语文课的班主任张老师，才三十开外，中等身材，略显口吃的他总是叼着一支烟说话，烟缭绕着圈儿，可说起话来依旧，好像他那学问就在那烟圈中生成。他最拿手的课是给我们讲古文，《小石潭记》《醉翁亭记》《师说》等古代名篇，他讲得绘声绘色，从来不显得口吃。但当我们班里哪个学生上课开小差，他那口吃的语气就显得特别明显，往往是在一片和气的笑声中予以善意的批评。给我们上作文课，他善于引导学生实地观察生活，进行有针对性的指导，发现学生作文中有闪光点的地方或成功的习作，他亲自抄写在大张纸上，在全班同学面前讲评，给我们的收获很大！我那篇《可爱的洛河》曾在同学中获得好评，也是张老师亲自修改的，有好些句子画上了红圈圈……

物理课上"自由落体运动"一节，万老师微笑着站在讲台上，手中的一支粉笔动了起来，当学生稍微不注意的片刻，那支粉笔在万老师的眼前上空弹起，绕了一个半圆儿缓缓落下来，这时万老师又举起一张纸和一支粉笔同时下落，让同学们观察，接着深入浅出地讲解"自由落体运动"的内涵与外延，大家听得兴趣盎然，以至于下课铃声响了还沉浸在无限的遐想中……

教数学课的周老师，一副银色边框的眼镜架在那秀挺的鼻梁上，显得很文雅。他开始上课时，手扶一下眼镜，向学生点一下头，随后就转身面向黑板演示例题，教材很熟，只偶尔回头看一下讲台上的课本，不时与学生交流。虽然我视数学为拦路虎，可听他的课我还是很认真的，因为我总想知道那么多趣味无穷的数学问题……

说到周老师，还有一件事值得一提。那年春夏，全县上下响应上级旨意防地震，各个学校都搭建地震棚。周老师费了多少个夜晚研究防震方法，研制出形似张衡地动仪的仪器放置在每个宿舍。一天晚上，不知哪位男生起床小便不小心碰撞了仪器发出惊叫声，整个校园混乱起来。学校老师组织大家聚集操场等待天明也未发生地震，事后才知详情，算是虚惊一场。

出中学大门，跨过街道便是邮电所。从邮电所左边一条小巷进去，镇上小学便建在后边。这所小学建在一座老庙里，我在学校教书时老庙还在，现在已拆迁修建成楼房。那年我从师范毕业分配镇上小学任教，学校住房比较紧张，我与一位同事合住一间房，办公就在老庙里。当时，我并没有在意什么，庙修得很讲究，外墙是青砖，内墙用白灰粉刷，墙面上有一般庙里相似的神像，连庙里的半圆神像供台依旧存在，学生交作业就放在上面，老师批改完也放在上边。庙里中间有两小间大厅，左右两边是教师隔间住房，室内窗明几净，大厅是每周星期天全体老师开例会的地方，也是学校领导临时研究事务的场所。每遇领导研究事务，我们就悄悄地走出庙门，出校园后门到洛河畔溜达……

相对于中学来说，这所小学面积不大地理位置又在街背后，地势低矮而潮湿，尤其教室里潮气很大。住在低处的教师隔几天就要晒被褥，住在庙里的我们不用晒被褥，老庙地基高砖铺地一般不会潮湿。学校整体位置低于街面房屋，夏天发大水往往潮湿得更厉害。那年夏天洛河发洪水漫过河堤，一尺多深的污水进了校园院子，夜晚教师都不敢睡觉，静静地待在庙里等，水退去时天已亮，东方泛出了鱼白色的光……

正因地理位置低，常遭受洛河污水的浸入，校园里所栽种的花草树木长势茂盛，往往是一棵小树栽在小学院里比栽在其他地方长得快。我进校园那年亲手栽种的泡桐树到我调离小学，仅仅三年时间已长成一人抱不合的大树了。为了预防大树倒塌危及房屋，我调离时校长清理校园大树，我亲手栽种的那棵树归我处理。用这棵树我让木匠做了一件精美的书柜带到城里住处，为我的书房增添了生机与活力，每每抚摸书柜的棱角，一种飘香的泡桐花香便溢满房间……

虽然我在小镇小学教书不过三年，但它是我人生路上重要的一步，踏得稳妥踏得扎实，丰富着我的生活，丰富着我的人生。只有美好的回味，才能真正地触景生情哟！

粮站

粮站在小镇西头，从街西头顺公路爬坡而上，但见"洛州灵泉镇粮站"的牌子挂在大门一边，那是国有粮站，也是小镇及周边四个乡农民交公粮的场所。

　　粮站所在位置高于小镇政府所在地，紧靠小镇街道西边的高地土塬上。站在粮站大院，看小镇风光，尽览眼底。望滔滔东去蛇形蜿蜒的洛河，遥想当年大禹治水曾在洛河得"灵龟负书"的喜悦情景；观燕子扑崖，似乎眼前展现出群燕声声嬉闹燕子崖的可观盛况。再移目远望群山起伏，蒸腾着一层层缭绕的烟雾，十分壮观。

　　在小镇教书的日子，我常晨起去粮站高地散步，一览周边无限风光，则心旷神怡，悠然自得。这样，一切工作中的疲劳或烦恼皆随着那远山升腾的雾气飘然而去，欣欣然踏步迈进校园，与可爱的孩子们一起晨读朱自清先生的《绿》……

　　小镇粮站所属县人民政府所管，那里的工作人员都是由县政府人事部门安排。因而，当年在小镇粮站工作的人员很得意，一年间除了季节性的忙碌外，大多数时间很清闲，富于散漫。作为小镇工作的年轻人很羡慕人家的工作环境，可要进粮站工作不是一般人能做得到的。那时的粮站日子很红火，不仅掌管着周边农民验粮交粮的权利，还掌握着小镇吃商品粮人的口粮权。若是想申请换粮票，则要过一道道关口。换粮票得找粮站站长审批，会计填字，才能将粮食交验入仓，换得所需粮票。要知道粮票不是随便能换的，光粮站这一关解决不了什么问题，得从生产队那儿开证明，公社文书那儿盖红章，淘净晾干好粮食再过粮站关才成。这样，往往换一次粮票需花费一两天工夫，赔几十张笑脸说若干好话，才能满足需要，达到目的。

　　那时的粮站，最火热的是农民交夏粮秋粮的季节。那些日子，平川的公路上，山里的土道上，到处都是交公粮的人群，有拉着架子车的，有肩扛着的，有毛驴驮着的，人们说笑着热闹地行进在奔赴小镇交粮的路上……进粮站要爬坡，架子车后边蜂拥着推车的男女，肩扛着的腰弯九十度似的踏着前边人的影子爬坡。最急人的是排队验粮交粮，那长长的队伍好像一条长龙，只见摆尾不见龙头。日头升得老高了好不容易排到跟前，验粮的眼镜先生推推下滑的镜架，歪着嘴咬咬几颗麦粒，摆摆手，说："不行不行，没晒干，到后院晒晒，明日再排队。"说完嘶哑着声喊道："下一个。"无奈，老实巴结的"草帽人"眼瞅着眼镜先生咬粮，慢慢腾腾地移步，眼镜先生给他一个白眼……交粮的队伍就这样一日一日地排着，也一日一日地缩短着距离，直至多半个月过去了，粮站又恢复了往日里的一片祥和与宁静。

平日里，粮站里也不寂寞，要买商品粮油的小镇职工及所辖乡干部也有近千人，一四七是小镇逢集日，也是职工干部买粮油的热闹日子。来小镇买粮油的男女职工，或推把自行车，或手提个油桶，赶庙会似的蜂拥着进粮站，自觉排队买粮灌油。不过，没有农民交公粮那么火热那么急躁，有的是进进出出，闲聊说笑，不急不躁，有秩序地运作。因为，这些排队的人都是有文化的干部，难免自己出差错丢人。春夏秋三季买粮很轻松，冬季就不那么掉以轻心了。逢下雪天路面冰冻光滑，行走不便，若是买粮得处处小心。要么，不是粮袋从自行车上掉下挂破袋子漏面，就是油桶掉在地上破损漏油。特别是进粮站要上慢坡，冬天里那段路很滑，冰冻更是难走。我从师范毕业那年就分配到小镇教书，经常去粮站买粮油，亲眼看到不少人在这道坡上滑倒过。记得有年冬天，我与同事去粮站，爱开玩笑的公社副书记老牛背着一袋面下坡，遇着同事老董刚上粮站这道坡，老董见老牛总是没好话，老董说："老牛，嫂子来啦，还是兄弟媳妇来啦，看你殷勤的。"老牛本想骂老董，可"你"字未出口就滑倒在地，惹得路遇人都笑起来。我看老牛滑倒一时起不来，上前去扶不料骨折了，一句玩笑使老牛在家坐了半个月……

在粮站工作的小孟家住县城，那时还是单身汉，星期天往往不回家，我俩是在粮站里结识而混熟的。一次我去买粮忘记带钱，小孟给我先垫付上。日子一长来往频繁无话不说，星期天或者去洛河对岸爬山，或者去洛河北山里踏青，活泼好动的小孟给我留下了很深的印象。后来听说小孟随父亲调动去了延安，在延安市委工作。那么，宝塔山下、延河岸边散步的小孟是否记得我们快乐相处的日子呢?

如今,靠粮票度日的年代一去不复返了,但我还保留着小孟调走时送我的几十斤粮票。曾经有收粮票珍藏的人多次交易,我都一一谢绝未曾出售。那是由全国、本省市组合的一套完整票额,深得粮票收藏贩子的看好。为此,我珍藏着它们,也珍藏着那个年代那个小镇的人和事,作为永久的记忆……

店铺

从小镇东头走到西头不需吸一支烟工夫,但要看完每个店铺的陈设却需花费一定时间。光那些店铺的名称都要念上半天,什么"悦来春旅馆""再回头理发店""新民商店""老张铁匠铺""收音机修理部""数来宝百货店"等等,仔细品味,确有来头。

街东头地处公路边,来往小镇车辆必经之地,临时停车或定时发车,都聚集着或多或少的客人。"大众饭馆"就开办在"丁"字路口上,自然方便了来往的旅客吃饭,生意挺红火。老板娘人勤嘴甜,大伯大嫂地叫个不停,乐得客人心里舒服,大把票子进口袋,年年生意兴隆,雇人帮忙还忙得不亦乐乎。饭馆主食为面条,分大碗小碗,价格合理,实惠多多,深受大众欢迎。若你路过饭馆在门前驻足观望,只听得跑堂的小伙高喊着:"大碗,来一碗。""小碗,两个。"不用说人坐满堂了。进去一看,"呵!"端着大碗小碗的食客面条挑得老高,"吸溜吸溜"地进嘴,吃得多香哟!未端碗的边与同道说话边看人家吃饭自己嘴里动着,歪头斜看端饭的服务员……小小的饭馆洋溢着饭香,弥漫着乡风,不由人心动。

紧挨着饭馆的是"洛河正宗羊肉泡馍馆",那是小镇唯一的羊肉泡馍馆，地道的山羊肉，无掺假，味醇正而清香，肉鲜嫩而可口。小镇人爱吃羊肉泡馍的习俗由来已久，据说羊肉泡馍馆解放前夕就有了，可谁也未曾考证过。听小镇老年人说他们小时候就在此吃羊肉泡馍。单看那低矮古旧的老屋可想象其历史了。虽然经营羊肉泡馍馆的老板不属同一姓人氏，坐庄的隔三年五年的发财了另谋生路，但羊肉泡馍的生意被延续下来。常来此店过羊肉泡馍瘾的大多是小镇人，当然也有外来客人吃完一碗羊肉泡馍去赶路，回头望望留恋不舍……

走过位于街东的镇政府大门，"平凹饺子馆"显眼的牌子挂在一处低矮的屋檐下，不由让人好奇而观望。不料饺子馆女服务员热情地迎上前来，你得进去看看，香喷喷的饺子冒着热气端上桌来，吃上一口便放不下筷子，饺馅肉多味美又清香，吃上一大碗还不过瘾，难怪回头客多。凡外来客人走出饺子馆总要回头看看牌名，想必与著名作家贾平凹联系上了，这也不奇怪？谁叫咱乡党名气大呢！外地人都以各种命名借用老贾大名，何况是本土本乡人呢！其实，这是一场误会一种错觉所致。我在小镇教书时正遇"平凹饺子馆"开业，我也与大伙一同前往祝贺。当时就有相好的提出异议，我曾问过老板。原来年轻的小老板姓李，真名"平凹"确实不假，开饭馆工商部门要注册登记，"牌名"难住了小学毕业的他，临时就写上"平凹饺子馆"。一开张生意就做得红火，想必不少人是冲着饭馆牌名好奇而来，尤其是那些外来客人。曾有好事的州城文化人来此吃饭、照相留影，写文章报道洛河畔小镇有个"平凹饺子馆"。得知我曾在小镇工作的文友好奇地打电话谈此事，我不知怎么回答好。说来也怪，这"平凹饺子馆"老板已远走他乡另谋生意多年，但其招牌依旧存在。不久前我去过小镇，看着墙壁斑驳的老屋，门上锁牌子照挂，令人不得其解。

一大早，位居中街的"老张铁匠铺"响动起来了，火花溅起来了，过往的人无不眨眼。老张是小镇老住户，家居小镇中心地段，门面房租出几间，留下一间连同后院做老本行生意——锤打铁器活。老张是个大汉子，个头高大浑身肌肉发达，抡起铁锤就像玩小棒，跟他学徒的小姜人也长得个高结实，殷勤好动。师徒二人干起铁器活来配合很默契，"叮叮当当"声响起来，一把锄铔、　头、斧头的铁器，在他俩的"叮当"声中打造成型。火花四溅，二人配合熟练得如飞针走线。师傅一手用火钳挟着煤火烧熟的生铁块上下左右翻转，徒弟眼盯着师傅的铁锤，师傅一锤，徒弟一锤，大小锤落点准确，三五下锤打、翻转，一件铁器很快就成型了。在一般人看来，二人锤打会相互碰撞、出错，但熟能生巧，功到自然成。我亲眼看到过张师傅与徒弟干活，一边抡锤一边与熟人闲聊的情景。不过，非要好者一般不多语，忙着干手中的活。周边乡镇都知道小镇上张师傅的铁器活做得好，想做一件铁器需要事先半个月预约定做，否则你想拿现成的货是不可能的。一天到晚师徒二人在铁器铺忙活着，只听得锤打声不间断，从未见他俩闲过。隔邻的店铺时常听惯了锤打声，忽然听不到就说开了："唉，今日老张去溜达了？"你看，邻居多熟悉那种声音啊，这不就是小镇的锤打声？小镇的锤打乐韵哟！

走出铁匠铺，顺街道往西走，斜对面是供销社门市部，占据着小镇街西头半边天。那时供销社商店很"吃香"，能进供销社当售货员是小镇人羡慕的事。因此，乡人教训孩子常说的一句话就是"我娃啥时能站柜台就有出息了"。的确当售货员很轻松，有人赔笑脸，不晒日头又能挣钱，何乐而不为呢？那年月购买日用品是凭票购物，一斤盐、一斤红糖、一尺布、一斤煤油都是生产队干部精打细算，由会计按户按人分配票证，家里人口多的使用还紧张些，往往接不上茬。别说那自行车、缝纫机之类奇缺货，更是一般人可望不可即的事。因此，当家的掌柜就显得很重要了，得细算着过日子。那时票证使用紧缺，如今票证珍藏更稀罕，被收藏的贩子把价位拉得老高还难以得手。

与供销社商店并排的是收购门市部，除了收购废铜烂铁外，主要是收购药材。废铁没有什么好东西，铜货就不能小看了。民间的铜壶、铜镜、铜钱都很招人看好。记得我在小镇读高中的时候，看到一位农民将修建房屋挖出的铜钱在收购门市部卖，那些五十文、一百文、两百文铜钱倒了一柜台，周边挤满着看热闹的围观人。药材是门市部的主要营生。小镇地处秦岭南麓，山上有的是挖不完的药材。那些红参、桔梗、山药、五味子、车前子、连翘等山货，源源不断地从山沟沟运往小镇，流向四面八方……

收购门市部后院存放的是那些沉重的废铁与旧书报。我常去那里，吸引我的是收来的那些旧书。混熟了，我可以直接拿自己不用的书报课本换难得在书店一见的书。像臧克家编的《1956年诗选》、魏刚焰的《绿叶赞》、何其芳的《画梦录》、李广田的《银狐集》等，都是我在小镇教书时的淘书收获。

小镇虽小，但店铺不少。缝纫铺里我做过衣服，理发店里常去理发，诊所里买过感冒药，王五酱醋铺里灌酱醋，修理铺里修过手电筒，刘家印谱刻过私章……以至于在小镇集日摆摊点上，吃美味可口的正宗荞麦凉粉、橡子凉粉，也算是一种风景。

小镇虽小，却孕育着无穷的魅力。大凡在小镇工作的人无不留恋思念的，说起小镇来话多得满口溢。一条清凌凌的洛河水滋润着小镇人，一条窄窄长长的小街活跃着小镇人。住在小镇上的年轻人很会赶时髦，外边时兴的服装、娱乐品，小镇的大小商店都能买到。这小镇西连县城，东界河南，自古是往来商客贸易的重镇。那几年街上流行"忠"字舞，那几年街上飘着红裙子，那几年街上摇着呼啦圈，那几年街上走来"土洋人"……都给小镇打下了深深的印记。

商贸的流通给小镇人时时带来兴奋与期盼，也带来些许的烦恼。当夜晚的月亮升在小镇上空，赶时尚的小镇年轻人动情地扭着腰在舞厅里活跃，闪烁的彩灯在他们头顶旋转着，缠绵的歌声激荡着还算宽敞的舞厅，也激荡着难以入眠酣睡的小镇过来人，音乐在小镇上空缭绕……

刻章部

在小镇，没有人不认识刘群的，刘群的"刻章部"处于显眼的街心位置，且有一面牌子挂在门前，牌子上的字是端正、清秀的楷体字，是刘群自己亲手书写雕刻在一块朱红色的梨木牌匾上，四周刻有龙凤吉祥的花纹图案，看起来十分俊秀而美观。难怪过路人走近刘群低矮的三间瓦房前都要驻足端详，继而与爬在小方桌上的刘群唠叨几句，欣欣然去办事。刘群把仅有的三间土木结构瓦房全做了街门面房，这对小镇上的邻居来说是让人羡慕的事。刘群的刻章手艺说来至少在方圆百十里地的人家都有名声，每个家庭的掌柜至少得有一方印章，出门办事，在家与人做买卖交易，在生产队里凭工分分粮食记账，都需要使用印章，立字为凭。因此，在那个年代里刘群的刻章部生意红火，门庭若市。

记得小时候，星期天在家里闲着没事，看到父亲的小木箱钥匙未锁，要知道平日里父亲从来不让我们姊妹几个接近他的百宝箱，越是这样越发让我觉得好奇。于是，偷偷地打开父亲的红色小木箱，里边有少量的钱币和一个笔记本（记工分用的，每天父亲都要在那上面记录）、钢笔，其次是一个用彩色绸缎零碎布包着的东西让人觉得新奇，打开一看是老师在课堂上给我们介绍的印章，一种好奇心涌上心头，用父亲的印章在我崭新的课本书上盖下了那鲜红的印迹，很是得意。事后我将那带有图案的长方体印章，连同小小的红色印泥盒藏在我的书包里，抽空就看看、摸摸，在练习本上盖盖。终有一天被父亲发现了，他让我背诵课文，打开我的课本秘密被揭穿，但我记住了父亲说的话"印章是前山小镇上的刘师傅刻的，要爬山过河走四十多里的路"，我默默地记住了姓刘的师傅，那诱惑人心的小小朱红印章……事隔十多年，我从师范毕业分配到小镇工作，一眼看到刘群刻章部的字样，我就爱上了这洛河畔边的小镇，它与我有着难以言状的不解之缘，不由我有事没事常去那里端详。

走近刘群印部，那被擦洗得光亮耀眼的牌子挂在三间瓦房中间的屋檐下，门是黑漆的四合大门，门正中的两扇敞开着，一小方桌摆在门前，太阳从瓦屋顶斜射下来照在刘群刻印章的用具上，戴着一副宽边茶色眼镜的刘群静静地眼瞅着印章，手握着刀具用力地下刀刻印，轻轻地一挑，碎末被口气吹落，留下的是圆润挺拔、清晰苍秀的印文，从印床模子上取下，一方轻巧美观的印章就落成了，盖在那记录刻章的印谱上，刘群的眼里绽放着浪花，笑笑交给对方留存。每当这个时刻，我乐意看刘群专心刻印的神态，他眼皮轻轻向上一抬看看我，点头示意，我自然意会坐在一边欣赏。

刘群的印部，时常集聚着一群人，是个闲聊的聚散地。街镇上的新闻大多从这儿发布，国内外大事、民间琐事、街坊趣事，无所不从这儿起源。常去的人都是小镇上的闲人，闲人有闲事，自然也有闲心，给刘群做了免费广告。南来北往的人刻印章，这些闲人乐意带路，刘群乐意感恩，当然少不了从自家的百货店里取烟给他们抽，闲时也来瓶太白酒喝喝，乐和乐和。刘群忙时刻印章，闲时帮老婆经营小百货，日子过得挺快活。

与刘群打交道的日子长了，我知道他从小爱好这门子手艺，是从他父亲那儿传下来的，家传技艺绝活。我很想学习这门技艺，可刘群总是不从正面开导，往往拿我取笑"吃的公家饭，操什么闲心"。其实我知道他怕我学会抢做他的生意，因为有很多人拜他为师从未收留。于是，我笑笑说"闲聊，不碍你事"。这样我不再在刘群面前提及，而是留心起他刻印章的刀法技艺，怎样磨石章底、写印稿、执刀用刀、刻边款、盖印法，平日里看到一点有所收获就记在本子上，刻印章的印床框架反复印证画下，用山里原质原味的梨木材料，自己偷偷在家做了一个刻印印床，用来固定印章材料，刻刀是市场上常见的钢锯条，打磨就成了刻刀用具。第一次给自己刻印章，没少在手上留下伤痕，可那种喜悦不是任何人都能享受得到的，自然只有自己晓得。后来，看了一些印谱书籍，刻印技法大有提高。虽然，我没有以此为生意，但亲戚朋友邻居处存有我刻的印章，我乐在其中。

刘群自己说他记不清能刻多少印章，光印谱就收拾了一大箱子，闲时翻翻自我愉悦。沿洛河畔上下都是他的顾客，远到本地县城、河南灵宝卢氏，近到隔家邻居，公家的私人的印章，大的小的印章，石印（青田石、寿山石）、木印（梨木、黄杨木）及象牙、牛角印等，无不留下了他精心刻印的汗水……

我离开小镇时，刘群特意送我一方"家在灵泉山水间"的印章，使用黄色半透明体的福建"寿山石"制作，篆体字，构图优美、古朴雅致，将他篆刻的技艺发挥到稳静峻峭、独具风格的地步，我以为。

我再次到小镇逗留的今天，刘群虽然年事已高，不再经营刻印营生，但他那张刻印牌子还留在居室，他的刻印谱还在，刻印用具还在，以作思念之物。他那三间低矮瓦房如今变成了三间五层大楼房，门面房依然是百货商店，很气派很风光，刘群眯着眼打心眼里高兴。我无意识地提及他的刻印部往事，他笑笑眼里流露出一丝丝留恋的目光……

平日里，我拨弄着刻印用具的时候，我的孩子老二常留心，总是指指点点，心有意会。不一日，我发现孩子也弄起刻印来，一方"洛河石"印迹落在纸上，线条清晰、构图优美，令我好笑。这用洛河石刻制的印章，小巧玲珑，让人爱不释手……当然，我还得感谢洛河小镇上的刘群先生，他使我有了寂寞中的爱恋，或许是一种"爱"的情愫所致吧！包括刘群、我与儿子……

如今，小镇热闹了，场面繁华了，但我站在小镇上总觉得缺少点什么？不是吗？那斜阳照射下的低矮房檐下的刘群"刻章部"不见了，崛起的是彩霞映照中的一座座高楼，我很纳闷。

羊肉馆

马老五是小镇洛河北塬上人，兄弟五人，排行老五。因而，小镇上的人都叫他马老五，真实名字"马五娃"不再被人提起。洛河北塬上的那座平展展一望无边的土梁叫马塬,概因本地的庄户人家都姓马而得名,别无他姓。

马塬是一座肥沃的土塬,这儿的住户人家凭借着种植五谷杂粮的优势,既是在饥饿的年代里,这儿的人家也没有因缺吃而有逃荒,安居乐业,过着衣食充足的日子。不过,时光闪烁到二十世纪八十年代末期,马塬人也不甘寂寞起来,起先一名后生因婚姻与家里闹矛盾出走,几年后从外边归来"鸟枪换炮"似的在塬上盖起了五间砖瓦房,家里买起了彩电,行路骑上了摩托,一时让马塬上下的人们刮目相看。一石激起千层浪,马塬上的年轻后生不再甘于耕种那几亩责任田,纷纷走下塬来,或去外地打工或来到塬下的小镇做生意,马老五就是那年走下塬来到小镇上做生意中的一个。

马老五带着积攒的三百元下塬,不是他不想到外边闯世界,上有老人下有几个孩子的他脱不开身,只好在小镇上占一席之地做生意。虽则常来小镇上集,但真正做起生意来却无从下手,好在小镇上一家姓朱的小百货店主看他人老实又勤快,就让他做帮手去省城进货。日子长了,每次路过县城那家"老字号羊肉泡馍馆",正好是吃饭时间,老朱就请他一同进馆吃羊肉泡馍。马老五吃在嘴上,记在心里,琢磨着何日自己也能在小镇开上一家这样的羊肉馆多好呀!不知道老朱是有意还是无意,去西安进货必去县城吃羊肉泡馍,并多次提醒马老五看人家怎样做着吃得香。一年下来,店主老朱给马老五积攒了较丰厚的工钱让他回家过年。开春后,马老五给店主老朱说明意图,想进城学习做羊肉泡馍手艺,老朱爽快答应了他的要求并特意送了几百元钱给他做盘缠。

告别小镇的日子,马老五去了县城学手艺。"老字号羊肉泡馍馆"老板热情地接纳马老五作徒弟,并让手艺较高的师傅带他学习。起先,他跟着师傅做的都是些零碎活,清洗鲜羊肉及其杂物,洗菜打水看师傅怎样放调料,如何掌握锅里沸水的火候,站在一旁的他感觉手痒痒的却不能亲自操作,心里闷闷的却始终不好开口。这样一月光景出去了,什么也没学下，一天到晚只觉得劳累，一闭着眼就睡觉，但总觉得晚上瞌睡少。每天凌晨五点十分左右，师傅就让他起床，打扫地面，刷洗房间桌面，提水、通炉子，做好新的一天的起始工作。天麻麻亮了，晨起跑步的闲人从门前路过，马老五总是羡慕人家，心想这城里人活得多有滋味，悠闲自在，散步聊天，乐和神仙。咱乡下人进城脚手没闲着，干这活干那活挣的钱不多，生活紧巴巴的，城里人整天转悠怎么生活呢？马老五来城里一月有余总觉得是个谜。城里的太阳升起了，齐刷刷地照在人的眼眉上，不像乡间的太阳大老远地照着不肯露面。城里人会享福，太阳都会巴结光顾。想着想着客人就来了，马老五急忙招呼客人就坐，自己给师傅帮忙。一会儿，一碗香喷喷的羊肉泡馍端在客人面前，吃得客人满口叫好，乐得师傅哼起了小调。马老五一旁看着心里美滋滋的，想着属于自己的这一天的来到。有时候，客人多得忙不过来，师傅就让他亲自在另一锅灶上操作，马老吾乐得浑身都是劲，这是师傅有意给他机会实习，当然马虎不得。师傅听到客人称赞徒弟手艺的时候，马老五暗暗地告诫自己，虚心学习，尽快掌握更多调料搭配适合客人口味的技艺。这样不觉三个多月学徒时光过去了，马老五恋恋不舍地离开了县城。

那天下车一脚踏进小镇，马老五的心里热乎乎的，顿时觉得小镇的天蓝得出奇，没有一丝云彩，好像有意接待他这个学徒的归来。街镇上的熟人都知道他去了县城，几个月不见面一见面话多得往外溢，可马老五的心思不在闲聊上，他转悠着是在琢磨门面房的位置。他知道，街面小吃食生意多，要站立住脚不容易。于是，再三考虑就将门面房开在十字路口车站对面，这样来往人多招揽顾客方便。为了收拾房子，刷新屋里屋外，马老五接连熬了几个夜晚，才算了却一桩心事。

开业那天，小镇上热闹非凡。马塬上的邻居、街镇上的单位都来人祝贺，里里外外坐了几十桌。马老五深感自己从来没有这么风光过，客人吃得很高兴，他心里很舒坦。开业第一天，大家给了他这样大场面的关照，日后一定要把生意做好，不辜负大家的希望。

马老五的"羊肉馆"在车站对面，不用雇人招揽生意自然红火，赢得了顾客的满意，短短几年里他好学琢磨，不断提高羊肉泡馍手艺，还培养了几个学徒，个个都有两手。每天大清早开门，上午12点前就忙活结束了，往往有的顾客来得迟，还错过了吃顿羊肉泡馍的机会。

"手艺掌握在心中，日子在忙碌中增辉。"马老五深得其理，他常闲暇时间与几个学徒唠叨，教他们学会手艺，教他们做人的道理。

风微微地吹过人的鼻孔，洛河畔飘来一股股羊肉泡馍的清香……

工 厂

小镇工厂兴起于上个世纪的五十年代初期，是大西北地区有名声的"七〇四"机械厂。

那时，小镇一片荒芜的田野上，一夜间冒出具有标志性的烟囱，它直立向上，直插云端，冒着一缕清蓝色的烟雾升入了蓝天……小镇人无比兴奋起来。从此，这片荒芜的田野不再有野花，不再有青草，不再有稻花的清香和翻腾起的滚滚麦浪。一座工厂的一个烟囱出现了，一座工厂的厂房拔地而起……然后是红色的围墙，它的存在让小镇人看到了异样的风景，遮挡住了他们的视线。继而，一种异样的声音来到了古老的小镇，那是小镇工厂机器的轰鸣声。这声音的出现，终于打破了小镇的沉寂岁月。

工厂的出现改变了小镇人的生活方式，也改变了小镇人的固有观念。首先，一群着装时髦的工厂女工出现在小镇街道上，让小镇上的女孩看在眼里，喜在心上。不久，小镇上的女孩也留意起工厂下班后女工穿什么衣服留什么发型，她们也学着打扮起自己来。工厂工人按时上下班，进出厂房，这种有规律的生活节奏也改变着小镇人的生活习惯。小镇人生活很随便，太阳升得老高还有蒙头睡觉的，干活总在半早上。平日里，东家出西家进，聊天的玩牌的显得很悠哉。工厂那种紧张节奏潜移默化地影响着小镇人，不时有新的气象。那平日里人流稀疏的街道，自工厂的出现便热闹起来。午后的霞光里，街面上走动着倩男倩女，穿着时尚，步履轻盈，说说笑笑。靠在门槛上望风景的老年人，闲聊着指指戳戳，说着不合时尚的闲话。他们看不惯时髦的年轻男女聚在一起的嬉笑打闹的场面，好像不合他们的审美观念，总觉有越轨的行为。这也不奇怪，上了年纪的老一辈人他们深受封建礼教的洗礼，压根儿就没见过年轻人嬉闹的这种场面，因而把这些当作小镇新闻传开了……

小镇工厂的建立，使得面积不大的弹丸之地远近闻名、热闹非凡。距离小镇几十里的菜农将蔬菜运到此地销售，生意很火爆。清晨，通往小镇的公路上飞扬着湿漉漉的晨雾，夹杂在晨雾中的上班工人骑着自行车赶路，推着架子车的菜农在赶路，跑步前行的小镇学生穿插在其间，雾气弥漫，山路弯弯，行人匆匆。雾散了，太阳从山那边出来了，橘红地照耀在弯弯的山路上。这时，小镇上空传来了悠扬的歌声，那是小镇工厂宣传队的女工在晨练嗓音；山梁头传来了放牛娃的童声，那是星期天替大人们放牛的孩子在放声歌唱；还有一种异样的声音传到了古老的乡村，那是小镇工厂上班工人启动机器的轰鸣声……

每天，或许是三两天，都有让小镇人大开眼界的车辆通往小镇工厂，那些让小镇人时时兴奋的大小车辆，比如绿色的帆布篷小车、大卡车，偶尔来一辆红旗牌小轿车，更是招来小镇人不绝口的咂舌，总会有年纪大的老人不自觉地摸摸光滑透亮的车皮，看着自己的胡须在镜子似的影子里抖动，乐着笑着，喃喃自语……生活就在这样的日子里乐着，小镇人不觉得时光在悄悄流去。他们只知道大小车辆与工厂有关，一车车蒙着帆布篷的卡车走出小镇那弯弯的山路，又一辆辆的顺着山路弯弯地进来，这样来来往往，带着小镇人的猜想，带着小镇人的梦幻，历练了一个个春夏秋冬，送走了风雪严寒，迎来了春暖花开！

那时的小镇，每年都有一批新工人进厂，当然也有小镇本地人被招工进厂的。在小镇人眼里能当上一名工人，那是最让人羡慕的事。因此，招工进厂的门路也多起来，掌握此事的地方官员也似乎高人一等，日益发迹，那是后话了。随着工厂的日益扩大，小镇也日益繁华，专门制造机械零件的小镇工厂，使更多的小镇人加入其中，也给小镇人带来了生机和灵性。小镇人种地犁铧的革新，那是得力于工厂师傅的指导；小镇街面铁器门市部的增多，也是小镇工厂带来的信息，加工铁器，销售小电器，一时生意很红火。只不过小镇铁器部叮叮当当的响声，混淆在小镇工厂机器轰鸣声中，使人难以分辨清楚，乐在其中。

在小镇生活的几年间，与我常打交道的朋友中也有几个是小镇工厂的工人。最跟我要好的是身居江南的小江和小彭，他们二人是从江南一所机械学校毕业后分配来到"七〇四"机械厂，由总厂安排到小镇工厂做技术指导的，别看他俩年纪轻轻，技术很熟练，厂里的人见面不叫师傅不开口，人缘很好。我与他俩认识也属缘分，那是一次我去小镇学校的路上，自行车出了毛病，链条怎么也上不到车齿轮上，巧遇他俩在公路旁逗留，小江看我急得满头大汗，笑笑上前帮忙，好像那链条听话似的，不到几分钟就搞定了，我很感激相遇他俩，得知是小镇工厂的师傅，日后我与他俩混得很熟。那年小镇工厂搬迁到省城咸阳时，小江和小彭走时给我留下了一件"奔马"工艺品，我至今放置在案前，常相思。那是他俩利用废旧材料业余时间精心制作的，一匹奔马驰骋在草原上，底座还是用废旧铜器材料制作的，一件很精致的工艺品。如今工厂已不复存在，相隔二十余年的小江和小彭如今混得可好？人在江湖，多一个朋友，也多一份好心情。

前几天，我去小镇下乡驻足破旧的工厂门前，耳边似乎传来轰鸣的机器声，眼前似乎出现从大门出来嬉闹着的男女工人，蹦跳着去洛河边溜达……昔日的繁华已去，留下的是破烂斑驳的工厂红墙，尘土积压在墙壁上不肯散去，唯有工厂门前的杨柳依旧焕发着青春的气息，枝叶繁茂，垂首拂面，随风摇曳。这也许会能给小镇人带来一丝丝欢颜，带来一丝丝畅想。不是吗？身居小镇的年轻人不再守留田园，去外边闯世界，他们似乎已忘记了曾经繁华的小镇工厂的存在。

油坊

油坊在小镇西北边，洛河与龙河交汇之处。这两河交汇之处凸出一片高地，紧靠大圣山脚下形成一个自然村，居住着十多户人家。洛水滔滔，而龙河水流量不大，两河交汇处的村子自然形成三角地带，方圆不到半里余地，却因油坊的所在而驰名小镇。大凡与小镇接壤的洛河畔及龙河北山的人家都知道镇上油坊村所在地。

小镇的老街并不宽阔，曲曲折折、曲径通幽，最窄处不足两米，全部用青石铺成。老街许多房子多是典型的土木结构建筑，且建在临洛河岸边的山坡地，于是老街也因此上上下下，条石铺就的街道给人以悠然古旧的感觉。

站在榨油坊前，昔日车水马龙、热闹非凡的榨油坊在岁月的变迁和时代的变革中寂然消失。车痕犹在、记忆犹在，不在了的是一群光着身子、喊着号子、转舵、压梁、榨油的年轻汉子；不在了的是一群油脸土面、围着油缸、吵着闹着、争看一条油线射入油缸的孩子；不在了的是土面石墙，气势恢宏的榨油坊。小镇一年比一年旧貌换新颜，朋友们也一年比一年更忙碌。只有眼前古老残留的榨油坊，似乎还回荡着热气腾腾的嘈杂声、热闹声。原先我并不知道小镇西头北边油坊村那座古老深森的院子是榨油坊，只是听镇上的老人们说起榨油坊，眼里放着奇异的目光，绘声绘色地叙说那个年代的榨油坊：每天都听见那里发出"嘿——哟——咚！"的汉子吆喝声和木头的撞击声，并随时都闻得到菜籽油或蓖麻油或核桃油的浓浓香味。在小镇教书，得知我的一位学生家长小时曾在榨油坊做过工，我曾趁家访机会多次问过他有关榨油坊的事，他总是说那活太累了没什么可说的，三言两语将我敷衍了事。我只好自己下决心去探访了。

油坊村里的老人都清清楚楚地记得，那是当地财东家大地主李家的老油坊，一座四合院的榨油坊，高大敞开的门楼，高高的阶梯、高高的门坎，还有那两扇油黑油黑又高又厚吊着两个大铁环的大门，还有龇牙咧嘴蹲守在门口的两座石狮子，听起来十分的森严和恐惧。

一片残墙断痕，一堆碎石瓦砾；一段斑驳破烂的土围墙，一道石砌的大园门；潮湿并长满青苔的天井，残缺不圆的两盘大石碾磨，这些物件依稀映照着那时人声鼎沸、热气腾腾的榨油坊……我的眼前似乎显现出：偌大的榨油坊里，几头黄牛蒙着眼睛在使劲地拉着磨碾子打圈地不停转动，几个用麻袋片子围住下身的壮汉，赤裸着上身，扛着大箩兜依次往磨眼里倒入炒熟的油菜籽或蓖麻籽或核桃仁。不远的墙角处是几口大锅，架着干柴燃起了熊熊大火，锅台上几个汉子手握大铁铲，卖力地在大铁锅里翻炒着榨油原料。石磨碾击的"轰轰"声、铁铲铁锅的碰撞摩擦声、几头牛沉重的脚步声和喘息声以及几个汉子的吆喝声，伴着腾腾的热气和油菜籽（或蓖麻籽或核桃仁）的香气扑面而来……两个大汉紧抱着一根粗长的、悬吊在半空的撞油杆，先倒退着跑几步，再用力地向前快跑着，对准那块铁钉枕木大声吼叫着、狠狠地撞击下去！那连绵不断的、震撼人心的"嘿——哟——咚"的声音荡漾在整个油坊屋顶，透过那露天的空隙缝儿随风而去……如此连续剧烈的撞击，那油汩汩地从挤压的油箍中流出，流到枕木架下预先放好的大木桶中，那哗哗的流淌声滋润着人的心田。几个汉子的脸上露出了喜悦的神色，相互传递着盛开着花儿样的笑意……

这残留的小镇榨油坊，据镇上老人说从明清时就有了，历经好几百年了。不知道油坊老板究竟换了多少茬，但依旧做着油坊生意的油坊村人，如今把牛拉石磨和撞油杆换成了机器，村里有了电动油坊。不过，面对岁月里的残痕，想着这沿洛河上下几十里的人，几百年来步行几十里背着菜籽来油坊村榨油的情景，想着油坊村榨油坊曾经运转的辉煌，一份伤感、一份缺损、一份牵怀深深萦绕于我的心底。